FEUER
WERKE
VER

Das Buch

Der Fall einer entführten Internatsschülerin versetzt ganz München in Aufruhr. Als nach quälenden Tagen der Ungewissheit die dunklen Tiefen des Starnberger Sees ihre Leiche freigeben, übernehmen Annabelle Hart und Felix Hertzlich die Ermittlungen. Dabei stoßen sie auf düstere Geheimnisse im scheinbar so perfekten Leben der jungen Frau aus reichem Hause. Je mehr Lügen die Ermittler aufdecken und je näher sie dem Täter kommen, desto verstörender werden die Erkenntnisse. Als dann auch noch zwei enge Freundinnen des Opfers verschwinden, wird klar, dass der Killer ein ganz besonderes Ziel vor Augen hat…

Die Autorin

Melisa Schwermer, geb. 1983 in Offenbach, hat Germanistik und Philosophie in Darmstadt studiert und sich nach ihrem Abschluss als Thrillerautorin einen Namen in der Buchbranche gemacht. Ihr „So bitter die Schuld“ stürmte die Amazon-Charts und hielt sich wochenlang an der Spitze. Der Titel wurde außerdem für den Kindle Storyteller Award 2016 nominiert. Seitdem hat die Reihe um den Ermittler Fabian Prior etliche Leserinnen und Leser begeistert. Melisa hat bisher über 250.000 Bücher verkauft.

Als Tochter eines Lehrers und einer Heilpädagogin entschied sich Melisa Schwermer für die Rebellion gegen die Ansichten und Forderungen ihrer Eltern und somit gegen das Abitur. Nach einer Lehre als Industriekauffrau und dem Abitur am Abendgymnasium studierte sie Germanistik und Philosophie. Nach einer Zwischenstation als Berufsschullehrerin und Universitätsdozentin arbeitet sie nun neben dem Schreiben und ihrer Tätigkeit als freie Lektorin als Pädagogin und hilft benachteiligten Jugendlichen.

Dunkelsee

Ein Thriller von Melisa Schwermer

Mehr zur Autorin finden Sie auf
www.facebook.com/melisa.schwermer,
www.instagram.com/melisaschwermer, www.melisa-schwermer.com
und www.feuerwerkeverlag.de/melisa-schwermer

Abonnieren Sie auch unseren Verlags- und Autoren-Newsletter und erfahren Sie so als Erster von unseren Neuerscheinungen, Autorennews und exklusiven Buch-Gewinnspielen:
www.feuerwerkeverlag.de/newsletter

Originalausgabe November 2023

Maracuja GmbH, Laerheider Weg 13, 47669 Wachtendonk
Herstellung: Books on Demand GmbH
Printed in Europe
Umschlaggestaltung: HollandDesign/Simone Holland unter Verwendung von Shutterstock 389922022 (Khomenko Maryna)
Lektorat: Simona Turini, Karlsruhe

ISBN: 978-3-949221-94-1

Kapitelübersicht

1. Kapitel

DER Schlag hat gesessen. Das verrät mir nicht nur meine schmerzende Hand, sondern auch der schockierte Gesichtsausdruck, mit dem sie mich anstarrt. Sie wankt aus meiner Reichweite und reibt sich dabei die Wange. Aus ihrer Nase strömt Blut, bei dem Anblick schnappe ich nach Luft. Vermutlich ist sie gebrochen, denn sie wirkt schief. Sie muss in ein Krankenhaus, und dann wird alles rauskommen. Ich bin am Arsch!

Verdammt!

Einen Moment lang verspüre ich einen Funken Bedauern, für sie und für mich gleichermaßen. Mir ist die Hand ausgerutscht. Das hätte nicht passieren dürfen. Ich hatte mich nicht im Griff. Doch dieser Augenblick verfliegt schnell, stattdessen kocht die Wut in mir hoch. Mein Herz rast, und meine Hände zittern. Ein unbändiger Hass auf sie breitet sich in mir aus.

Nein, ich habe nicht überreagiert. Diese kleine Schlampe ist selbst schuld, sie hat mich so weit getrieben. Was fällt ihr ein, mir zu drohen?

„Das wirst du noch bereuen", nuschelt sie so leise, dass ihre Stimme fast von dem Geräusch der Wellen verschluckt wird.

Ich mache einen Schritt auf sie zu, dann noch einen. Sie will mir alles zerstören, aber das darf ich nicht zulassen. Wie von selbst heben sich meine Arme, und ich strecke die Hände nach ihr aus. Ich muss sie aufhalten. Doch auch sie setzt sich in Bewegung und geht von mir weg, ohne dabei den Blick von mir zu nehmen. Auf dem Holzsteg klingen ihre Schritte dumpf.

Vorsichtig tupft sie mit dem Mittelfinger das Blut von ihrer Oberlippe. „Jetzt wird jeder erfahren, dass du …"

Ohne Vorwarnung kippt sie nach hinten um. Wie ein Käfer landet sie auf dem Rücken. Da sie beim Rückwärtsgehen nicht geschaut hat, wohin sie tritt, ist sie mit dem Fuß an einer hochstehenden Planke hängen geblieben und gestolpert.

In diesem Moment übernimmt mein Instinkt. Ich muss handeln, anders komme ich aus der Nummer nicht mehr raus. Plötzlich weiß ich ganz genau, was zu tun ist.

Blitzschnell stürme ich zu ihr und setze mich auf ihren Bauch, sodass sie sich nicht hochrappeln kann. Sie stößt einen Schrei aus, strampelt und schlägt mit ihren dürren Ärmchen nach mir. Mit Leichtigkeit wehre ich sie ab. Sie ist kein Gegner für mich. Meine Hände umgreifen ihren schlanken Hals. Das Blut, das ihr mittlerweile am Kinn hinunterläuft, landet auf meiner Hand. Es ist warm. Ihre Knie trommeln an meinen unteren Rücken, doch die Gegenwehr wird schwächer. Sie japst nach Luft, krächzt.

Immer fester drücken meine Finger zu, vor Anstrengung zucken meine Arme. Während ich den Daumen gegen ihren Kehlkopf ramme, wende ich den Blick von ihrem Gesicht ab. Ich darf nicht im letzten Moment noch Mitleid mit ihr bekommen. Ihre Stimme wird von einem lauten Kreischen zu einem piepsenden Röcheln. Sie bäumt sich auf, versucht, mich abzuwerfen, aber ich bin stärker. Mit meinem ganzen Körpergewicht halte ich sie am Boden.

Mach schon! Stirb endlich!

Die Zeit, bis ihr Körper unter mir endlich erschlafft, kommt mir endlos vor. Anders als in Filmen, in denen die Opfer immer bereits nach ein paar Sekunden das Bewusstsein verlieren, hat ihr Todeskampf sicher mehrere Minuten gedauert.

Jetzt liegt sie ganz ruhig da. Vorsichtig nehme ich die Hände von ihrem Hals, bereit, jederzeit wieder zuzudrücken, wenn sie mich nur verarscht haben sollte. In der Dunkelheit ist kaum zu erkennen, ob sie wirklich nicht mehr atmet, also beuge ich mich zu ihr hinunter und lausche konzentriert.

Da ist nichts. Sie ist tot. Ihr Kopf liegt auf der Seite, das Blut benetzt ihre aufgerissenen Lippen und die Zähne, was ihr im fahlen Licht der weiter entfernten Laternen das Aussehen eines Zombies verleiht.

Außer Atem rolle ich mich von ihr runter und starre auf dem Rücken liegend in den Nachthimmel. Die Situation fühlt sich unwirklich an. Gleichzeitig erleichternd und beängstigend. Was habe ich bloß getan? Jetzt, da sich mein Puls normalisiert, das Adrenalin sich verflüchtigt und ich wieder klar denken kann, wird mir bewusst, in was für eine Riesenscheiße ich mich gerade reingeritten habe.

Das Rauschen des Blutes in meinen Ohren ist weg, stattdessen höre ich von oben die Musik der Party zu uns herunterdröhnen. Was, wenn die Feiernden im Gegenzug auch die Schreie gehört haben? Aber wäre dann nicht längst jemand gekommen? Oder hat sich niemand getraut, und sie haben einfach die Polizei gerufen, die jeden Augenblick das Ufer des Sees absuchen wird?

Falls dem so ist, muss ich mich beeilen. Aber womit eigentlich?

Ihre Leiche zu meinem Auto zu schleifen, um sie irgendwo hinzubringen und mir in Ruhe zu überlegen, was ich mit ihr anstellen soll, ist ein viel zu hohes Risiko. Es gibt so viele Möglichkeiten, dabei entdeckt zu werden. Stattdessen muss ich mir hier etwas einfallen lassen, sie irgendwo entsorgen.

Ich drehe mich um. Mein Blick fällt auf die vertäuten Segelboote. Von einem größeren, das ganz hinten am Anleger liegt, weiß ich, dass es ein Rettungsboot mit Paddeln an Bord hat. Damit könnte ich unbemerkt auf den See kommen und ihre Leiche im Wasser versenken.

Nachdem ich mich noch einmal umgeschaut habe, ob uns wirklich niemand beobachtet, husche ich den Steg entlang und betrete die Luxusjacht. Beim Rettungsboot handelt es sich um ein einfaches Schlauchboot, das mit Tauen an der Seite des Schiffs festgemacht ist. Ich ziehe es an Bord, löse die Knoten und lasse es zu Wasser, wobei ich eins der Taue in der Hand behalte, um es am Steg festzumachen.

Dann renne ich zurück, wo ihre Leiche noch unverändert auf den Holzplanken liegt. Meine Anspannung löst sich etwas. Obwohl ich zuvor ihren Puls kontrolliert habe, hatte ich die ganze Zeit Angst, sie könnte sich doch nur tot gestellt haben oder bewusstlos sein und meine Abwesenheit zur Flucht nutzen.

Ich hebe sie hoch und trage sie ans Ende des Stegs. Es ist überraschend anstrengend, den zierlichen Körper zu dem Schlauchboot zu schaffen. Als ich sie hineinlege, gerät es ins Schwanken, das Wasser plätschert gegen den Steg. Für mich klingt es so laut wie ein startender Motor. Hoffentlich ist niemand in der Nähe, der es hören könnte. Ein wenig spritzt mir ins Gesicht und kühlt mich ab.

Erst jetzt merke ich, wie durstig ich bin. Aber das muss warten. Ich steige zu der Leiche ins Boot, löse das Tau und paddle auf den See hinaus. Der Mond wirft sein bleiches Licht auf die stille Wasseroberfläche. Ein kaltes Lächeln stiehlt sich auf meine Lippen, als ich den leblosen Körper meines Opfers betrachte. Jetzt wird sie für immer schweigen.

Mit gleichmäßigen Bewegungen rudere ich weiter, wohl wissend, dass ich äußerst vorsichtig sein muss, um nicht entdeckt zu werden. Die Nacht ist ein Verbündeter meiner dunklen Mission, doch sie wird mich nicht gegen die Zeit schützen können. Irgendwann wird jemandem auffallen, dass sie von der Party verschwunden ist. Man wird nach ihr suchen. Mit Sicherheit auch unten am Ufer, und dann wird man womöglich auf den See hinausfahren, um sie zu finden, falls sie beim Schwimmen in Not geraten sein sollte.

Die blutende Nase fällt mir ein. Ich habe nicht nachgeschaut, ob sie Blutspuren auf dem Steg hinterlassen hat, und könnte mich jetzt dafür ohrfeigen. Ändern kann ich es allerdings nicht mehr, denn wenn ich zurückrudere, um nachzusehen, verliere ich zu viel Zeit.

Ein entferntes Motorgeräusch dröhnt durch die Nacht. Ich erstarre. Panik schnürt mir die Luft ab. Hat mich doch jemand bemerkt? Ängstlich schaue ich über die Schulter, obwohl ich genau weiß, was dort ist. In der Ferne leuchten die Lichter eines anderen Bootes, das sich schnell nähert. Jetzt muss ich handeln. Es spielt keine Rolle, dass ich noch nicht weit genug draußen bin. Wenn mich jemand mitten in der Nacht auf dem Wasser entdeckt, wird derjenige schon etwas genauer hinschauen. Dass er die Leiche zu meinen Füßen dabei übersieht, ist äußerst unwahrscheinlich.

Ohne Zeit zu verlieren, packe ich ihre Beine. Sind sie schon kalt? Nein, das kann nicht sein. Ich zerre sie über die Bootswand. Ihre starren Augen scheinen mich in einer Art stummer Anklage zu durchdringen. Ich reiße mich von dem Anblick los, drücke ihre Schultern nach oben, bis sich ihr Schwerpunkt verändert und sie ins Wasser kippt. Da ich nicht rechtzeitig loslasse, zieht mich das Gewicht des Körpers fast mit sich.

Das andere Boot kommt näher, und die Lichter werden greller. Gleich entdecken sie mich, werden das Gas rausnehmen und anhalten.

Fiebrig suche ich nach einer Ausrede, warum ich um diese Uhrzeit in einem fremden Boot hier draußen unterwegs bin. Mein Gehirn tut mir nicht den Gefallen, einen klaren Gedanken zu fassen. Wenn ich es schaffe, aus der Fahrbahn des anderen zu rudern, werden sie mich vielleicht nicht beachten. Mein Herzschlag hämmert in meinen Ohren, und meine Bauchmuskeln brennen, während ich die Paddel immer wieder ins Wasser stoße.

Das Motorengeräusch kommt näher, dann zieht es an mir vorbei. Mein Boot gerät ins Wanken, ich klammere mich an der Umrandung fest, um nicht rauszufallen. Einen Moment halte ich den Atem an, warte, ob der Fahrer doch noch bremst, aber nichts geschieht. Ich habe es geschafft! Mein Opfer ist versenkt.

2. Kapitel

Anna gähnte ausgiebig. Es war nicht einmal acht Uhr, und doch wünschte sie sich nichts sehnlicher, als bald in ihr Bett fallen zu können. Ohne Appetit stocherte sie in ihrem Salatteller mit Putenstreifen herum, während ihr der Geruch von gebackenem Hähnchen und Grillhaxe um die Nase wehte. Eine ihrer Freundinnen bemerkte ihren neidischen Blick.

„Tja, das ist eben die Entscheidung, die man fällen muss." Übertrieben genussvoll stopfte Ariane sich ein Stück Hähnchenhaut in den Mund. „Viermal die Woche Fitnessstudio vor der Arbeit, außerdem zweimal schwimmen zum Ausgleich für die Kondition oder an Grünzeug knabbern. Ich hab dir schon so oft gesagt, dass du dich bei uns anmelden solltest."

„Wir kriegen dich noch dazu, regelmäßig zu trainieren", ergänzte Melanie, die vor ihrer Haxe saß.

„Und dafür jeden Morgen zwei Stunden eher aufstehen, damit ich mich durch den Stadtverkehr quälen darf, um etwas zu tun, das mir null Spaß bringt?", fragte Anna, wobei sie demonstrativ ein Blatt Salat aufspießte. „Da bleibe ich lieber bei meinem Kaninchenfutter. So schlecht schmeckt das auch wieder nicht."

Sie verkniff es sich, einen Kommentar darüber abzugeben, dass sich die beiden Freundinnen derart fettige Gerichte sicherlich nur einmal alle Schaltjahre gönnten – nämlich immer dann, wenn sie mit Anna verabredet waren. Sowohl Ariane als auch Melanie waren schon in der Schule gertenschlank gewesen, was zum einen vermutlich in den Genen lag, zum anderen aber auf dauerhaften Essensverzicht zurückzuführen war, wie Anna bestens wusste. Zum Frühstück hatte es damals auch an den Wochenenden bei den beiden nichts als ein Glas Wasser und manchmal ein paar Früchte gegeben, das Mittagessen bestand aus Gemüse mit einer Soße aus nichts. Zum Abendessen reichten gern Luft und Liebe.

„Salat hält dich aber nicht bis ins hohe Alter fit“, merkte Christine an, die Vegetarierin war und sich deshalb Käsespätzle bestellt hatte.

Anna nickte lediglich und wünschte sich, der Abend würde bald enden. In dem Punkt musste sie Christine zwar recht geben, aber es reichte, wenn sie sich selbst deswegen ein schlechtes Gewissen machte, darüber wollte sie nicht bei einem ihrer seltenen Treffen diskutieren. Seit nunmehr zwanzig Jahren waren die Frauen befreundet, aber jedes Mal, wenn sie gemeinsam ausgingen, kam es Anna so vor, als hätten sie sich in eine komplett andere Richtung entwickelt.

Ständig drehte es sich bei den dreien nur ums Aussehen, um dem festen Freund, der mittlerweile zum Ehemann geworden war, auch ja zu gefallen. Oder um das neueste Auto, das nun in der Garage stand. Die Solaranlage auf dem Dach. Wenn man nicht reich und schön war, konnte man sich bei diesen Unterhaltungen schnell minderwertig fühlen, weshalb Anna immer häufiger die Verabredung absagte. Hin und wieder, so wie heute, sagte sie sich, dass man alte Freundschaften pflegen musste, und ging hin, nur um sich später zu wundern, was sie hier wollte.

„Was macht eigentlich dein Job, Anna?“, fragte Ariane.

„Ja, genau. Erzähl doch mal was von deinem sexy Detektiv. Herrlich oder so ähnlich“, warf Christine lachend ein.

„Du hast einen Detektiv auf der Arbeit kennengelernt, der auch noch sexy sein soll? Warum weiß ich davon nichts?“ Melanie blickte nachdenklich drein.

„Das kommt davon, wenn zu viel Zeit zwischen unseren Treffen vergeht. Da vergisst Melanie die Hälfte. Du weißt doch, dass sie nicht die Hellste ist.“ Ariane lachte laut und quittierte Melanies ausgestreckten Mittelfinger mit einer Grimasse.

Mein Gott, wie Teenager. Anna fragte sich, ob sie die Einzige war, die sich ihrem Alter entsprechend benahm.

„Im Ernst, wann lernen wir den geheimnisvollen neuen Kerl in deinem Leben endlich mal kennen?“ Christine ließ nicht locker, dabei hatte Anna nie auch nur angedeutet, dass sie Felix attraktiv fand oder gern etwas mit ihm anfangen würde.

„Er ist nicht geheimnisvoll, sondern ein selbstständiger Ermittler, der hin und wieder ein paar Nachforschungen zu Klienten für mich anstellt. Mehr ist da nicht."

„Oh, dich vor blutrünstigen Killern zu retten, ist für dich nichts?", fragte Ariane mit tadelnder Miene.

Melanie verschluckte sich an ihrer Gabel Spätzle. „Apropos blutrünstig, habt ihr schon gehört? Am Starnberger See ist ein junges Mädel verschwunden", sagte sie außer Atem vom Husten.

„Oh, aber klar. Ist denn da schon was raus, ob sie ermordet wurde?"

Anna stand auf, um zur Toilette zu gehen. Von Geschichten über Mörder hatte sie fürs Erste genug. Sie schlängelte sich durch den überfüllten Außenbereich des Biergartens, der bis auf den letzten Platz besetzt war. Der schwülwarme Sommerabend machte die Leute durstig, und die Bedienungen rannten mit vollen Bierkrügen und Tabletts mit Tellern an den Bänken und Tischen vorbei.

Als sie den Innenraum erreicht hatte, blieb sie kurz stehen, um sich zu orientieren. Ein Stoß ließ sie nach vorn taumeln, und ein Schwall kühler Flüssigkeit ergoss sich über ihre Schulter und lief zwischen ihren Brüsten hinab. Jemand war von hinten in sie hineingerannt.

„Ach, du Scheiße", sagte der Kerl. „Tut mir leid … tut mir echt kolossal leid, ich habe Sie nicht gesehen", stammelte ein junger Bursche, der entsetzt auf ihre Bluse starrte. Anna folgte seinem Blick und atmete erleichtert auf. Ihr BH schimmerte nicht durch. Ein Hoch auf Baumwolle! Ein Kellner machte sich daran, die Scherben mit einem Besen und Kehrblech wegzufegen.

Anna trat einen Schritt zur Seite. „Ist ja niemand verletzt", sagte sie zu dem jungen Mann, der sie bestürzt anblickte.

Sein Gesicht war knallrot angelaufen, und unter den neugierigen Blicken der Gäste, die in der Nähe der Tür saßen, fuchtelte er unbeholfen mit den Händen in der Luft herum. Fehlte nur noch, dass er sich eine Serviette schnappte und sich daranmachte, sie eigenhändig trocken zu tupfen. Bevor er auf die Idee kommen konnte, nahm Anna sich selbst eine vom Tresen.

„Trotzdem, das war wirklich unaufmerksam von mir. Ich habe morgen einen wichtigen Vorstellungstermin und war völlig in Gedanken, sodass ich einfach nicht vor mich geschaut habe." Er wedelte dabei weiter mit den Händen umher, als wollte er lästige Fliegen vertreiben.

„Wirklich, kein Proble…“, fing sie erneut an, ihn zu beschwichtigen, doch er unterbrach sie sofort.

„Ich bezahle selbstverständlich die Reinigung“, plapperte er weiter und griff nun tatsächlich ebenfalls nach einer Serviette.

„Stopp!“ Anna hob ihre Hand leicht an, um ihn davon abzuhalten, sie zu betatschen. „Es ist nichts passiert, und die Bluse war sowieso alt“, sagte sie. Je länger sie darüber nachdachte, war das eigentlich eine ganz gute Gelegenheit, früher nach Hause zu verschwinden – und zwar sofort. Dass er ihr eine willkommene Ausrede für ihre Freundinnen geliefert hatte, musste er aber nicht wissen.

Zweifelnd hob er die Augenbrauen. In der rechten steckte ein winziges Piercing. Wer trug denn heute noch so was? Wohl nur Leute, die in den 90ern hängen geblieben waren, aber da war der Kerl vermutlich noch im Kindergarten gewesen. „Sicher? Ich komme natürlich dafür auf, wenn Sie mir Ihre Nummer geben und mir dann …“

„Vergessen Sie es einfach und holen sich ein neues Bier, bevor es aus ist.“ Anna legte die feuchte Serviette auf den Tresen und ging nach draußen, um sich von ihren Freundinnen zu verabschieden. Zu Hause würde sie sich in Ruhe und verborgen vor den kritischen Blicken der anderen Frauen eine Pizza mit doppelt Käse reinpfeifen.

3. Kapitel

Es ist spät. Sehr spät. Oder früh, wie man es nehmen will. Jedenfalls lohnt es sich jetzt nicht mehr, zu schlafen. Neben mir schlummert friedlich mein Goldstück, und ich wünschte, ich hätte ihr reines Gewissen. Damit sie nicht aufwacht, stehe ich leise auf, nehme mein Handy und verlasse das Schlafzimmer. Zum wiederholten Male wühle ich mich durch die Untiefen des Internets. Jeden Bericht lese ich Wort für Wort, obwohl im Endeffekt alle dasselbe aussagen, und die Buchstaben vor meinen Augen verschwimmen. Mein Körper ist müde, aber mein Kopf kommt einfach nicht zur Ruhe.

Das Medienspektakel habe ich nicht bedacht. Auf der einen Seite ist das ganz gut so, denn ansonsten hätte ich womöglich gezögert, und das würde bedeuten, dass sie mir mittlerweile das Leben zerstört hätte. Andererseits, hätte ich nur eine Sekunde nachgedacht und mir vor Augen gehalten, wer ihr Vater ist, wäre ich vielleicht klüger gewesen und hätte mir irgendeine andere Lösung überlegt. Einen Plan ausgearbeitet, ein Täuschungsmanöver. Natürlich weiß der Chef von Münchens größter Marketingagentur, wie man die Öffentlichkeit erreicht und für sich nutzt. Ganz München, nein das ganze Bundesland scheint die Augen nach ihr offen zu halten. Sie werden sie nicht finden. Jedenfalls nicht, solange der See ihre Leiche nicht wieder hergibt.

Bisher gibt sich die Polizei zurückhaltend mit den Befragungen. Sie glauben wohl, dass sich die verwöhnte reiche Göre freiwillig abgesetzt hat. Das wird sich ändern, sobald sie im wahrsten Sinne des Wortes wieder auftaucht. Also das, was die Fische noch von ihr übrig gelassen haben. Dann werden die Leute alles aus einem anderen Blickwinkel betrachten. Was vorher wie eine unbedeutende Kleinigkeit angemutet hat, wird sich auf einmal ins Bewusstsein drängen.

Ein weiterer Punkt, den ich nicht bedacht habe. Dafür könnte ich mich ohrfeigen. Es muss Mitwisser geben. Sie war nicht der Typ, der

Geheimnisse für sich behält. Momentan finden diese Personen ihr Wissen vermutlich noch nicht verdächtig, aber sobald sie erfahren, dass sie tot ist, wird das anders aussehen. Dass dies nur eine Frage der Zeit ist, da mache ich mir mittlerweile keine Illusionen mehr, auch wenn ich das in der fraglichen Nacht erfolgreich ausgeblendet habe. Jetzt kommt es mir beinahe so vor, als würde sie mir noch aus ihrem nassen Grab heraus das Leben zerstören wollen.

Das Gedankenkreisen wird immer schlimmer, und ich schaffe es einfach nicht, mein Hirn zum Schweigen zu bringen. Um einen klaren Kopf zu bekommen, muss ich dringend etwas von meinem Energy-Pulver nachlegen. Das Zeug wird meine Nervosität wahrscheinlich noch verstärken, aber zumindest kann ich damit deutlicher sehen. Im Endeffekt habe ich nur zwei Optionen: zu müde sein, um einen sinnvollen Gedanken zu fassen und trotzdem nicht schlafen können. Oder wach sein, endlich einen Plan schmieden und währenddessen versuchen, die Nervosität im Griff zu halten. Für mich steht fest, welche Variante ich wähle, denn ich habe keine Zeit zu verlieren.

Es ist kein großes Rätsel, wer als Mitwisser infrage kommt, und ich muss mich beeilen, wenn ich verhindern will, dass sie doch noch auf die Idee kommen, ihre Informationen mit der Polizei zu teilen.

Da gibt es nur ein Problem. Wenn ich sie einfach beseitige, geht alles von vorn los. Spätestens in ein paar Tagen werde ich mir den Kopf darüber zermartern, ob die beiden mit jemandem geredet haben. Mädchen quatschen gern und *Gossip,* wie man das heute nennt, sorgt immer zuverlässig für Aufmerksamkeit. Mein Dilemma ist also nicht aus der Welt, wenn ich sie umbringe. Dieses Mal muss ich besonnen vorgehen und herausfinden, was Sache ist. Ich muss Antworten aus ihnen herausholen, bevor ich sie endgültig auslösche.

Eine leise Stimme in meinem Hinterkopf sagt, dass dies auch keine Lösung ist. Was, wenn sie mir sagen, dass weitere Leute davon wissen? Will ich alle umbringen? Das könnten ganz schön viele werden.

Die Zweifel verstummen, nachdem ich mir eine ordentliche Dosis meines Energielieferanten einverleibt habe. Alles scheint plötzlich völlig klar, und die Zuversicht ist zurück. Mein Plan nimmt Formen an. Ich brauche nur einen Ort, an dem ich sie festhalten kann, um mich ihnen in Ruhe zu widmen. Eins ist sicher, die Tage der beiden Mädchen sind gezählt.

4. Kapitel

ANNA schloss die Tür zu ihrer Kanzlei auf. Noch immer konnte sie sich nicht daran gewöhnen, morgens in das verwaiste Büro zu kommen. Im Vorbeigehen mied sie den Blick zum Schreibtisch, hinter dem ihre Assistentin Daniela sie stets mit einem fröhlichen Lächeln begrüßt hatte. Jeden Tag nahm sie sich vor, den Tisch freizuräumen, aber letzten Endes ließ Anna es jedes Mal bleiben, weil es sich irgendwie nicht richtig anfühlte. Sie brachte es nicht über sich, die Schubladen von Danielas persönlichem Krimskrams zu befreien und die junge Frau damit quasi ein zweites Mal zu beerdigen.

Nicht ganz drei Monate war es her, dass Daniela einem brutalen Serienmörder zum Opfer gefallen war, dem die Presse den Namen „Rosenkiller" verpasst hatte. Der Mann saß nun in Untersuchungshaft und wartete auf den Prozessbeginn. Anna hoffte auf einen gnadenlosen Richter, der sich nicht von der traurigen Geschichte des Täters ablenken ließ und ihn für lange Zeit hinter Gitter schickte. Auch wenn das Daniela nicht zurückbrachte, für etwas Genugtuung bei den Hinterbliebenen und auch Anna würde ein hartes Urteil hoffentlich sorgen.

Sie ließ die Tür zum Empfangsbereich offen und setzte sich an ihren Schreibtisch. An diesem Vormittag stand eine Reihe von Vorstellungsgesprächen mit potenziellen neuen Anwaltsgehilfen auf dem Plan. Sie hatte sich lange davor gedrückt, einen Nachfolger zu suchen, aber schließlich eingesehen, dass sie die organisatorischen Aufgaben nicht ohne Hilfe bewältigen konnte.

Als Vorbereitung sah Anna noch einmal die Bewerbungsunterlagen der drei Kandidaten durch, die sie eingeladen hatte. In ihrem Kalender überprüfte sie, wer als Erstes dran war, und stellte fest, dass sie die Zeiten etwas knapp kalkuliert hatte. Natürlich musste den Bewerbern klar sein, dass sie mehrere Personen einladen würde, trotzdem fühlte sie sich unwohl bei dem Gedanken, dass sich die Konkurrenten um den

Job draußen über den Weg liefen oder warten mussten, weil Anna noch nicht fertig war.

Eigentlich hatte sie keine Lust, Einstellungsgespräche zu führen, aber noch weniger Lust hatte sie, eine Aushilfe von einer Zeitarbeitsfirma zu engagieren. Die Arbeit wuchs ihr über den Kopf, das merkte sie schon daran, dass sie nicht genug Zeit zwischen den Interviews gelassen hatte. Ihr Telefon hatte sie für heute an einen Telefondienst outgesourct, der die für sie eingehenden Anrufe entgegennehmen und ihr dann die gesammelten Telefonnotizen zukommen lassen würde. Eigentlich ein besserer Anrufbeantworter, bei dem man mit einer echten Person sprach, aber sie zahlte schließlich nicht umsonst eine hohe Mitgliedssumme für die Anwaltskammer, und so hatte sie für einen Tag deren Service gebucht.

Das erste Gespräch war für neun Uhr angesetzt, also hatte sie gerade noch genug Zeit, sich einen Kaffee zu machen, bevor die Bewerberin namens Saskia Hohlbein eintraf.

Nachdem der zweite Kandidat, Steffen Völker, gegangen war, fühlte Anna sich ernüchtert. Auf dem Papier hatten die beiden Anwaltsgehilfen wesentlich interessanter geklungen, als sie sich im Gespräch gegeben hatten. Völker wollte freitags generell nur bis 13 Uhr arbeiten und legte auch sonst großen Wert darauf, pünktlich Feierabend zu machen. Im Grunde konnte Anna das sogar verstehen, aber musste man das bereits beim Vorstellungsgespräch derart penetrant erwähnen? Einen fleißigen Eindruck hatte er jedenfalls nicht hinterlassen.

Saskia Hohlbein hatte zwar sehr gute Referenzen und durchaus kompetent gewirkt, aber die Chemie zwischen ihnen hatte einfach nicht gestimmt. Immerhin hatte Anna beide Gespräche relativ zügig beendet, sodass sich die Kandidaten nicht begegnet waren.

Sie stand von ihrem Schreibtisch auf, öffnete das Fenster und stellte sich für einige Minuten in den frischen Wind, der hereinströmte. Vermutlich ging sie zu voreingenommen an die ganze Sache und musste sich einfach nur von der Vorstellung verabschieden, eine zweite Daniela zu finden. Die würde es nicht geben, egal, wie lange sie suchte.

Eine Bewegung in dem Baum vor ihrem Fenster erregte ihre Aufmerksamkeit. Dort saß ein großer grauer Papagei mit roten Schwanzfedern und schien zu ihr rüberzuschauen. Verwundert betrachtete Anna den Vogel, doch dann wurde sie abgelenkt.

Überpünktlich um kurz vor elf öffnete sich die Tür zur Kanzlei. Schnell ging sie zurück zum Schreibtisch und warf einen Blick auf den Lebenslauf und das Foto des nächsten Bewerbers: Jannes Geissner.

„Kommen Sie rein", sagte sie und ging dem Mann entgegen, um ihn zu begrüßen. Der kam jedoch nicht rein, sondern stand wie ein begossener Pudel im Rahmen und starrte sie an. Anna war einen Moment perplex, dann musste sie lachen.

„So schnell sieht man sich wieder", sagte sie und trat auf ihn zu. Jannes rührte sich nicht, er schien wie erstarrt und wirkte, als würde er am liebsten auf dem Absatz kehrtmachen.

„Jetzt kommen Sie schon", sagte sie und reichte ihm die Hand, die er schließlich ergriff. Er setzte sich auf den zugewiesenen Stuhl und wartete, bis auch Anna Platz nahm.

„Entschuldigen Sie noch mal wegen gestern Abend", sagte er in aufrechter Haltung und mit einem selbstbewussten Glitzern in den Augen, die hinter einer feinen Brille lagen. Sein Piercing trug er nicht.

Das Bewerbungsfoto zeigte einen rundlichen, gemütlichen Mann. Der Jannes, der nun vor ihr saß, war relativ schlank und wirkte sogar sportlich. Darum hatte sie ihn gestern nicht als einen ihrer Bewerber erkannt.

„Lassen Sie uns das einfach vergessen und auf die Sache konzentrieren, weshalb wir beide heute hier sind", sagte Anna lächelnd. „Ihr Lebenslauf hat mich beeindruckt, deshalb habe ich Sie eingeladen." Jannes hatte Erfahrung in verschiedenen Anwaltskanzleien gesammelt und verfügte über umfangreiche Kenntnisse im Arbeits- und Strafrecht. Eine Sache interessierte sie jedoch noch, bevor sie das eigentliche Gespräch beginnen wollte. Sie deutete auf sein Foto. „Was ist mit diesem Bild? Das sieht so völlig anders aus als Sie, wie Sie hier vor mir sitzen."

In einer unbewussten Geste strich er sich über die Wange, die auf dem Foto noch füllig wirkte. Nun war sie konturreich und hatte ein Grübchen, wenn er lächelte. „Das ist zugegebenermaßen schon etwas älter. Im letzten Jahr habe ich ziemlich viel abgenommen, und durch den Umzug nach München kam ich bisher nicht dazu, neue, gescheite Fotos zu machen.“ Jannes kam ursprünglich aus der Nähe von Frankfurt am Main und war mit seiner Freundin nach München gekommen, da sie einen Job bei einem Softwarehersteller angenommen hatte, so berichtete er.

Anna vertiefte das Gespräch mit einigen allgemeinen Fragen über seine berufliche Laufbahn und seine Motivation, in ihrer Kanzlei zu arbeiten. Jannes zeigte sich wenig nervös, antwortete ruhig und präzise. Er erwähnte, dass er schon seit längerer Zeit an einer beruflichen Veränderung interessiert sei. „Ich habe mich erkundigt. Ihre Kanzlei entspricht genau meinen Vorstellungen. In Frankfurt war ich immer in Großkanzleien angestellt und einer von vielen.“ Er lächelte. „Ein kleines Team sagt mir mehr zu, bei dem man noch Hand in Hand arbeitet. Zudem habe ich erst mal genug von Wirtschaftsrecht, wo es immer nur darum geht, wie die Mandanten sich irgendwie den größten Steuervorteil sichern können. Die Fälle, an denen Sie die letzten Monate gearbeitet haben, entsprechen genau meinen Vorstellungen.“

Anna musste schlucken bei dem Gedanken daran, dass sie innerhalb eines Jahres bereits zwei Mördern näher gekommen war, als sie es sich überhaupt für ihr Leben hatte ausmalen können. Natürlich war ihr bei Ergreifen des Berufes bewusst gewesen, dass sie auch mal mit solchen Verbrechern in Kontakt kommen würde, aber jetzt, nachdem sie diese Erfahrung gemacht hatte, war sie sich sicher, dass sie lieber andere Fälle übernehmen wollte, anstatt Mordverdächtige zu vertreten.

„Sie sollten sich bewusst sein, dass auch in meiner Kanzlei völlig alltägliche Rechtsberatungen stattfinden, auch zu Finanzfragen. Dass ich für unschuldige Mandanten die wahren Täter jage und sie der Polizei ausliefere oder Mörder ausfindig mache, die mir jemanden aus meinem engsten Umkreis genommen haben, gehört nun wirklich nicht zu meinem Alltag“, sagte sie harscher als beabsichtigt.

„Oh, entschuldigen Sie, so war das nicht gemeint. Mir ist schon klar, dass das hier eine Anwaltskanzlei und keine Privatdetektei ist. Ich meinte damit auch eher, dass ich es beeindruckend finde, wie sehr Sie sich für Mandanten einsetzen und … Ach, was rede ich da für einen

Quatsch! Ihre Assistentin wurde Opfer eines Serienmörders, und ich fasle was davon, dass mir solche Fälle besser gefallen als Wirtschaftsrecht. Das war pietätlos. Können Sie den Schwachsinn vergessen, den ich da von mir gegeben habe?“ Jannes sah ehrlich geknickt aus.

Anna winkte ab. Er hatte seine Vorstellungen etwas unglücklich formuliert, und sie hatte seine Aussage zu sehr auf die Goldwaage gelegt. Wie es im letzten Jahr in ihrem Leben ausgesehen hatte, konnte er ja überhaupt nicht wissen. „Kommen wir zurück zum eigentlichen Thema, und das sollten Sie sein. Warum, abgesehen von konkreten Fällen, möchten Sie diesen Job bei mir?“

Mit der Zeit entwickelte sich ein lockeres Gespräch zwischen den beiden. Jannes sprach über seine bisherigen Erfahrungen und betonte, dass er daran interessiert sei, den bestmöglichen Service für die Klienten zu bieten. Seine Fachkenntnisse und seine Professionalität beeindruckten Anna. Natürlich würden sie einige Wochen brauchen, um als Team zusammenzuwachsen, aber Anna spürte, dass die Zusammenarbeit mit ihm gelingen konnte.

„Wann können Sie anfangen?“, fragte sie schließlich, als auch die Gehaltsfrage zu beider Zufriedenheit geklärt war.

„Sofort“, sagte er, ohne zu zögern.

„Prima.“ Anna klappte seine Mappe zu und verschränkte die Hände darauf. „Willkommen in meiner bescheidenen Kanzlei.“

„Echt? Sie wollen nicht mal eine Nacht drüber … Ich meine, danke“, haspelte er.

„Bedenkzeit ist nicht nötig, ich denke, Sie passen hervorragend zu mir, solange Sie mir nicht jeden Morgen kochend heißen Tee über die Bluse schütten.“

„Keine Sorge, ich trinke meinen Kaffee mit so viel Milch, dass er nur noch lauwarm ist“, sagte er und lachte. Anna stimmte mit ein. Es war ein gutes Vorzeichen, dass sie beide den gleichen Humor teilten.

„Dann würde ich sagen, ich mache den Vertrag fertig, und wir sehen uns morgen?“

„Ich kann gerne warten und direkt anfangen.“ Damit überrumpelte Jannes sie, bestärkte Anna aber darin, dass er genau der Richtige war.

Allerdings war da noch Danielas Schreibtisch, den sie nicht ausgeräumt hatte, und auch der Rechner war nicht neu aufgesetzt. Sie erklärte ihm ihre Zurückhaltung und warum sie gern noch einen Tag warten würde.

„Darum kann ich mich doch kümmern", sagte Jannes und stand auf. „Gern räume ich alle persönlichen Gegenstände aus den Schubladen in einen Karton, und wenn Sie die nötige Kraft dafür haben, schauen Sie es sich einfach an."

Der Vorschlag überzeugte Anna, so musste sie nichts übereilen. Nachdem er eine Verschwiegenheitsklausel unterzeichnet hatte, zeigte sie Jannes seine neue Wirkungsstätte, holte sich einen Kaffee und zog sich in ihr Büro zurück. Am liebsten hätte sie einen kurzen Mittagsschlaf eingelegt, aber sie hatte zu viel Arbeit vor sich, um sich eine zusätzliche Pause zu gönnen. Außerdem war sie jetzt nicht mehr allein in der Kanzlei, und wie würde das wohl bei ihrem neuen Assistenten rüberkommen, wenn seine Chefin sich direkt am ersten Tag zum Schlafen auf das Sofa legte?

Sie hatte kaum diesen Gedanken zu Ende gedacht, da klopfte es zaghaft an der Tür. Anscheinend hatte Jannes schon die erste Frage. „Kommen Sie rein", rief sie und nippte an ihrer Tasse.

„Ihr Termin ist da", sagte Jannes.

„Ich habe keinen Termin." Zur Sicherheit prüfte sie den Kalender vor sich.

Aus dem Vorzimmer hörte Anna eine Stimme, die Jannes bedrängte, ihn vorbeizulassen. „Ein Siegfried von Baumer möchte Sie sprechen." Jannes ließ sich von dem offenbar aufgebrachten Mann nicht irritieren und blieb ruhig und freundlich.

„Schicken Sie ihn rein", sagte Anna. Der Name sagte ihr nichts, es war zumindest kein Mandant von ihr.

Ein wohlhabend aussehender Mittfünfziger im Designeranzug betrat ihr Büro. An seinem Handgelenk blinkte eine teure Luxusuhr, und er wirkte in Annas bodenständiger Einrichtung fehl am Platz, was ihm anhand seines Gesichtsausdruckes auch aufzufallen schien.

„Was kann ich für Sie tun?", fragte sie freundlich und wies auf den Stuhl vor ihrem Schreibtisch.

Von Baumer kam ihrer stummen Aufforderung nicht nach. Stattdessen blieb er stehen und blickte von oben auf sie herab. „Ich möchte mich gern in einer rechtlichen Sache beraten lassen.“ Aus der Innentasche seines Sakkos holte er eine Visitenkarte hervor und legte sie vor Anna auf die Tischplatte. Offenbar war er der Eigentümer eines Herstellers für Luxusjachten.

„Warum wenden Sie sich damit ausgerechnet an mich?“, fragte Anna. Sie konnte sich nicht vorstellen, dass ein Mann seines Kalibers noch nie mit einem Anwalt zu tun gehabt hatte. Vermutlich hatte er sogar ein ganzes Team hinter sich stehen, das ihn in allen möglichen Belangen beriet.

„Ich verstehe Ihren Gedanken, aber ich möchte, dass mein Problem diskret behandelt wird und auf keinen Fall eine Verbindung zu meinem Unternehmen hergestellt wird.“

„Anwälte unterliegen der Schweigepflicht, ähnlich wie Ärzte.“ Anna biss sich auf die Zunge. Warum wollte sie sich hier eigentlich gerade um einen Mandanten bringen, der offensichtlich viel Geld hatte? Wenn der sich an jemanden außerhalb seines Teams wenden wollte, konnte ihr das doch egal sein.

„Das mag sein, dennoch möchte ich nicht, dass meine Advokaten möglicherweise ein falsches Bild von mir bekommen und das ihre künftige Arbeit mit mir beeinflusst. Es handelt sich nämlich durchaus um eine pikante Angelegenheit.“ Nun setzte von Baumer sich doch und lehnte sich beinahe verschwörerisch über den Schreibtisch. „Vielleicht haben Sie in letzter Zeit die Regionalnachrichten geschaut …“

5. Kapitel

WENN Felix eins hasste, dann war es, Berichte zu schreiben. Er war eher der Typ fürs Praktische. Observationen durchführen, irgendwo einsteigen, um Beweise zu sammeln, Hinweise zusammenfügen, um zu einem Ergebnis zu kommen. In der Regel reichte seinen Klienten auch, wenn er ihnen das Ergebnis in einem persönlichen Gespräch mitteilte oder die Beweise übergab. In dem Fall allerdings wollte die Frau die Ermittlungen zur Untreue ihres Mannes bis ins kleinste Detail verschriftlicht haben, um sie in dem unvermeidlich folgenden Scheidungskrieg gegen ihn zu verwenden.

Dass seine Schwester Natalie nun schon verhältnismäßig lange auf sich warten ließ, förderte seine Konzentration auch nicht gerade. Vorhin hatte er sie zu ihrer Therapiestunde gefahren, den Heimweg sollte sie allein bewältigen. Diese Aufgabe hatte sie bei der letzten Sitzung von ihrem Psychologen gestellt bekommen, damit sie dadurch lernte, sich in unbekannten Situationen selbstbewusster zurechtzufinden. Da sie den Weg kannte und gemeinsam mit Felix etliche Male zurückgelegt hatte, traute der Therapeut ihr das zu.

Felix hatte da so seine Bedenken gehabt. Seine Schwester hatte wegen des Autismus' große Probleme, mit fremden Menschen in Kontakt zu kommen, ganz zu schweigen davon, dass sie sich ungern unter vielen Leuten aufhielt. Beides war auf dem Heimweg zu Fuß zur Feierabendzeit kaum vermeidbar. Deshalb hatte Felix ihr eingebläut, keine Scheu zu haben und ihn anzurufen, wenn sie irgendwie das Gefühl hatte, dass sie die Situation nicht meistern konnte.

Angerufen hatte sie bisher nicht, allerdings sollte sie auch schon seit mehr als einer halben Stunde zu Hause sein, und das war von ihm großzügig berechnet gewesen. Immer wieder ging Felix ans Fenster und schaute auf die Straße, ob sie dort entlanggelaufen kam, und jedes Mal wurde er enttäuscht.

Sie ist ein großes Mädchen und schafft das schon. Du kannst sie nicht ihr gesamtes Leben vor allem bewahren, und wenn ihr Therapeut ihr das zutraut, dann wird er schon nicht danebenliegen, beruhigte Felix sich in Gedanken und setzte sich erneut an den Bericht. Zu seinem Entsetzen musste er feststellen, dass sich der Computer in der Zwischenzeit wegen eines Updates neu gestartet und er die Datei nicht gespeichert hatte.

„Das darf doch nicht wahr sein", stöhnte er. Sicherlich gab es einen Weg, die verloren gegangenen anderthalb Seiten wiederherzustellen, aber da müsste er auf Natalie warten. Bei allem, was den Computer oder das Internet betraf, war sie der Profi im Haus. Ihre Inselbegabung sorgte dafür, dass sie sich den lieben langen Tag mit nichts anderem als ihren PCs und Laptops beschäftigte, die in verschiedenen Ausführungen ihre Zimmer im oberen Stockwerk der Maisonettewohnung verstopften. An manchen Tagen bekam er sie nur zum Essen zu Gesicht, weil sie sich mal wieder an irgendeinem Algorithmus-Problem oder was auch immer festgefressen hatte.

Da er keine Lust hatte, noch mal von vorn anzufangen, machte er sich einen Kaffee und setzte sich auf die Couch. Nur wenig später hörte er endlich Schritte im Hausflur, und kurz darauf wurde die Wohnungstür aufgeschlossen.

Natalie kam wortlos herein und ging als Erstes in die Küche ans Spülbecken, um sich ausgiebig die Hände zu waschen. Dabei summte sie leise die Melodie von *Happy Birthday,* während sie konzentriert Finger für Finger bearbeitete. Seit sie sich zu Beginn der Coronapandemie beinahe auf wissenschaftlichem Niveau mit dem Thema Hygiene beschäftigt hatte, behielt sie diesen Spleen bei.

„Wo warst du so lange?", fragte Felix, als sie ihre Waschorgie endlich beendet hatte und sich die Hände mit einem Küchenpapier abtupfte.

„Bei der Therapie", antwortete sie staubtrocken.

„Ja, das habe ich nicht vergessen." Felix schaute demonstrativ auf die Uhr, was Natalie nicht sah. Es hätte auch nichts geändert, denn mit einem reinen Mienenspiel oder Gesten konnte sie nichts anfangen. „Und für den Heimweg hast du anstatt einer Dreiviertelstunde beinahe zwei Stunden gebraucht?"

„Ich habe die Zeit nicht gemessen, die ich benötigt habe."

„Dafür hab ich das gemacht, und ich sage dir, es waren geschlagene zwei Stunden. Was hast du in dieser Zeit angestellt?"

„Ich wurde abgelenkt und musste im Internet etwas recherchieren. Dafür habe ich mich auf eine Parkbank gesetzt, da ich im Gehen nicht konzentriert auf dem Handy lesen kann."

Verblüfft zog Felix die Augenbrauen nach oben. Bei ihrer Entdeckung musste es sich um etwas besonders Interessantes gehandelt haben, wenn Natalie deshalb von ihrem eigentlichen Vorhaben abgewichen war. Er überlegte, ob er sich einen Vortrag von ihr antun wollte, doch die Neugierde siegte, und so fragte er: „Wer oder was hat dich denn aufgehalten?"

„Ich wurde nicht aufgehalten, sondern ich habe freiwillig angehalten, um im Internet etwas nachzusehen." Natalie nahm sich einen Apfel und begann, die Schale sorgfältig mit dem Küchenhandtuch abzureiben.

„Und worum um alles in der Welt ging es dabei?" Im Geiste warf Felix bei diesen Worten theatralisch die Hände in die Luft. Manchmal könnte er seine Schwester für ihre Pedanterie erwürgen, auch wenn sie nichts dafür konnte.

„An einer Bushaltestelle in der Nähe der Praxis meines Therapeuten wurde ein Plakat aufgehängt. Es zeigt ein Foto und darunter einen Aufruf an die Bevölkerung. Eine junge Frau wird vermisst, und das hat mich interessiert."

Jetzt wurde Felix so einiges klar. Neben ihrer Leidenschaft für Computer und der damit verbundenen Technik gab es nur eins, das Natalies Aufmerksamkeit so fesseln konnte, dass sie sogar vergaß, wo sie sich gerade aufhielt, und das war True Crime. In letzter Zeit hatte sie Podcasts zu dem Thema für sich entdeckt und hörte sie rauf und runter. Der Algorithmus von Felix' Spotify schlug ihm schon gar nichts anderes mehr vor. „Von der habe ich, glaube ich, in den Nachrichten gehört, du etwa nicht? Fabienne Sowieso?"

„Ich war in letzter Zeit mit anderen Dingen im Internet beschäftigt, da hatte ich keine Zeit für Nachrichten. Fabienne Lindner ist der Name der Vermissten. Es handelt sich dabei um die Tochter von Valentin Lindner." Natalie legte den Apfel beiseite, ein Zeichen dafür, dass sie nun etwas weiter ausholen würde. „Der Vater besitzt eine der größten Online-Marketingagenturen Deutschlands. Fabienne Lindner ist siebzehn Jahre alt und besucht das Internat Schloss Berg in Berg am Starnberger See. Die Schule gilt als eine der besten Privatschulen in Deutschland, ein Eliteinternat, das eine strenge akademische Ausbildung bietet."

Felix nickte beeindruckt, wobei dies eher Natalies Fähigkeit galt, unbedeutende Details herauszufinden, als den tatsächlichen Informationen, die sie ihm unterbreitete. „Hast du eine Theorie, was mit ihr passiert sein könnte?", versuchte er, die Sache ein wenig abzukürzen.

Wie befürchtet, ließ Natalie sich nicht beirren. „Einmal im Jahr veranstaltet das Internat unmittelbar vor den Sommerferien eine Segelregatta mit den Schülerinnen der Oberstufe. An dem Wettbewerb nehmen Privatschulen aus ganz Deutschland teil, weshalb die Schülerinnen in dieser Zeit in einem Landheim direkt am Starnberger See übernachten. Vor drei Tagen verschwand Fabienne Lindner vor der Veranstaltung zum Start der Segelwoche und ist seitdem nicht mehr aufgetaucht."

Felix holte Luft, um seine Frage erneut zu stellen, doch Natalie redete einfach weiter.

„Die Polizei wurde informiert und sucht nach ihr, allerdings ist der Vater der Überzeugung, dass die Beamten nicht mit der notwendigen Sorgfalt vorgehen. Deshalb hat er eine Medienkampagne gestartet. Bisher offenbar erfolglos, es fehlt weiterhin jede Spur von Fabienne Lindner."

„Vielleicht verbringt sie ihre Zeit lieber mit ihren Freunden, anstatt auf dem Starnberger See herumzuschippern", sagte Felix. Er konnte sich nichts Langweiligeres vorstellen, als den ganzen Tag auf einem kleinen Kutter über einen See zu tuckern, auch wenn es der Starnberger See war. Doch, eine Sache fiel ihm ein, Golf war mit Sicherheit noch öder. Wenn er mit siebzehn jedenfalls an so einer Veranstaltung hätte teilnehmen müssen, hätte er vermutlich auch die Biege gemacht.

„Das liegt durchaus im Bereich des Möglichen, doch denkbar ist meiner Meinung nach auch eine Entführung, selbst wenn die Eltern bislang keine Lösegeldforderung erhalten haben."

Felix lachte leise. „Du hast echt eine rege Fantasie, was solche Themen betrifft. Am Ende glaubst du noch, dass die Mafia etwas damit zu tun hat."

„Wie ich bereits erwähnte, habe ich recherchiert und mir das nicht einfach ausgedacht", entgegnete Natalie streng. „In Deutschland kommt es immer wieder vor, dass Angehörige von vermögenden Menschen Entführungsopfer werden. Der Sohn der Familie Oetker zum Beispiel, der wurde in den Siebzigern in Freising entführt, um 21 Millionen Mark von den Eltern zu erpressen. Häufig werden solche Taten von Dilettanten begangen und scheitern deshalb, man erinnere sich an Magnus Gäfgen."

„Sagt mir nichts", erklärte Felix und bereute es sofort, denn er ahnte, was nun folgen würde.

„Magnus Gäfgen aus Frankfurt war Student der Rechtswissenschaft, der sich gern mit wohlhabenden Freunden umgab und ihnen vorspielte, ebenfalls aus einem reichen Elternhaus zu stammen. Als diese Lüge aufzufliegen drohte, entschied er sich Anfang der Zweitausender, einen Bankierssohn zu entführen, um Lösegeld zu erpressen. Anstatt ihn irgendwo festzuhalten, tötete er den Jungen sofort und verfasste erst dann das Erpresserschreiben an die Familie von Metzler. Eine Million forderte er. Bei der Übergabe wurde er verhaftet, da die Eltern die Polizei informiert hatten. Er gab jedoch nicht unmittelbar zu, den Jungen bereits umgebracht zu haben."

Jetzt dämmerte Felix etwas. Er hatte doch schon von dem Fall gehört. „War das damals nicht so, dass die Ermittler ihm Folter angedroht haben, um ihn dazu zu bringen, eine Aussage zum Versteck des Jungen zu machen, weil sie dachten, er lebe noch?"

„Korrekt, aber jetzt geht es um Fabienne Lindner. Ich denke, dass du den Eltern anbieten solltest, das Verschwinden ihrer Tochter aufzuklären." Aus Natalies Mund klang das nicht wie ein Vorschlag, sondern eher wie ein Befehl, von dem sie erwartete, dass Felix ihn ohne Zögern ausführte.

Theoretisch wäre er bei einem solchen Fall nicht abgeneigt, aber er bezweifelte, dass die Eltern begeistert wären, wenn sich ein Wildfremder anbot, nach ihrer Tochter zu suchen. „Du, ich glaube nicht, dass ich da weit komme. Vermutlich würde der Vater gar nicht mit mir reden wollen und falls doch, hat er sicherlich längst jemanden engagiert. Wer das Geld für ein solches Internat hat, der wartet nicht darauf, dass sich ein unterbeschäftigter Detektiv eigeninitiativ anbietet. Der arbeitet nur mit den Besten der Branche zusammen."

„Du hast dir nicht einmal angeschaut, welche Informationen ich gesammelt habe", sagte sie streng und nahm ihr Notizbuch zur Hand. Anstatt es ihm hinzuhalten, las sie vor, was sie sich anscheinend auf dem Heimweg notiert hatte, und erzählte irgendwas von Korruptionsvorwürfen gegen das Unternehmen des Vaters.

„Also was ich so online auf den Seiten der Lokalpresse gelesen habe, hat Fabienne laut Zeugenaussagen angedeutet, keine Lust auf das Landschulheim zu haben. Bestimmt taucht sie bald wieder auf", sagte Felix, als Natalie geendet hatte. So wirklich glaubte er nicht daran, denn spätestens bei dem Rummel um ihre Person hätte sich das Mädchen doch irgendwo gemeldet. Ein Grund mehr, warum er sich nicht anbiedern würde, einen solchen Fall zu übernehmen. In den vergangenen Monaten hatte er für seinen Geschmack einmal zu häufig einer Familie die traurige Nachricht vom Tod eines geliebten Familienmitglieds überbringen müssen.

6. Kapitel

VIER Tage liegt Fabienne nun schon in ihrem nassen Grab und niemand hat auch nur die geringste Ahnung, was mit ihr passiert ist. Trotz Polizeiaufgebot und etlichen Freiwilligen, die rund um den See nach ihr gesucht haben, bleibt die Leiche verschwunden. Die Suchaktion am See hat meiner Meinung nach hauptsächlich wegen des Medienspektakels, für das Fabiennes Vater verantwortlich ist, stattgefunden.

So richtig ernst scheinen die Beamten das Verschwinden weiterhin nicht zu nehmen, zumal anscheinend niemand einen Hinweis darauf liefern kann, wann genau Fabienne von der Party verschwunden ist. Glück für mich. Die Polizei tappt noch völlig im Dunkeln. Irgendwo habe ich mal gelesen, dass die Aufklärung von Vermisstenfällen immer unwahrscheinlicher wird, je mehr Zeit vergeht. Ich habe nichts dagegen, wenn dieser Fall ein *Cold Case* wird und im Archiv versauert.

Allerdings darf ich mich nicht in falscher Sicherheit wiegen, bloß weil Fabiennes Leiche noch nicht gefunden wurde. In den vergangenen Nächten, die ich vor dem Computer statt im Bett verbracht habe, habe ich mich im Internet unter anderem über Wasserleichen informiert. Ein menschlicher Körper kann über Wochen unter Wasser bleiben, bis ihm irgendwann die bei der Leichenfäulnis entstehenden Gase genug Auftrieb geben und er schließlich wieder auftaucht. Bei niedrigen Wassertemperaturen kann das länger dauern, da der Verwesungsprozess verlangsamt wird. Auch, wenn die Leiche in großer Tiefe liegt. Bei höheren Temperaturen und niedriger Wassertiefe geht es schneller.

Ich habe keine Ahnung, an welchem Punkt genau ich Fabienne ins Wasser geworfen habe, wie tief es dort ist oder wie viel Grad der Starnberger See aktuell hat. Also kann ich kaum einschätzen, wie lange es dauern wird, bis er sie wieder freigibt. Sicher ist jedoch, dass es mehr als fünf Grad sind, wobei die Chance besteht, dass die Leiche nie wieder hochkommen wird.

So oder so, ich sollte die Sache nicht dem Zufall überlassen, weshalb ich am späten Abend noch einmal losgefahren bin. Meinem Goldstück habe ich erzählt, dass ich mich an einer der freiwilligen Suchaktionen beteilige, da hat sie keine weiteren Fragen gestellt. Da sie sich im Dunkeln nicht wohlfühlt und sich nicht darum reißt, nachts noch rauszugehen, musste ich mir keine Gedanken machen, dass sie anbietet, mitzukommen. Zumindest dafür war das Medienspektakel gut, es liefert mir Vorlagen für glaubhafte Ausreden für meine Abwesenheit.

Jetzt im Auto ist mir jedoch selbst nicht klar, was ich mir von meiner Aktion erhoffe. Selbst wenn ich Fabiennes Überreste finden sollte, kann ich sie wohl kaum in den Kofferraum packen, um sie an einen anderen Ort zu verfrachten. Nach so langer Zeit ist der Leichnam sicher nicht mehr in einem passablen Zustand.

Dennoch ist es wie ein innerer Zwang, der mich zurück an den Starnberger See führt. Wenn ich wirklich auf den Leichnam stoße, kann ich ihn zumindest ins Boot hieven und erneut in den See schmeißen. Dieses Mal mit Steinen oder anderen Gewichten beschwert, damit ich sicher sein kann, dass sie so schnell nicht wieder nach oben kommt.

Als ich auf dem Parkplatz stehe und die frische Nachtluft einatme, sehe ich klarer. Es war eine komplett bescheuerte Idee und absolut leichtsinnig von mir, hier raus zu kommen. Nicht nur, dass ich für den Fall, dass ich hier auf jemanden treffe, keinen guten Grund habe, warum ich am See bin. Schon der Weg hat ein nicht unerhebliches Risiko dargestellt. Hätte mich die Polizei angehalten und einen Drogentest gemacht, wäre ich auf der Stelle in Gewahrsam genommen worden. Ich habe verhindert, dass Fabienne mein Leben zerstört, und arbeite gleichzeitig daran, das selbst zu erledigen.

Aber jetzt bin ich nun mal hier, da kann ich genauso gut aussteigen und mit einem Boot zur Roseninsel fahren. In der Nacht war ich grob auf dem Weg dorthin, und am ehesten ist sie dort am Ufer angespült worden. Und beobachten wird mich da vermutlich niemand.

Ich steige aus dem Auto und verberge mich im Schatten einer Hecke, um die Umgebung zu scannen. Gut möglich, dass die Polizei jemanden abgestellt hat, der den Bootssteg observieren soll. Immerhin passiert es doch immer wieder, dass ein Täter zurück an den Tatort kehrt. Oder ist das nur in Filmen und Serien so?

Die Gedanken kreisen in meinem Kopf, und ich muss sie irgendwie zum Schweigen bringen, um nicht wahnsinnig zu werden. Ich knie mich hin und ziehe ein durchsichtiges Tütchen aus meiner Hosentasche, außerdem mein Handy. Meine Finger zittern. Der Schlafmangel der letzten Tage macht sich immer heftiger bemerkbar. Mein Körper ist erschöpft und braucht Erholung, mein Kopf jedoch gibt keine Ruhe.

Ich lege mir eine Line auf das Display und ziehe sie in die Nase. Den Rest des Pulvers titsche ich mit dem Zeigefinger auf und verreibe ihn auf meinem Zahnfleisch. Sofort stellt sich das angenehme Kribbeln auf den Nasenschleimhäuten ein, und mein Mund wird leicht taub. Nicht lange danach entfaltet mein Energy-Pulver seine gewünschte Wirkung, und ich fühle mich topfit. Meine Zweifel und Bedenken sind wie weggeblasen.

Ich schaue mich auf dem Parkplatz um und bin plötzlich sicher, dass hier niemand auf mich wartet, um mich zu verhaften. Woher sollen die Beamten auch wissen, wo genau sie jemanden abstellen müssen? Immerhin ist bislang überhaupt nicht klar, dass es sich hierbei um einen Tatort handelt.

Dieser Gedanke beruhigt mich und gibt mir die Sicherheit, mich auf meinen Eindruck zu verlassen, dass niemand die Anlegestelle beobachtet. Zwar stehen einige Autos auf dem Parkplatz in der Nähe der Herberge, aber die scheinen allesamt leer zu sein, sofern sich nicht gerade jemand in den Fußraum duckt, was ein Observationsteam sicherlich nicht tun würde.

Ich schleiche nach unten zum Steg, jetzt mit dem Gefühl, dass mir niemand etwas anhaben kann. Die Dunkelheit liegt wie ein schützender Mantel über mir, und das Rauschen der Wellen übertönt meine Schritte. Dort angekommen, werfe ich einen Blick auf die Stelle, an der Fabienne ihren letzten Atemzug gemacht hat. Die kleinen

Blutflecken, die ihre Nase auf dem Holz hinterlassen hat, habe ich mit Seewasser entfernt, ohne Luminol wird die keiner finden.

Sie umzubringen, ist genau richtig gewesen, der einzige Ausweg, und es fühlt sich gut an, zu wissen, dass ich diese Gefahr beseitigt habe. Jetzt muss ich nur noch konsequent sein und mich auch um die anderen kümmern.

Du kommst nicht davon.

Vor Schreck zucke ich zusammen und schaue mich um. Niemand zu sehen. Die Stimme war nur Einbildung. Es war eine Halluzination und doch so real, dass ich beinahe geglaubt hätte, sie würde wirklich neben mir stehen. Aber das ist unmöglich. Fabienne ist tot. Ihre Leiche liegt im See, und selbst wenn sie nur bewusstlos und noch nicht tot war, als ich sie hineingeworfen habe, so war sie es kurze Zeit später mit Sicherheit.

Ich habe mein Geheimnis nicht für mich behalten.

„Natürlich nicht, du Schlampe! So naiv bin ich nun auch wieder nicht."

Mein Plan dafür steht, und nur noch eine Kleinigkeit fehlt, bevor ich mich an die Umsetzung machen kann. Jetzt muss ich für meinen Seelenfrieden aber zuerst überprüfen, ob Fabiennes Leiche irgendwo am Ufer der Roseninsel liegt und nur deshalb noch nicht entdeckt wurde, weil die Insel momentan für Besucher gesperrt ist. Eine seltene Froschart laicht dort, weshalb auch die Suchmannschaften sicher nicht draufgelassen wurden.

Mit klopfendem Herzen gehe ich zu der Jacht, um mir erneut das Rettungsboot zu leihen. Ich löse den Knoten und rudere auf den See hinaus. Als ich ein Stück draußen bin, nehme ich mein Handy und öffne die heruntergeladene Kompass-App. Da ich die Insel im Dunkeln vom Steg aus nie und nimmer finden würde und auch keine Scheinwerfer einschalten kann, habe ich mich für diese Methode der Navigation entschieden.

Es dauert eine Weile, bis ich mich mit der auf dem Display ständig herumwabernden Kompassnadel zurechtfinde, doch irgendwann erreiche ich die Roseninsel und ziehe das Boot ans Ufer. Obwohl sie nur etwa 170 Meter weit draußen auf dem Wasser liegt, habe ich vom Bootssteg an der Herberge aus mehr als eine halbe Stunde gebraucht.

Etwa doppelt so lange dauert es, bis ich einmal um die Insel herumgelaufen bin und das Ufer mit einer Taschenlampe abgesucht habe. Fabiennes Leiche entdecke ich dabei nicht. Stattdessen finde ich etwas viel Besseres. Etwas, das mir eine Zuversicht gibt, wie ich sie schon lange nicht mehr verspürt habe. Mein Plan steht kurz vor der Vollendung.

7. Kapitel

BEINAHE die ganze Nacht hatte Anna sich schlaflos in ihrem Bett herumgewälzt und über die merkwürdige Anfrage nachgedacht, mit der sich Siegfried von Baumer am Vortag an sie gewandt hatte. Eine unverbindliche Beratung wollte er von ihr, erst mal nur über mögliche Folgen seines Fehltrittes informiert werden. Er hatte eine Affäre mit der verschwundenen Fabienne Lindner gehabt und wollte nun Tipps dafür, wie er am besten reagierte, falls sich die Polizei an ihn wenden sollte. Zu guter Letzt sollte sie ihn dabei unterstützen, für die Öffentlichkeit möglichst anonym zu bleiben.

Noch immer war sie sich nicht sicher, ob sie ihre moralischen Bedenken beiseiteschieben konnte, wenngleich genau das der Anwaltsberuf immer wieder von einem verlangte. Am frühen Morgen, nachdem sie schließlich doch für etwa zwei Stunden die Augen zugemacht hatte, war sie zu einem Entschluss gekommen. Sie würde Felix auf ihre Kosten bitten, Siegfried von Baumers Geschichte zu überprüfen. Irgendwie hatte sie kein gutes Gefühl bei der Sache.

Sollte er sie belogen haben oder es sich am Ende herausstellen, dass er doch etwas mit dem Verschwinden der jungen Frau zu tun hatte, würde sie das Mandat sofort niederlegen. Die Polizei dürfte sie trotzdem nicht informieren, so schwer es ihr auch fallen würde, denn die Verschwiegenheitspflicht galt für alles, was sie im Rahmen ihrer Berufsausübung erfuhr. Manchmal verfluchte sie diese strengen Regeln ihres Berufsstandes, wenngleich sie natürlich ihren Sinn hatten.

Sie stellte ihren Mini auf dem Parkplatz in der Nähe ihrer Kanzlei ab und ging zum Eingang des Bürokomplexes. Von der linken Seite erklang hinter einem Gebüsch ein anerkennender Pfiff. Anna seufzte. Auch im Jahr 2023 dachten manche Männer noch, es wäre ein Kompliment, wenn sie Frauen in Röcken auf offener Straße hinterhergeierten. Sie wandte sich zur Seite, um dem Kerl ihre Meinung zu geigen, aber dort war niemand zu sehen.

„Bleib stehen! Bleib stehen!“, krächzte jemand aus dem Gebüsch, als sie sich gerade wieder in Bewegung setzte. Die Äste wogten hin und her, und Anna schaute genauer hin. Ein leuchtendes Rot fiel ihr ins Auge, und sie erkannte den Papagei, den sie gestern von ihrem Bürofenster aus in einem Baum entdeckt hatte.

„Mei, was machst du denn da?“, murmelte sie. Davon, dass in Düsseldorf einige Halsbandsittiche in freier Wildbahn lebten, hatte sie schon gehört, auch in Köln oder Wiesbaden, aber das hier war ein gänzlich anderes Exemplar. Das Tier war viel größer als die kleinen grünen Hüpfer, die Anna aus den Medien kannte, und trug wunderschöne Grauschattierungen mit einem roten Schwanzgefieder.

Der Vogel schien sie zu verstehen, denn er krabbelte auf einen Ast weiter vorn und neigte neugierig den Kopf. Sie hielt ihm die Hand hin, wie man es bei einem Hund oder einer Katze machen würde, damit die daran schnuppern konnten, und der Papagei beäugte sie.

„Bist du die ganze Nacht hier unterwegs gewesen? Bestimmt hast du Hunger, oder?“

Als wollte er ihr antworten, krächzte der Vogel. Wo er wohl hingehörte? Er schien zahm zu sein, vermutlich war er seinen Besitzern entflogen und fand nun nicht mehr nach Hause. Sie sollte das Tierheim verständigen, nicht, dass diesem wunderschönen Tier hier draußen noch etwas passierte und sich eine Katze einen üppigen Mittagssnack gönnte oder er gar von einem Greifvogel angegriffen wurde. Anna hatte mal beobachtet, wie ein Habicht oder etwas Ähnliches eine Taube bei ihr im Hinterhof geschlagen hatte. Ein grauenvolles Bild, das Massaker hatte einen riesigen Blutfleck und ein paar gerupfte Federn hinterlassen, bevor der Jäger mit seiner Beute entschwunden war.

Sie beugte sich hinunter zu ihrer Tasche, um ihr Handy rauszuholen, da raschelte es im Gebüsch, und der Papagei hüpfte vom Ast rüber auf ihre Schulter. Anna zuckte kreischend zurück, und der Vogel begann hektisch mit den Flügeln zu flattern und sich in ihre Haut zu krallen.

„Geh runter“, schimpfte sie und beugte sich zum Gebüsch, um ihm den Abstieg zu erleichtern. Der Vogel jedoch dachte gar nicht daran, ihre Schulter zu verlassen, sondern grub seine scharfen Krallen nur noch fester in sie hinein.

„Frau Hart? Alles in Ordnung?“ Jannes kam auf sie zu und unterdrückte glucksend ein Lachen, als er den Papagei entdeckte. Sie musste ein wirklich lustiges Bild abgeben.

„Lachen Sie nicht, helfen Sie mir lieber.“ Langsam drehte sie sich zu ihm und bemerkte das Zucken in seinen Mundwinkeln. Er kam näher und hob die Hand, da schnappte der Papagei nach seinem Finger, den Jannes schnell aus seiner Reichweite zog.

„Er mag Sie offenbar lieber als mich“, sagte er.

„Da fühle ich mich aber geehrt“, murmelte Anna. „Vielleicht lässt er von mir ab, wenn wir reingehen“, sagte sie und ging etwas steif auf den Eingang zu. Der Vogel schwankte, machte jedoch keine Anstalten, zurück in sein Gebüsch zu fliegen. Jannes öffnete die Tür und hielt sie so weit auf, wie es ging. Bevor Anna eintrat, blieb sie kurz stehen und wackelte mit der Schulter. Anstatt sich endlich von ihr zu lösen, rieb der Papagei seinen Kopf an ihrem Ohr.

„Gut so, gut so“, krächzte er.

Anna warf Jannes einen Blick zu, der sich das Lachen nun nicht mehr verkniff. „Haben Sie das gehört? Der kann ja reden!“ Selbstverständlich hatte Anna davon gehört, dass bestimmte Vogelarten die Laute von Menschen imitierten, es aber live zu erleben, war doch etwas gänzlich anderes.

„Dann kommt er eben mit mir ins Büro“, entschied sie kurzerhand. „Mal sehen, was das Tierheim sagt.“

Aus dem Augenwinkel erkannte Anna, dass der Papagei heftig mit dem Kopf nickte, während sie an Jannes vorbeiging und das Gebäude betrat.

„Er scheint das für eine gute Idee zu halten“, sagte er.

Ohne weitere Zwischenfälle gelangten sie nach oben, und Anna ging in ihr Büro. Unschlüssig stand sie vor ihrem Schreibtisch. „Willst du jetzt den ganzen Tag auf meiner Schulter verbringen?“

Der Papagei krächzte und flatterte auf Annas Schreibtischlampe, die unter seinem Gewicht hin und her schaukelte. Erleichtert rollte sie die Schultern, stellte die Tasche neben den Tisch und massierte die Stelle, auf der das Tier gesessen hatte. Die Krallen des Papageis waren äußerst scharf, und die Stelle, wo er sich festgeklammert hatte, schmerzte. Sie nahm sich vor, nachher zu überprüfen, ob er sie aufgekratzt hatte.

„Ich mache Kaffee“, sagte Jannes von der Tür aus und ließ sie mit dem Vogel alleine.

In den nächsten zwanzig Minuten telefonierte Anna verschiedene Tierheime durch, bekam aber im Prinzip jedes Mal dieselbe Antwort. Seit die Menschen nach den Lockdowns wieder in den Urlaub fahren durften, merkten sie erst, was Tierhaltung wirklich bedeutete, und gaben ihre Mitbewohner, die sie sich während der Pandemie leichtfertig angeschafft hatten, reihenweise im Tierheim ab. Nirgendwo gab es noch einen Platz für den Vogel, der zunächst in Quarantäne musste, damit er keine Artgenossen in einer Voliere ansteckte, und man bat Anna, den Papagei so lange bei sich zu behalten, bis sich jemand meldete, der ihn vermisste. Außerdem sollte sie ihn zusätzlich im Fundbüro der Stadt melden.

„Als wäre jemals ein Mensch ins Fundbüro marschiert, weil er seinen Papagei verloren hat“, sagte Anna in Richtung des Vogels, der ihrem Eindruck nach bestätigend krächzte. „Du bist wirklich ein schlauer Kerl, nicht wahr? Oder bist du ein Mädchen? Vermutlich eher das, deshalb magst du Frauen wohl lieber.“

Jannes klopfte an die Tür und betrat den Raum. „Hier, das hab ich für Ihren neuen Freund gebaut, damit er Ihnen nicht das Büro ehm … zukackt.“ Er stellte die provisorische Toilette aus einer großen Schüssel und einem Reklameblatt unter die Lampe. Kaum dass er sich dem Papagei näherte, fauchte dieser ihn böse an, obwohl er außerdem eine geschnittene Karotte und Apfelstücke bei sich hatte.

„Undankbares Viech“, murmelte Jannes.

Erst als er ein paar Meter von ihm entfernt stand, hüpfte der Vogel auf den Tisch, nahm sich eine Karotte und flatterte mit ihr im Schnabel zurück auf die Lampe, wo er das Gemüse in die Kralle nahm und daran knabberte.

„Ich habe übrigens auf Kleinanzeigen recherchiert und in einer Facebook-Gruppe für verschwundene Tiere in München und Umgebung nachgeschaut. Nirgends ein entflogener Graupapagei. Scheint, als würde ihn niemand vermissen.“

Anna befand, dass sie mit Jannes einen richtig guten Fang gemacht hatte, denn genau das wären ihre nächsten Schritte gewesen. Er nahm ihr also Arbeit ab, die streng genommen nicht mal zu seinem Aufgabenbereich gehörte, ohne dass sie auch nur ein Wort sagen musste. Solche Mitarbeiter fand man heutzutage selten.

„Was liegt heute an?“, fragte Jannes. „Irgendwas, das ich für Sie erledigen kann?“

„Ach du liebe Güte, gut, dass Sie fragen. Würden Sie Felix Hertzlich eine Mail schreiben und ihn bitten, so schnell wie möglich bei mir im Büro vorbeizukommen? Ich habe einen Auftrag für ihn. In der Zwischenzeit bestelle ich mal einen Käfig für diesen Racker hier. Sieht so aus, als würde er wohl etwas länger bei mir bleiben.“ Vor lauter Aufregung um den Papagei hatte sie völlig verdrängt, dass sie von Baumer alsbald überprüfen lassen wollte. Bei aller Liebe zu ihrem Beruf, sie war nicht mehr bereit, Mördern dazu zu verhelfen, möglichst unbeschadet aus einem Fall herauszukommen.

Während sie auf Felix wartete, der sich laut Jannes direkt auf den Weg gemacht hatte, legte Anna eine Akte zu Siegfried von Baumer an und fasste das Gespräch von gestern zusammen. Anschließend recherchierte sie im Internet nach Informationen zu dem Mann. Alter, Wohnort, Sitz seines Unternehmens, Ehepartner, Kinder. Viel mehr war über ihn nicht zu finden, bis auf ein paar Presseberichte, laut denen er sich wohltätig engagierte. Für solche Fälle wünschte sich Anna Zugriff auf die Polizeidatenbank, aber mit etwas Glück könnte sich Natalie für das Thema begeistern und mit ihren Kenntnissen die gewünschten Informationen zur Verfügung stellen.

Schneller als erwartet klopfte es an der Tür, und Jannes steckte seinen Kopf herein.

„Felix Hertzlich wäre jetzt da“, sagte er, schaute sich um und kam ins Büro. Mit gesenkter Stimme fügte er hinzu: „Kann es sein, dass er ein ganz schöner Chauvi ist?“

Anna zog die Augenbrauen hoch. Sie wusste, dass Felix gern seinen Charme einsetzte, um schneller ans Ziel zu gelangen. Das hatte er auch bei Daniela getan, als er zum ersten Mal in Annas Kanzlei aufgeschlagen war. Jannes war allerdings ein Mann, und es gab eigentlich keinen Grund, warum Felix mit ihm flirten sollte. Es sei denn …

„Wie meinen Sie das?“, fragte sie.

„Na ja, er schien ziemlich überrascht und auch enttäuscht, dass Ihre neue Assistentin gar keine Frau ist. Beim Reinkommen hat er nämlich nach einer Frau Geissner gefragt. Da ich die Mail an ihn nur mit meinem Nachnamen unterzeichnet habe, hat er wohl eine Frau erwartet.“

Anna lachte und winkte ab. Felix' Rollenvorstellungen waren offenbar etwas veraltet. „Schicken Sie ihn rein“, sagte sie, was jedoch nicht nötig war, da er bereits direkt vor der Tür stand, als Jannes sie öffnete.

„Bleib stehen! Bleib stehen!“, krächzte der Papagei und schlug aufgeregt mit den Flügeln.

„Alles gut, er darf gern reinkommen“, murmelte Anna ihm zu.

Felix blieb wie angewurzelt im Türrahmen stehen und starrte auf den Vogel. „Was ist das denn?“, fragte er mit angespannter Stimme.

„Ein Papagei, erkennst du das nicht?“ Sie hatte völlig vergessen, dass Felix Angst vor Tieren hatte.

„Schon klar, aber was macht der hier? Er scheint mich ja nicht gerade willkommen zu heißen.“

Wie zum Beweis, dass er Felix nichts tun würde, hob Anna den Zeigefinger und hielt ihn dem Vogel hin. Der rieb sofort seinen Kopf daran. „Ich habe ihn heute früh vor dem Haus in einer Hecke gefunden.“ Sie lächelte. „Komm rein. Er wird dich schon nicht beißen.“ Während sie das sagte, kreuzte sie gedanklich die Finger. Bei Jannes hatte das anders ausgesehen.

Felix rührte sich weiterhin nicht und fixierte den Vogel mit seinem Blick.

„Das ist nur ein Papagei, Felix. Keine Schlange“, versuchte Anna, ihn zu beruhigen. Der Vogel pfiff fröhlich die Melodie von *Alle meine Entchen*, so als wolle er Felix verhöhnen.

Der setzte sich schließlich langsam in Bewegung und rückte einen Stuhl weit von der Lampe auf dem Schreibtisch ab. Wie in Zeitlupe setzte er sich darauf, wobei er den Vogel keine Sekunde aus den

Augen ließ. Seine obligatorische Lederjacke zog er trotz der Wärme nicht aus.

„Möchten Sie Kaffee und Wasser?", fragte Jannes, der in der noch offenen Tür stand und das Schauspiel amüsiert betrachtete.

„Ja, bitte", sagte Anna. „Zweimal. Vielen Dank." Die Tür schloss sich.

„Deine neue Tippse hat mich Chauvi genannt, das hab ich genau gehört", sagte Felix vorwurfsvoll.

„Und exakt mit dem Wort Tippse bestätigst du ihn", entgegnete Anna streng. Sie kannte Felix mittlerweile und wusste, dass man nicht alles bierernst nehmen durfte, was er sagte, doch jemand Fremdes konnte sich von so einer Anrede durchaus beleidigt fühlen. „Aber lass uns jetzt nicht darüber diskutieren. Es gibt einen Grund dafür, dass du hier bist, und es ist eilig." Sie klappte die Akte zu und schob sie Felix zu, der sie entgegennahm, öffnete und rasch überflog.

Schließlich hob er den Kopf und ließ die Akte auf den Schoß sinken. „Fabienne Lindner?"

„Genau. Vermutlich hast du in der Presse von ihr gelesen, sie ist seit vorgestern Nacht spurlos verschwunden und …"

Felix seufzte. „Ja, der Fall ist mir in allen erdenklichen Einzelheiten bekannt. Natalie hat sich natürlich direkt draufgestürzt und wollte mich überzeugen, dass ich der Familie meine Dienste anbiete."

„Und? Hast du dich angebiedert?"

Felix schüttelte den Kopf. „Selbstverständlich nicht. Die Familie wird einen Stab von Detektiven und Sicherheitsleuten haben, die sicherlich schon damit betraut sind."

Anna atmete erleichtert auf. So würde es nicht zu einem Interessenskonflikt kommen. „Nun, jetzt kannst du deiner Schwester die freudige Mitteilung machen, dass du doch noch in dieser Sache aktiv wirst. Ich möchte, dass du diesen von Baumer für mich einer gründlichen Überprüfung unterziehst."

Felix legte die geöffnete Akte vor sich auf den Tisch. „Du meinst, weil er eine Affäre mit Fabienne Lindner hatte?"

Als würde der Papagei verstehen, worüber sie sprachen, stieß er einen grellen Pfiff aus.

Anna lachte und fuhr fort. „Er versicherte mir, dass er nichts mit ihrem Verschwinden zu tun hat, dass es keinen Streit oder Ähnliches gab. Angeblich befürchtet er lediglich, dass man im Laufe der Ermittlungen auf ihn aufmerksam wird, und wollte von mir eine Beratung, was ihn schlimmstenfalls erwartet. Außerdem möchte er im Fall der Fälle meine Unterstützung dabei, dass nichts davon an die Öffentlichkeit gelangt."

„Und weshalb geht er damit nicht zu seinen eigenen Anwälten? Ich meine, ein Mann von seinem Kaliber sollte doch eine ganze Riege davon haben."

„Genau das habe ich ihn auch gefragt", erklärte Anna. „Er möchte seine rechtlichen Angelegenheiten nicht vermischen, außerdem hat er wohl die Befürchtung, dass seine Frau etwas rausbekommt, wenn er seine eigenen Anwälte damit betraut. Die Schweigepflicht gilt zwar auch nahen Angehörigen gegenüber, aber er traut der ganzen Sache nicht."

Felix schwieg einen Moment, dann seufzte er. „So ganz verstehe ich nicht, weshalb du mir nun diesen Auftrag gibst. Was genau soll ich herausfinden?"

„Ich möchte ausschließen, dass er doch etwas mit ihrem Verschwinden zu tun hat oder sie am Ende sogar von ihm ermordet wurde", sagte Anna. Irgendwie klang diese Erklärung plötzlich dürftig, dabei war es ihr in ihrem Kopf noch völlig nachvollziehbar vorgekommen. „Nach unseren letzten beiden Aufeinandertreffen mit Mördern habe ich wenig Lust, schon wieder einen in meinem Büro sitzen zu haben und ihm gar Rechtsbeistand zu leisten. Solche Gewalttäter möchte ich in Zukunft nicht mehr vertreten."

„Aber einen Kinderschänder schon, oder wie?", gab Felix fast zickig zurück. „Wo zieht man denn da die Grenze? Hat so ein Schnösel, der über sein Geld junge Mädchen verführt und Sex mit ihnen hat, es verdient, mit weißer Weste aus so einer Sache rauszukommen?"

Anna kniff die Lippen zusammen. Mal wieder die alte Diskussion darüber, wie es um die Moral von Menschen mit ihrem Beruf gestellt war. Momentan hatte sie weder Lust noch die Zeit, mit ihm darüber zu debattieren, dass Anwälte eben dafür sorgten, dass Straffälligen eine gerechte Behandlung zuteilwurde und sie ihre Rechte aufgezeigt bekamen. Das bedeutete nicht, dass man eine Tat guthieß oder sich gar mit dem Täter identifizieren konnte. Bei Mordverdächtigen war für sie allerdings eine Grenze erreicht, die sie nicht mehr überschreiten wollte.

„Ich bin nicht dazu verpflichtet, einen Mordprozess gegen meinen Willen anzunehmen“, bekräftigte sie ihre Entscheidung, obwohl Felix sie gar nicht infrage gestellt hatte.

„Das beantwortet meine Frage nicht.“ Er schien fast schon persönlich beleidigt.

„Felix, es ist nun mal mein Beruf, Menschen rechtlich zu beraten.“ Anna seufzte. „Wenn Fabienne wirklich noch ein Kind gewesen wäre, würde die Sache vermutlich anders aussehen, und ich würde den Fall ablehnen. Es handelt sich aber um eine fast erwachsene Frau, und ich kenne die Hintergründe nicht. Auch junge Mädchen verlieben sich hin und wieder in ältere Männer, ohne dass sie von ihnen manipuliert werden.“

„Machtmissbrauch nennt man so was. Von Baumer hätte in seiner Position da einen Riegel vorschieben müssen. Zudem ist er verheiratet und hat zwei Kinder, die in ein paar Jahren im selben Alter sind wie seine zuckersüße Affäre.“

„Da magst du recht haben, allerdings ändert das nichts an meiner Einstellung zu meinem Beruf“, beharrte Anna. „Hilfst du mir also, auszuschließen, dass von Baumer ein dunkles Geheimnis hat?“

Felix verschränkte die Arme vor der Brust. „Noch dunkler, als dass er auf Minderjährige steht? Wenn du mich dafür bezahlst, werde ich das wohl tun. Erwarte allerdings nicht von mir, dass ich deinem Mandanten dabei besonders wohlwollend gegenüberstehe.“ Er stand auf und nahm sich die Akte. „Die darf ich mitnehmen, oder?“

Der Papagei hüpfte von der Lampe und krallte sich ein Stück Apfel. Felix machte einen Satz zurück und riss die Augen auf.

„Der bewegt sich ja doch“, sagte er atemlos.

„Er hat sich nur ein Apfelstück geholt.“

„Ja genau, und im nächsten Moment fliegt er zu mir rüber und pickt mir auf dem Kopf rum. Ich melde mich, sobald ich was rausgefunden habe.“ Er ging zur Tür, hinter der Jannes mit einem Tablett stand und erschrocken zurückwich.

„Werde diesen Vogel los“, sagte Felix und drängte sich an Jannes vorbei Richtung Ausgang.

„Jetzt wo du mich davon zu überzeugen versuchst, möchte ich ihn eigentlich behalten“, murmelte Anna.

8. Kapitel

BEIM Frühstück im Internat saß Lara wie immer abseits allein an einem Tisch. Am Sonntag hatte die Schulleitung beschlossen, dass das Team von Schloss Berg aufgrund von Fabiennes Verschwinden nicht mehr an der Regatta teilnehmen würde und die Klasse ins Internat zurückkehren sollte. Ehrlicherweise war das Lara ganz recht, denn in dem Landheim hatte sie sich noch einsamer gefühlt als sonst. All das Gegacker der Mädels, neue Freundschaften, die entstanden, und wie gewohnt niemand, der sich für Lara interessierte, als sei sie eine Aussätzige.

Seufzend schlug sie ihr Ei auf und suchte auf dem Tisch nach dem Salzstreuer. Ein Mädchen aus dem Abschlussjahrgang vom Nachbartisch hatte ihn sich offenbar geborgt und stellte ihn gerade zurück, wie Lara aus dem Augenwinkel bemerkte. Ohne aufzuschauen, griff sie danach und drehte ihn über ihr Ei, wobei der Deckel runterfiel und sich das Salz komplett entleerte. Die Mädchen an dem Tisch nebenan kicherten.

„Wie witzig“, murmelte Lara genervt. Wenn sie eins gelernt hatte, seit sie auf das Eliteinternat ging, dann, dass sie nicht zeigen durfte, wie sehr sie die demütigenden Aktionen verletzten.

Es spendete ihr ein wenig Trost, dass sie nicht als Einzige Ziel von solchen Späßen war, sondern alle Stipendiatinnen ins Fadenkreuz der Nachkommen der Oberschicht gerieten. Anstatt sich jedoch zusammenzutun, zog sich jede von ihnen zurück und machte die Schikane mit sich selbst aus.

Seit knapp zwei Jahren besuchte Lara das Internat und hatte anfangs noch gehofft, dass sich das legen würde, aber weit gefehlt. Alles, was die anderen Mädchen interessierte, war, dass ihre Familie kein Geld hatte. Ihre Mutter hoffte, dass Lara durch die Kontakte, die sie hier knüpfte, später leichter einen guten Job bekam. Sie hatte dabei wohl nicht einkalkuliert, dass Lara niemals in die elitäre Gemeinschaft aufgenommen würde.

Frustriert wischte sie die Salzreste auf dem Tisch mit der Handkante weg und blendete dabei die Gespräche aus, die sich seit ihrer Rückkehr nur um Fabienne drehten. Die Stimmung im Frühstückssaal war so angespannt und merkwürdig, dass sie sich doch wieder zurück in die Herberge wünschte, wo sich wenigstens ein Teil der Anwesenden nicht über das Verschwinden von Fabienne unterhalten hatte. Es war, als wäre das gesamte Internat zusammengerückt, ausnahmslos jede tat so, als wäre sie persönlich mit Laras Klassenkameradin befreundet gewesen, egal, aus welcher Klassenstufe und ob sie vorher ihren Namen gekannt hatten.

Am Nachbartisch wurden nach dem Spaß auf Laras Kosten wieder betroffene Gesichter gezogen und Spekulationen angestellt, was wohl passiert sein könnte.

„Glaubst du, Fabienne wurde entführt?“, fragte eines der Mädchen aus dem Abiturjahrgang, deren Klasse ebenfalls im Landheim gewesen war. Ihr Name war Lydia, glaubte Lara zu wissen.

„Wie soll das abgelaufen sein? Immerhin war sie doch noch auf der Party“, entgegnete eine andere, sie hieß Amy. „Da müsste doch jemand mitbekommen haben, wenn sie irgendwer verschleppt hätte.“

„Irgendwann muss sie ja auch mal aufs Klo gegangen sein oder so.“ Jeanette, die in Laras Klasse war, zupfte sich ihre roten Locken zurecht.

„Und da hat dann der mysteriöse Fremde im Schatten gewartet, um zuzuschlagen, oder wie stellst du dir das vor?“

Lydia zuckte die Schultern. „Kann doch sein, oder nicht? Bei der Starnberger Trophy sind ein Haufen Nachkommen der wohlhabendsten Deutschen anwesend. Er muss ja nur blind zugreifen und hat schon eine erwischt, von deren Eltern er ordentlich Kohle erpressen kann.“

„Genauso gut könnte er aber auch einen Griff ins Klo landen, wenn er sich eine wie die krallt.“ Amys Kopf fuhr herum, die anderen folgten.

Lara spürte die Blicke der Mädchen auf sich, und ihr Gesicht brannte. Am liebsten würde sie ihnen entgegenschleudern, was sie über den Verlauf des Abends wusste, doch sie hielt sich zurück.

„Ich glaube ja, dass sie einfach abgehauen ist", widmete sich der Nachbartisch wieder den Spekulationen. „Sie hat doch schon davor gelästert, weshalb wir in dieser schäbigen Herberge in Gruppenzimmern übernachten müssen, obwohl unser Internat nur ein paar Kilometer entfernt liegt."

„O ja, das will mir auch nicht in den Kopf. Nur weil die anderen Schulen eine weite Anreise haben, müssen wir uns das doch nicht auch noch geben."

„Meine lieben Damen, das Ziel einer solchen Unternehmung ist die Stärkung der Gemeinschaft sowie das Knüpfen von Kontakten zu Schülerinnen aus anderen Bundesländern. Diese Form des Zusammenseins fördert das Sozialverhalten und den positiven Umgang miteinander", äffte Lydia die Schulleiterin Regina Weißdorn nach.

„Als ob! Ich kann mir schon vorstellen, dass Fabienne sich freiwillig abgesetzt hat. Bei der Party war die Gelegenheit doch perfekt, sich unbemerkt aus dem Staub zu machen." Amy klang, als wäre sie sich dabei ganz sicher. Lara konnte nur hoffen, dass sie nicht irgendwas beobachtet hatte.

Jeanette schien nicht überzeugt, dass Fabienne aus freien Stücken weg war. „Vielleicht hast du ja recht, aber glaubst du nicht, dass sie spätestens nach dem Interview von ihrem Vater mit dem Bayerischen Rundfunk zurückgekommen wäre? Sie sitzt doch nicht irgendwo gechillt rum und sieht dabei zu, wie die Zeitungen ihr Foto abdrucken."

„Du bist doch bei ihr in der Klasse", sagte Amy mit gesenkter Stimme, sodass Lara sich anstrengen musste, noch etwas zu verstehen. „Stimmt es, dass sie Probleme hatte und ihr ein Schulverweis drohte?"

Jeanette blies die Wangen auf. „Puh, keine Ahnung, so dick sind wir nicht. Wenn das aber stimmt, spricht es nicht gerade dafür, dass sie sich freiwillig vom Acker gemacht hat."

„Warum?", fragte Amy in einem Tonfall, als wäre sie persönlich beleidigt worden. „Genau das ist doch das Geniale dahinter. Sie taucht freiwillig unter, ihr Vater veranstaltet einen Riesenaufstand, ganz

Bayern sucht nach ihr, und dann taucht sie wohlbehalten wieder auf. Natürlich mit einer Geschichte, dass sie von irgendwelchen Unbekannten festgehalten wurde und sich befreien konnte, und zack, der Schulverweis ist vergessen."

Gar keine schlechte Idee, dachte Lara. Ein wenig war es ihr auch schon so vorgekommen, als hätte Fabienne diese Aktion absichtlich gerissen, um sich später in der Aufmerksamkeit der anderen zu sonnen, wenn sie plötzlich wieder auftauchte. Falls das denn überhaupt passierte. Irgendwie hatte Lara nicht das Gefühl, dass sich alles in Wohlgefallen auflösen würde. Sicherheitshalber hatte sie sich schon Notizen für ihren Podcast gemacht, falls aus dem Verschwinden noch ein richtiger Kriminalfall werden sollte. Und auch wenn nicht, wäre es ein super Thema, immerhin war sie ganz dicht dran an dem Opfer, ob es nun ein echtes war oder nur ein vermeintliches.

„Ich hab gehört, dass sie wohl einen Sugardaddy hat", verkündete Lydia. „Also einen mit richtig Kohle. Vielleicht hat sie sich ja mit ihm aus dem Staub gemacht, weil er ihr das Blaue vom Himmel versprochen hat und sie die Schule schmeißen wollte. Immerhin wird sie bald achtzehn."

Lara nahm diese Informationen atemlos auf. Damit konnte sie nun endlich etwas anfangen. Jetzt brauchte sie nur noch einen Namen, dann könnte sie bei der nächsten Befragung durch die Polizei die Aufmerksamkeit auf diesen Mann lenken. Andernfalls wäre es nur eine Frage der Zeit, bis sie und ihr Bruder ins Visier der Beamten gerieten, und das musste sie unter allen Umständen verhindern.

9. Kapitel

DEN Rest des Vormittags beobachtete der Papagei brav von der Lampe aus Anna bei ihrer Arbeit. Hin und wieder sprang er auf den Schreibtisch und schnappte sich einen weiteren Apfelschnitz oder eine Karotte. In der Mittagspause suchte Anna im Tierfachhandel nach einem geeigneten Käfig und recherchierte, was diese Vögel alles benötigten, um einigermaßen artgerecht gehalten zu werden.

Etwas ernüchtert stellte sie fest, dass dazu eigentlich auch ein Partnertier gehörte, da Graupapageien als äußerst sozial galten und als Paar sogar monogam lebten. Da es gesetzliche Vorgaben zur Größe der Voliere gab, machte das bei zwei Vögeln einen Platzbedarf von acht Quadratmetern Fläche, die um die zwei Meter hoch sein sollte. Für den Übergang wäre es in Ordnung, wenn er weniger Platz zur Verfügung hatte, aber was, wenn sich sein Besitzer nicht finden sollte?

Vorhin war Anna noch der festen Überzeugung gewesen, dem Vogel ein Zuhause bieten zu können, doch jetzt kamen ihr Zweifel, ob sie überhaupt die geeigneten Voraussetzungen schaffen konnte.

Das Telefon klingelte, es war Jannes. „Ein Anruf für Sie. Jemand wegen des Papageis."

„Oh, das ging aber schnell." Anna konnte eine gewisse Enttäuschung nicht leugnen. Nachdem Felix wieder gegangen war, hatte Jannes Flyer zu dem gefundenen Papagei erstellt und in der Umgebung in Briefkästen geworfen. Insgeheim hatte sie gehofft, dass sich niemand meldete, und so schnell hatte sie keinesfalls damit gerechnet. „Stellen Sie durch."

Nach dem Knacken in der Leitung meldete sich eine ältere Dame. „Hallo? Bin ich da richtig bei der Person, die Ruth gefunden hat?"

Beim Nennen des Namens legte der Papagei aufmerksam den Kopf schief. *So heißt du also,* dachte Anna. Ein Weibchen. „Geht es um den Graupapagei?", fragte sie.

„So ist es. Mein Name ist Gritt Herberth, und ich bin ziemlich sicher, dass es sich um Ruth, den Papagei meiner Nachbarin handelt. Könnten Sie ihr den Hörer hinhalten?“

Anna fühlte sich merkwürdig dabei, kam der Bitte aber nach, indem sie den Lautsprecher einschaltete. „Wenn Sie wollen, können Sie jetzt mit ihr sprechen“, sagte sie.

„Ja meine Ruthi, bist du das?“, plapperte die ältere Dame direkt los.

Der Papagei, offensichtlich Ruth, begann, aufgeregt auf der Lampe auf und ab zu wippen, und krächzte dabei: „Ruuuth! Gehts dir gut?“ Anna grinste.

„Wie bist du denn ausgebüxt? Haben sich die vermaledeiten Kinder von der Irma nicht mehr gekümmert? Ich hab gleich gesagt, dass du vereinsamen wirst.“

„Au, aua!“, bestätigte Ruth.

„Ich denke, Sie haben recht“, mischte Anna sich in das Gespräch der beiden ein. Sie wusste nicht, ob sie erleichtert sein sollte, weil die Besitzerin gefunden war und sie keine Tonnen an Erstausstattung besorgen musste, oder ob sie traurig war, dass ihre Zeit mit dem Vogel bereits vorbei war. „Möchten Sie mir die Daten Ihrer Nachbarin übermitteln, dann bringe ich den Papagei gern zurück.“

„Die Irma ist leider vor drei Monaten gestorben.“ Die Stimme der Dame wurde brüchig. „Das war ein ganz schöner Schlag für Ruth, plötzlich allein in der Wohnung. Die Familie von Irma hat sich über das Erbe hergemacht, aber um Ruth wollte sich keiner so richtig kümmern. Nur zum Füttern und Käfigreinigen sind sie vorbeigekommen, können Sie sich das vorstellen?“

„Das ist ja traurig“, merkte Anna an.

„Nicht wahr? Ich hab immer gesagt, die geht noch ein, wenn sie immer so allein ist. Zumindest hin und wieder habe ich sie zu mir rübergenommen, damit ich ihr Gesellschaft leisten kann. Jetzt hat Ruth sich wohl einen eigenen Ausweg gesucht, nicht wahr, Ruth?“

„Geh weg! Geh weg!“, rief Ruth und kraxelte auf dem Lampenarm hin und her.

„Und wie verfahren wir nun weiter?“, fragte Anna mehr sich selbst als ihre Gesprächspartnerin. „Wir sollten wohl die Nachkommen informieren, sie sind die rechtmäßigen Besitzer von Ruth.“

„Geh weg! Geh weg!“

„Vorschriftsgemäß wäre es wohl“, gab die ältere Dame zu. „Aber glauben Sie mal nicht, dass sich für die Ruth was verändert. Die sitzt dann demnächst wieder allein in Irmas Wohnung.“

„Könnten Sie nicht anbieten, Ruth bei sich aufzunehmen?“, wollte Anna wissen. Die Vorstellung, dass der Papagei bald einsam und allein in der Wohnung seiner verstorbenen Besitzerin hockte und verkümmerte, brach ihr das Herz.

„Tut mir leid, ich habe zwei Katzen, das würd sicher nicht gut gehen. Außerdem können mich Irmas Söhne nicht sonderlich leiden. Jedenfalls nicht mehr als Ruth, was auf Gegenseitigkeit basiert. Möglicherweise haben Sie es schon gemerkt, aber wegen den zweien hat sie es nicht so mit Männern. Als Kind wurde sie immer von den Söhnen geärgert. Die Ruth ist nämlich schon dreißig, müssen Sie wissen.“

Anna überlegte kurz, dann traf sie eine Entscheidung. „Wenn sich die Söhne Ihrer Nachbarin das nächste Mal blicken lassen, würden Sie ihnen dann meine Kontaktdaten zukommen lassen? Dann kümmere ich mich darum, dass Ruth bei mir bleiben kann.“

Die Erleichterung war der Dame anzuhören, als sie Anna versicherte, dass sie den Flyer mit der Fundmeldung weiterreichen würde. Mit etwas Wehmut in der Stimme verabschiedete sie sich von Ruth, und Anna und nahm sich vor, die Frau mal auf einen Kaffee in die Kanzlei einzuladen, damit es ein Wiedersehen zwischen ihr und dem Papagei gab.

Sie hatte gerade das Gespräch beendet, da klopfte es. Ohne eine Antwort abzuwarten, wurde die Tür geöffnet, und von Baumer trat ein. Jannes war hinter ihm zu erkennen, der entschuldigend die Arme hob. Von Baumers Gesicht war angespannt, und seine Augen verrieten eine Mischung aus Angst und Unsicherheit.

Anna erhob sich und reichte ihm die Hand. „Herr von Baumer. Waren wir verabredet?“

Er ließ sich auf den Stuhl gegenüber von Anna sinken und starrte auf den Boden. „Waren wir nicht, aber ich habe einen beunruhigenden Anruf erhalten. Die Polizei hat mich zu einem Gespräch vorgeladen.“ Es klang nicht einmal entschuldigend, er ging wohl davon aus, dass sie Zeit hatte.

Anna setzte sich und verschränkte die Hände auf dem Tisch. „Sie haben also von der Affäre zwischen Ihnen und Fabienne Lindner erfahren?“, fragte sie überflüssigerweise. Die Antwort war ihm am Gesichtsausdruck anzusehen. „Wann ist der Termin?“

„Morgen früh.“ Er wischte sich über die Stirn. „Wir sollten durchgehen, wie meine Aussage aussehen wird.“

Anna unterdrückte einen Seufzer. Noch hatte sie von Felix keinerlei Rückmeldung und auch nicht damit gerechnet, so schnell etwas zu bekommen. Somit fehlte ihr die Entscheidungsgrundlage, ob sie den Mann überhaupt vertreten wollte. „Zunächst würde ich vorschlagen, dass ich den Termin verschiebe und wir uns zuvor in aller Ruhe unterhalten.“

Er blickte sie blinzelnd an. „Worüber wollen Sie sich denn mit mir unterhalten? Sagen Sie mir einfach, wie ich meine Aussage formuliere, damit ich mich selbst nicht zu sehr belaste in Bezug auf den Sex mit einer Minderjährigen oder mich gar zum Hauptverdächtigen mausere. Ich will die Sache nur schnell hinter mich bringen. Außerdem hatten wir besprochen, dass Sie dafür sorgen sollen, dass mein Name aus der Presse rausgehalten wird. Das wird er sicher nicht, wenn ich die Beamten mit irgendwelchen sinnfreien Verschiebungen gegen mich aufbringe.“

Anna zog überrascht die Augenbrauen hoch. War er gestern bei seiner Anfrage noch sehr zuvorkommend gewesen, zeigte er nun sein wahres Gesicht. Es ging ihm nur darum, Selbiges zu wahren und nicht, bestmöglich mit Anna zusammenzuarbeiten. „Herr von Baumer, so einfach, wie Sie sich das vorstellen, ist das aber nicht. Generell ist Sex mit Jugendlichen über vierzehn nicht strafbar, allerdings gibt es da sehr viele Abstufungen, deshalb ist es wichtig, einige Fragen vorher zu klären. Sexuelle Handlungen an Personen zwischen vierzehn und achtzehn Jahren sind beispielsweise strafbar, wenn eine Zwangslage ausgenutzt wurde.“

Er schnaubte abweisend und winkte ab. „Ich habe Fabienne zu nichts gezwungen, wir wollten es beide."

Bestimmt erzählst du gleich, dass sie sich sogar an dich rangeschmissen hat, dachte Anna, bemühte sich aber, ihm ihre Abneigung nicht zu zeigen.

„Eine Zwangslage würde vorliegen, wenn Fabienne sich in persönlicher oder wirtschaftlicher Bedrängnis befand. Eine finanzielle Abhängigkeit von Ihnen zum Beispiel. Deshalb hätte ich gern, dass Sie mir am besten von Beginn an berichten, wie es zu dieser Affäre zwischen Ihnen kam. Wie haben Sie sich kennengelernt?"

„Da könnte ich kein konkretes Ereignis benennen", sagte er, nachdem er einen Moment nachgedacht hatte. „Ihr Vater und ich sind schon länger miteinander bekannt, und ich bin außerdem ein Geldgeber des Internats Berg und deshalb auf vielen Festen dort anwesend. Für die jährliche Regatta am Starnberger See stelle ich immer ein paar Boote zur Verfügung. Im letzten Jahr sind wir uns bei Veranstaltungen öfter über den Weg gelaufen und haben uns intensiver unterhalten. Da war sie schon sechzehn, und sie sieht außerdem viel älter aus."

„Das Aussehen spielt keine Rolle. Sie kennen sicherlich den Spruch: Unwissenheit schützt vor Strafe nicht. Davon abgesehen haben Sie gerade gesagt, dass Sie Fabienne Lindner bereits kannten, dementsprechend dürften Sie auch von ihrem Alter gewusst haben."

Von Baumer nickte abwesend und hob den Blick, um Anna direkt anzusehen. „Was ist, wenn die Polizei mich längst vorverurteilt hat und für einen Verbrecher hält, bloß weil ich mich in eine Frau verliebt habe, die zwei Jahre zu jung ist?"

Anna nutzte die Chance, ihn direkt zu fragen. „Haben Sie ihr denn etwas angetan? Wenn dem so ist, dann sagen Sie mir jetzt die Wahrheit. Ein Geständnis mir gegenüber unterliegt der anwaltlichen Schweigepflicht, und es wäre besser, wenn ich wirklich vollständig informiert wäre." Das stimmte so nicht ganz. Nicht immer war es von Vorteil, wenn ein Strafverteidiger die gesamten Umstände kannte, denn weder durften Anwälte vor Gericht lügen, noch ihre Mandanten auffordern, es ihrerseits zu tun.

„Natürlich nicht. Ich mag sie doch.“ Er räusperte sich. „Ich glaube, Fabienne will mir nur wehtun. Ihr ist sicher nichts passiert.“

Anna runzelte die Stirn. „Was meinen Sie damit?“

Von Baumer rutschte im Stuhl hin und her. „Sie hat öfter solche pubertären Spiele gespielt“, sagte er schließlich.

Vielleicht, weil sie mitten in der Pubertät steckt, dachte Anna angeekelt.

„Sie fand es amüsant, wenn ich mir Sorgen gemacht habe.“

„Zum Beispiel?“

Er winkte ab. „Das tut doch jetzt nichts zur Sache.“

Sie beugte sich vor. „Das tut es sehr wohl, Herr von Baumer. Sie begreifen den Ernst der Lage noch nicht. Das Mädchen ist immerhin spurlos verschwunden.“ Anna holte eine Akte aus dem Regal und öffnete sie. „Ich weiß, dass das schwer ist, Herr von Baumer, aber wir müssen unseren Fokus behalten. Die Polizei wird Ihnen all diese Fragen ebenfalls stellen, und solange Sie nur als Zeuge vorgeladen sind und nicht als Tatverdächtiger haben Sie auch kein Aussageverweigerungsrecht. Beantworten Sie meine Fragen also bitte direkt und ehrlich. Bei der Polizei hingegen geben Sie keine Informationen preis, die nicht gefragt sind.“

Er nickte erneut und rieb sich nervös die Hände. „Ich verstehe. Aber was ist, wenn ich mich nicht an alles erinnere? Es ist so viel passiert zwischen uns, ich kann mich nicht an jedes Detail zurückbesinnen.“

„Erinnern Sie sich denn noch, was Sie an dem Abend gemacht haben, als Fabienne verschwunden ist?“

„Sie fragen mich allen Ernstes nach meinem Alibi?“ Er bemerkte Annas Blick und ruderte zurück. „Ich war zu Hause. Was niemand bestätigen kann, bevor Sie fragen. Meine Frau war auf der Eröffnungsfeier im Landheim am Starnberger See. Da wir der Regatta Boote zur Verfügung stellen, muss man sich dort ja auch mal blicken lassen.“

„Weshalb waren Sie nicht dabei?“, wollte Anna wissen.

„Ich hatte Sorge, dass Fabienne sich nicht angemessen verhält. Es fiel ihr immer schwer, mir in Gesellschaft nicht zu nahe zu kommen.“ Von Baumer lehnte sich etwas zurück und versuchte erfolglos, seine Nervosität zu verbergen. Das Klingeln seines Telefons unterbrach die Stille. Anna nickte ihm zu und drehte sich zu ihrem Monitor, damit er das Gespräch entgegennehmen konnte.

Er hörte eine Weile nur zu, während er immer blasser wurde. Schließlich verabschiedete er sich und schaute Anna an, als hätte er einen Geist gesehen. „Sie ist … sie ist tot“, stammelte er und wirkte ehrlich bestürzt. „Die Polizei will mich jetzt zu einem Mordfall befragen.“

10. Kapitel

DAS sonst klare Wasser des Starnberger Sees war an diesem Vormittag gräulich und trüb vom Gewittersturm der letzten Nacht. Jasmin saß gemeinsam mit Kira auf der ihnen zugeteilten Jolle und wartete gespannt auf das Startsignal. Das Boot schaukelte in den Wellen sanft hin und her. Der kühle Wind, der trotz Wetterberuhigung zu spüren war, schaffte optimale Voraussetzungen für das Testrennen vor der Abschlussregatta, die am Ende der Woche stattfinden würde.

Durch die Abreise des *Internats Berg* hatten sich die Siegchancen der beiden Mädchen drastisch erhöht. Soweit Jasmin wusste, hatte sich wohl eine der Schülerinnen heimlich aus dem Staub gemacht, woraufhin ihr Vater sich im Internet aufspielte und die Rektorin deshalb beschlossen hatte, die Teilnahme ihrer Schule abzusagen. In der Herberge wurden die Gerüchte immer lauter, dass der Schülerin etwas zugestoßen sein musste. Die meisten konnten nicht glauben, dass sie sich nicht meldete, obwohl ihr Gesicht in allen Zeitungen und Nachrichtensendungen zu sehen war.

Jasmin beteiligte sich nicht an solchem Tratsch. Kaum einer von denen, die wilde Spekulationen von sich gaben, kannte die verschwundene Fabienne persönlich, woher also sollten sie wissen, wie sie in welcher Situation reagieren würde?

Die Stimme aus dem Megafon, die verkündete, dass ab jetzt noch eine Minute bis zum Start verblieb, riss Jasmin aus ihren Gedanken. Die Flaggen am Startboot wurden eingeholt, und ihre Hand umklammerte das Ruder. Gleich galt es. Das Signal ertönte, und sofort riss Kira das Segel herum. Die Startlinie war ein ganzes Stück von ihnen entfernt, doch sie schlossen schnell zu den vorderen Jollen auf.

Kira drehte sich mit einem zufriedenen Lachen zu ihr und hielt den Daumen in die Luft, als sie sich unter die ersten drei vorgearbeitet hatten. Die Luft war erfüllt von der Aufregung der anderen Teilnehmer und den energischen Rufen der Regattaleiter. Jasmin fühlte sich wie eine echte Abenteurerin, wie sie mit dem Boot knapp über dem Wasser entlangglitten. Eine Bö erfasste sie, Kira nahm das Segel dichter, und das Boot richtete sich etwas auf. Sofort steuerten sie beide dagegen, lehnten sich weit zurück.

Ein dumpfer Schlag erklang und brachte die Jolle ins Wanken. „Was war das?“, rief Kira Jasmin zu.

„Keine Ahnung! Irgendwas muss sich im Ruder verfangen haben“, antwortete Jasmin, die hinunter ins aufgewühlte Wasser starrte. Das Boot unter ihr schwankte hin und her, sodass sie beinahe das Gleichgewicht verloren hätte und in den See gestürzt wäre.

„Bekommst du es irgendwie befreit?“

Jasmin schaute sich um. Die anderen Jollen zogen an ihnen vorbei. Das lief ja prima. Aber sagte man nicht, dass die Generalprobe in die Hose gehen musste, damit die Premiere zu einem Erfolg wurde? Sie verlor lieber das Testrennen als die große Abschlussregatta. „Ich schau mal nach. Halt mich mal fest, damit ich nicht über Bord gehe.“

Kira verließ ihren Posten und schwankte zu Jasmin an die Reling, die ins dunkle Wasser starrte. Kaum hatte sie sie an der Weste gepackt, ließ Jasmin ihren Oberkörper nach unten hängen und stieß ihre Hände ins kühle Seewasser. Etwas Weiches berührte ihre Finger, und sie zuckte zurück.

„Was ist da?“

„Keine Ahnung. Vielleicht ein toter Fisch, an dem noch eine Angelschnur hängt, oder so.“ Eine Gänsehaut lief über ihre Arme bei der Vorstellung von irgendwelchen gruseligen Tiefseekreaturen. Ihr war klar, dass es die in einem See natürlich nicht gab, dennoch weigerte sich etwas in ihr, erneut blind im Wasser herumzutasten. Jasmin hatte kein Problem damit, auf einem Boot über die Wellen zu flitzen, selbst aber ins tiefe Wasser zu gehen, das brauchte sie nicht.

„Siehst du was?“, fragte Kira atemlos.

„Gar nichts. Mist. Ich versuche es mal am Ruder.“ Jasmin ging zum Ruder und ruckelte am Hebel herum. Kira ging ihr zur Hand.

„Na los, mach schon weiter. Oder lass mich mal“, drängelte Kira.

Liebend gern gab Jasmin ihren Platz frei, und an ihrer Stelle hängte sich nun Kira über Bord, wobei Jasmin ihre Finger in ihre Weste gekrallt hatte. Beklommen beobachtete sie die Wasseroberfläche, was Kira jetzt wohl zutage fördern würde.

Plötzlich begann ihre Kameradin unter ihr zu schreien und zappelte wie wild. „Zieh mich hoch, zieh mich sofort hoch“, kreischte sie. Jasmin warf sich nach hinten aufs Deck und zerrte Kira mit sich. Dann rappelte sie sich auf und schaute erneut nach unten. Jetzt, da ihre Freundin ihr nicht mehr die Sicht versperrte, sah sie, was die so verstört hatte.

Aus dem grauen Wasser ragte neben ihrem Ruder eine Hand. Dahinter zeichnete sich ein Arm ab, und weiter unten war das Gesicht einer jungen Frau zu sehen. Die Haut war aufgedunsen und blass. Jasmin schlug sich die Hände vor den Mund. Gerade so schaffte sie es, sich aufs Deck anstatt ins Wasser zu übergeben. Da in ihrem Ruder hatte sich das vermisste Mädchen vom *Internat Berg* verfangen, und es war eindeutig tot.

11. Kapitel

„NEIN, das funktioniert nicht."

Felix schaute seine Schwester fassungslos an. Auf dem Weg nach Hause hatte er sich überlegt, wo er am besten anfangen sollte und entschieden, dass der schnellste Weg über Fabiennes Laptop oder Tablet führte. Anna wollte so bald wie irgend möglich Ergebnisse geliefert bekommen, um ihre Entscheidung treffen zu können. Befragungen des Umfeldes waren aufwendig, dauerten lange und hatten stets einen unsicheren Ausgang. Womöglich hatte Fabienne niemandem von ihrer Affäre erzählt. Bei von Baumer war er sich ganz sicher, dass der es geheim gehalten hatte, somit war die Wahrscheinlichkeit hoch, dass dieser Ansatz ins Leere lief.

„Aber warum nicht? Du musst doch nur eine Mail mit deinem komischen Backdoordingsda schicken, und zack kann ich mich eben auf ihrem Laptop umsehen, und wenn sie die Mail als App auf dem Handy hat, dort vielleicht auch."

Natalie verschränkte die Arme vor der Brust, zog die Augenbrauen hoch und riss die Augen auf, als hätte sie irgendwas Schockierendes entdeckt. Ihr eingeübtes Gesicht, mit dem sie Überraschung ausdrückte. „Felix, hast du mir denn gar nicht zugehört, als ich dir das letzte Mal alles ausführlich erklärt habe?"

„Doch klar, aber im Gegensatz zu dir bin ich eben kein Computerspezialist und kann mir das nicht alles merken." Felix rieb sich über die Stirn. Hoffentlich folgte jetzt nicht wieder ein ausgedehnter Vortrag.

„Ein Backdoorprogramm und einen Keylogger kann ich nur installieren, wenn die Mail mit dem Trojaner vom Empfänger geöffnet wird. Dort ist ein automatischer Installer implementiert, der sich aber wie gesagt nur aktiviert, wenn der Trojaner angeklickt wird. Wobei uns der Keylogger in dem Fall nichts bringen würde, denn er verfolgt lediglich die Eingaben über die Tastatur. Da Fabienne Lindner verschwunden ist und ihren Computer nicht benutzt, bekommen wir diesbezüglich natürlich keine Daten übermittelt."

„Ja, ist ja gut", sagte Felix und winkte ab. Er verstand nur Bahnhof, würde sich aber davor hüten, weiter nachzufragen. „Wie sieht es mit ihrem Handy aus? Reicht da ihre Nummer?" Nicht, dass er die zur Hand hätte, aber es sollte doch irgendwie möglich sein, sie herauszufinden.

„Ihr Handy ist seit ihrem Verschwinden ausgeschaltet, das kannst du in so gut wie jedem Artikel darüber nachlesen." Seine Schwester klang wie eine strenge Lehrerin, die ihm gerade mitteilte, dass er für seine vergessenen Hausaufgaben nachsitzen musste.

„Verdammt." Felix ließ die Schultern hängen. Von der Illusion, Anna schnelle Antworten liefern zu können, musste er sich wohl verabschieden. Es sei denn …

Ihm kam eine Idee. „Dieser Trojaner, von dem du sprichst, der wird per Mail verschickt und muss geöffnet werden, ja?"

Natalie seufzte übertrieben. „Korrekt."

„Wenn ich also bei den Lindners einsteige, den Laptop einschalte und die Mail öffne, dann könnte ich von hier aus auf die Festplatte und den Browserverlauf und so zugreifen?"

„In der Theorie sicher", entgegnete Natalie. „Du bräuchtest jedoch gegebenenfalls ein Passwort für den Laptop oder das Tablet oder ihren PC, und vielleicht ist ihr Mailprogramm nicht als App installiert, und du musst dich über den Browser einloggen. Dafür brauchst du dann wiederum ihre Log-in-Daten …"

Er hob die Hand, um ihren Redefluss über alle möglichen Wenns und Abers zu stoppen. „Sag doch einfach Felix, vergiss es, es ist eine Schnapsidee."

„Was hat denn Schnaps jetzt damit zu tun?"

„Das sagt man einfach so. Aber hör mal, der Laptop von Sophie Angermayer war doch damals auch passwortgesichert. Wie bist du denn da draufgekommen?"

„Natürlich über eine Brute Force Attack, erinnerst du dich etwa nicht? Man hängt einen speziellen USB-Stick dran, auf dem eine Windows-Version gespeichert ist. Beim Booten …"

„Bitte, jetzt ist nicht die Zeit, mir das alles schon wieder zu erklären, nur damit ich es wieder vergessen kann“, unterbrach Felix seine Schwester. „Wenn ich also irgendwie an ihren Computer käme, sei das nun ein Laptop, PC oder ein Tablet, und den Stick bei mir hätte, dann käme ich mit etwas Glück auch an ihre Mails und könnte die öffnen, die du verschickt hast.“

„Bedeutet das, du willst bei der Familie Lindner einbrechen?“, fragte Natalie lakonisch.

„Ungewöhnliche Situationen verlangen ungewöhnliche Handlungen oder so was in der Art.“

„Nun, wenn du mit einem USB-Stick an ihren Computer kämst, könntest du den Trojaner einfach so installieren, dafür müsste ich keine Mail verschicken.“

Innerlich schlug sich Felix vor die Stirn. Natürlich, so ein Trojaner war auch nur ein ganz normales Programm. „Warum sagst du das nicht gleich? Lass uns auf den Weg machen!“

„Ich verstehe immer noch nicht, warum ich unbedingt mitkommen muss, obwohl ich zu Hause etwas zu tun habe“, sagte Natalie und klang dabei wie ein kleines Kind. Fehlte nur, dass sie eine Schnute zog und anfing, lautstark zu heulen.

„Weil ich jemanden brauche, der Schmiere steht, sollten die Lindners heute noch mal irgendwann das Haus verlassen“, erklärte Felix zum wiederholten Male. Zu seiner Ernüchterung standen zwei protzige Neuwagen in der Einfahrt, was wohl bedeutete, dass sowohl Fabiennes Vater als auch ihre Mutter zu Hause waren.

Natalie hob den Blick nicht von ihrem Tablet, das sie zum Zeitvertreib mitgenommen und auf dem sie bereits die ganze Fahrt über hoch konzentriert herumgetippt hatte. „Damit hättest du auch bis in die Nacht warten können, wenn die Familie schläft.“

„Müssen wir das jetzt wirklich ausdiskutieren? Anna will eben schnellstmöglich Ergebnisse, und in diesem Fall bezahlt sie meine Dienste. Wenn der Auftraggeber etwas so verlangt, dann werde ich mich danach richten, sofern ich weiter meine Miete bezahlen will.“ So ganz entsprach diese Aussage nicht der Wahrheit. Mit dem Anflug eines schlechten Gewissens dachte er an den Bericht zum

Scheidungskrieg, den er immer noch nicht fertiggestellt hatte, aber davon musste seine Schwester ja nichts wissen.

„Da kommt jemand raus“, sagte Natalie, die nun doch von ihrem Tablet aufgeschaut hatte. Felix folgte ihrem Blick.

Tatsächlich traten gerade zwei Personen aus der Tür des opulenten Stadthauses. Valentin Lindner, ihn erkannte Felix von den Interviews mit dem Bayerischen Rundfunk wieder, trug einen für die Temperaturen viel zu dicken schwarzen Anzug mit Hemd und Krawatte. Die Frau hinter ihm, offenbar handelte es sich um Fabiennes Mutter, war ein ganzes Stück kleiner, gertenschlank und ebenfalls ganz in Schwarz gekleidet.

„Als würden sie schon Trauer tragen, ohne zu wissen, ob ihre Tochter überhaupt verstorben ist“, murmelte Felix.

„Ich habe mal gelesen, eine Mutter würde spüren, wenn ihrem Kind etwas zugestoßen ist. So als gäbe es auch nach der Geburt noch eine Verbindung zwischen den beiden. Ich kann mir nicht vorstellen, wie das funktionieren sollte, denn immerhin sind das zwei getrennte Körper“, erläuterte Natalie vor sich hin.

Während sich das schmiedeeiserne Rolltor zum Grundstück automatisch öffnete, stiegen die Lindners in einen blank polierten Bentley und rasten kurz darauf davon. Nachdem er fünf Minuten gewartet hatte, ob sie nicht sofort wieder zurückkamen, steckte Felix sich seine Bluetooth-Kopfhörer in die Ohren und wählte Natalies Nummer.

„Du bleibst die ganze Zeit über in der Leitung und informierst mich sofort, wenn sich hier draußen was Verdächtiges tut“, sagte er und öffnete die Fahrertür, besann sich aber eines Besseren. „Etwas Verdächtiges“ war eine viel zu vage Formulierung für Natalie. „Wenn jemand zum Beispiel vor dem Grundstück stehen bleibt oder du das Gefühl hast, dass mich jemand von den Nachbarn gesehen und die Polizei gerufen hat. Und insbesondere, wenn die Lindners zurückkommen, hast du das verstanden?“

„Ich weiß, was es bedeutet, wenn jemand Schmiere steht“, gab Natalie emotionslos zurück.

Felix fühlte sich nicht ganz wohl dabei, Natalie eine solche Aufgabe zuzumuten. Im Endeffekt musste sie aber nichts weiter tun, als die

Augen offen zu halten und mit ihm zu sprechen. Es blieb ihm ohnehin nichts anderes übrig, als ihr zu vertrauen, also stieg er aus und schlenderte über die Straße.

Vor dem Haus der Lindners blieb er stehen und drückte auf die Klingel. Zum einen wollte er damit neugierige Nachbarn beruhigen, die vielleicht nicht darauf achten würden, dass er wie beiläufig auf die Klinke des Tors tastete – natürlich verschlossen. Zum anderen konnte er sich nun sicher sein, dass wirklich niemand zu Hause war und sich nicht etwa noch eine Putzfrau oder ein Hausmädchen drinnen aufhielten. Niemand öffnete ihm. Pro forma klingelte er ein zweites Mal, dann ging er an der Mauer entlang, die zu hoch war, als dass er unauffällig hinüberklettern könnte.

Links und rechts des Grundstücks grenzten Nachbarn an, sodass er sich auch nicht von der Seite durch die Hecke drücken konnte, es sei denn, dort wäre ebenfalls niemand zu Hause. Zuerst versuchte er es links, wo ihm eine ältere Dame öffnete. Er gab sich als Reporter aus und behauptete, ihr Fragen zu Fabiennes Verschwinden stellen zu wollen. Glücklicherweise ging sie nicht darauf ein und schickte ihn mit ein paar wüsten Verwünschungen zum Teufel, ansonsten hätte er mit ihr seine kostbare Zeit verschwenden müssen.

Im rechten Nachbarhaus öffnete niemand, und auch zu diesem Grundstück war das der Lindners nur durch eine dichte Hecke abgetrennt. Nachdem er sich kurz umgeschaut hatte, stieg Felix kurzerhand über das kleine Tor und hielt auf die Hecke zu. Er drückte die Äste beiseite, um eine geeignete Stelle zu finden, wo er hindurchschlüpfen konnte. Hinter einem Apfelbaum fand er eine Lücke im Geäst. Die verdorrten Zweige im Innern der Hecke kratzten ihm die Arme auf und zerrten an seinen Haaren, als er sich hindurchquetschte.

„Was Langärmliges wäre vielleicht keine schlechte Idee gewesen“, murmelte er auf der anderen Seite angekommen. Er pirschte sich an die gekippte Terrassentür und lugte ins Wohnzimmer. Eine Kamera, die an der Hauswand angebracht war, schien nicht eingeschaltet, denn es war kein Lichtchen zu entdecken. Die Bauweise des Erdgeschosses war offen, sodass Felix bis zur Eingangstür schauen konnte. Dort hing ein weißer Kasten, vermutlich die Alarmanlage.

Er nahm das Handy heraus, schaltete auf Videofunktion und zoomte auf die Anlage. Eine grüne Leuchtdiode war zu sehen. Wäre der Alarm aktiv, würde sie blinken, jedenfalls war das bei den Anlagen der Fall, die er kannte. Vielleicht hatten die Lindners vor lauter Sorge um ihre Tochter einfach vergessen, den Alarm scharf zu stellen, und wenn nicht, musste er eben hier abbrechen und zusehen, dass er die Beine in die Hand nahm und verschwand.

Langsam steckte er seinen Arm durch die gekippte Tür, während er die Bedieneinheit an der Tür beobachtete. Es erklang kein Warnton, die grüne Diode leuchtete brav vor sich hin. Er tastete sich nach unten an den Türhebel und rüttelte daran. Der Griff bewegte sich kaum ein paar Millimeter, dann stieß er auf einen Widerstand. Jetzt sah Felix auch, dass es sich um eine Schiebetür handelte, die man im gekippten Zustand nicht öffnen konnte, da sie sich nicht in der Laufleiste befand. Er musste einen anderen Weg ins Haus finden.

Auf seinem Handy überprüfte er, wie viel Zeit bereits vergangen war, seit die Lindners weggefahren waren. Vor etwas mehr als einer Viertelstunde hatten die Eheleute das Haus verlassen. Besser, er beeilte sich jetzt.

Er umrundete das Haus und entdeckte ein weiteres gekipptes Fenster. Es befand sich auf Brusthöhe und führte in die Küche. Für seinen Rücken wäre es komfortabler gewesen, einfach durch die Terrassentür zu marschieren, aber wenn er an das Tablet von Fabienne ranwollte, blieb ihm wohl nichts anderes übrig, als eine kleine Kletterpartie einzulegen. Von der Terrasse holte er einen Beistelltisch für Getränke und nutzte ihn als Tritt, um den Arm durch den äußerst engen Schlitz zu schieben. Der Fensterrahmen war scharfkantig und drückte ihm unangenehm ins Fleisch, während er am Griff herumfuhrwerkte.

Dieses Fenster bot ihm weniger Widerstand und ließ sich öffnen. Auf der Marmorarbeitsplatte, die sich direkt dahinter befand, stieß er gegen eine Vase mit Trockenblumen und warf sie um. Das Klirren hallte durch das leere Haus, und Felix hielt den Atem an, in Erwartung, dass jeden Augenblick jemand um die Ecke geschossen kam. Nichts passierte, es war wirklich niemand da, nicht mal ein Hund.

Er kletterte ins Haus, kippte das Fenster wieder und stellte die Vase zurück an ihren Platz. Dann schlich er wie ein Dieb mit eingezogenem Kopf durch das Erdgeschoss. Hier gab es nur wenige abgetrennte Zimmer, das eine war wohl das Büro von Herrn Lindner, außerdem das Wohnzimmer mit offener Küche, ein Gästebad sowie ein Raum voller Fitnessgeräte. Fabiennes Zimmer war wohl im Obergeschoss.

Erneut prüfte Felix die Zeit. Etwas mehr als eine halbe Stunde waren die Lindners jetzt weg. Von Natalie kam keine Warnung, sie war vollkommen still, räusperte sich nur hin und wieder. Felix konnte nur hoffen, dass sie nicht permanent auf ihr Tablet starrte, sondern wirklich die Umgebung im Auge behielt.

Im Obergeschoss wurde Felix hinter der dritten Tür fündig. Eindeutig ein Jugendzimmer mit einem großen Bilderrahmen über dem Bett, in dem ein Bild von Harry Styles prangte, außerdem ein Foto von ihm auf dem Nachttisch und weitere Aufnahmen an der Wand über dem Schreibtisch – vermutlich selbst geschossen auf einem Konzert. Wie nahezu jede junge Frau in dem Alter war Fabienne wohl in den amerikanischen Superstar vernarrt.

Ansonsten war der Raum relativ verwaist, es lag so gut wie nichts herum, und es wirkte nicht gerade so, als würde ein Teenager darin leben. Erst da fiel es Felix wie Schuppen von den Augen. Natürlich war ihr Zimmer nicht vollgestopft mit allem Möglichen, was Teenager so mochten, sie verbrachte ja kaum Zeit hier. Deshalb war auch kein Laptop auf dem Schreibtisch zu sehen, kein Computer und auf den ersten Blick auch kein Tablet.

„Scheiße", entfuhr es ihm.

„Was ist passiert?", flüsterte Natalie, die anscheinend voll in ihrer Rolle als Komplizin aufging.

„Hier gibt es rein gar nichts zu holen. Fabienne wohnt im Internat, das habe ich vorher nicht bedacht", erklärte Felix ihr. Einem Mädcheninternat. Dort würde er nicht so einfach reinkommen. Gerade nach dem Verschwinden einer Schülerin hatten die Lehrkräfte sicherlich ein besonderes Auge auf unbekannte Personen, die sich auf dem Schulgelände herumtrieben. Er wusste ja nicht mal, ob die Schülerinnen dort in Einzelzimmern schliefen oder ob sie eine

Zimmernachbarin hatten. „Daran hätte ich wirklich vorher denken können."

„Glaubst du denn, dass sie nur einen Laptop hat?", fragte Natalie, Fassungslosigkeit schwang in ihrer Stimme mit. Für sie war eine solche Vorstellung wohl völlig abwegig.

„Nicht jeder ist wie du und hat gleich mehrere auf Reserve, falls mal ein Gerät kaputtgeht", sagte Felix. Dennoch machte er sich auf die Suche, denn es bestand immerhin die Möglichkeit, und es fühlte sich einfach schlecht an, unverrichteter Dinge wieder abzuziehen, nachdem er bereits eine knappe Stunde damit verschwendet hatte, sich im Haus umzuschauen.

In der Schublade des Nachttisches wurde er schließlich fündig. Dort lag ein Tablet, verpackt in eine knallpinke Hülle. Felix nahm es heraus und klappte es auf.

„Das darf doch nicht wahr sein", knurrte er und hätte das Teil am liebsten in die Ecke geschleudert. „Hat die doch allen Ernstes ein verdammtes Apple-Gerät!"

„Dann passt der USB-Stick nicht", erklärte Natalie ihm, was er schon wusste. „Apple hat eigene Anschlüsse, die sich *Lightning* nennen. Dafür gibt es Adapter, so einen bräuchtest du. Allerdings wäre der in diesem Fall nutzlos, denn diese *Brute Force Attack* funktioniert lediglich bei Windows oder Android."

„Das ist mir auch klar", gab Felix patzig zurück, obwohl seine Schwester nun wirklich nichts dafür konnte, dass sie vor dem nächsten Problem standen. Er drückte den Einschalter, in der Hoffnung, dass Fabienne das Gerät nicht mit einer Sperre versehen hatte. Die Gesichtserkennung sprang an, verkündete, dass sie ihn nicht identifizieren konnte, und verlangte einen Code.

„Wie schwer kann das schon werden", versuchte Felix, sich selbst Mut zuzusprechen, auch wenn er sich kein Wort glaubte. Zwar hatte er sich von Natalies letzter Lehrstunde gemerkt, dass die meisten Menschen bei der Vergabe ihrer Passwörter nicht besonders kreativ waren, aber dabei handelte es sich seiner Meinung nach eher um ältere Leute. Teenager von heute wussten wohl sehr genau, wie wichtig ein starkes Passwort war. Trotzdem versuchte er es zunächst mit der Ziffernfolge *1234*.

Falsch. So einfallslos war Fabienne wie erwartet nicht.

„Was ist los?“, fragte seine Schwester.

„Ich versuche, den Entsperrcode rauszufinden.“

Er schaute sich im Zimmer um, ob er irgendwo einen Klebezettel mit dem Code entdeckte oder einen Hinweis darauf, welche Zahlenfolge Fabienne gewählt hatte, doch Fehlanzeige. Im Grunde hatte er auch nicht damit gerechnet, Jugendliche benutzten so etwas wie Zettel einfach nicht mehr. Da wurde alles nur noch auf dem Handy notiert, an das er wiederum nicht rankam. Im Schreibtisch gab es keine Unterlagen, die ihm einen Hinweis lieferten, und auch sonst entdeckte er nichts, was ihm weiterhelfen könnte.

Sein Blick fiel auf das Bild über dem Bett. Vielleicht dahinter? Felix zog die Schuhe aus und stieg in Socken auf die Matratze, um den Rahmen anzuheben. Kein Zettel, keine Notiz. Klar, so etwas gab es nur in Filmen. Aber eine Verbindung zu diesem Harry auf dem Poster war vielleicht gar nicht so abwegig, immerhin war er in diesem Raum was die Deko anbelangte überrepräsentiert. Da ihm ansonsten nichts einfiel, sagte Felix sich im Geiste das Alphabet auf und zählte mit den Fingern ab. Anschließend gab er den Code ein: *81181825*.

Falsch. Zu lang, nach fünf Ziffern vermeldete ihm das Tablet bereits, dass er nicht richtig lag. Einen Versuch hatte er noch. Erst jetzt entdeckte er, dass auf dem eingeblendeten Ziffernblatt auch Buchstaben vermerkt waren.

Wie früher, als man noch SMS über die Tastenhandys schreiben musste, dachte er. Ein letztes Mal versuchte er sein Glück. Das H lag auf der *4,* das A auf der *2,* zweimal die *7 für* das R und schließlich die *9* für das Y. Richtig, das Display entsperrte sich.

„Bin drin“, sagte er zu Natalie. „Was mache ich jetzt?“

„Sofort raus“, antwortete sie atemlos.

Felix brauchte einen Moment, um zu begreifen, dann hörte er das Rattern der Torautomatik im Hof. „Scheiße, warum hast du mir das nicht gesagt, als sie in die Straße gefahren sind“, fluchte er. Hektisch schaute er sich um, verwarf den Gedanken aber sofort wieder, sich irgendwo im Zimmer zu verstecken. Mit etwas Pech würde er den gesamten restlichen Tag hier festsitzen.

„Ich war konzentriert darauf, was nun mit dem Tablet ist.“

„Ich hab es entsperrt, aber das bringt uns jetzt auch nichts mehr“, sagte er und warf es zurück in die Schublade, aus der er es genommen hatte. Dann zögerte er einen Moment. Wenn er es zurückließ, wäre alles umsonst gewesen. Eilig pfriemelte er es aus der pinken Hülle, legte nur die in den Nachttisch und steckte sich das Tablet in den Hosenbund.

So schnell er konnte, stürmte er die Treppe runter.

„Sie sind an der Haustür“, krächzte Natalie aus seinen Kopfhörern.

„Kannst du sie nicht irgendwie aufhalten?“ Sinnlose Frage, natürlich konnte Natalie das nicht. Jetzt hörte er auch das Geräusch des Schlüssels im Schloss und gedämpfte Stimmen, Frau Lindner schluchzte.

„Versteck dich!“

Felix sah zur Terrassentür. Es war unmöglich, es dorthin zu schaffen, die Lindners würden vermutlich genau in dem Moment das Haus betreten, wenn er den Griff in der Hand hatte.

Stattdessen wandte er sich nach rechts und stürmte ins Gästebad, das er vorhin auf der Suche nach Fabiennes Zimmer entdeckt hatte. Kaum einen Atemzug später fiel die Haustür ins Schloss, und Schritte passierten sein Versteck.

Felix stand hinter dem Duschvorhang und betete, dass keiner der beiden jetzt ein dringendes Bedürfnis verspürte oder gar auf die Idee kam, sich hier unten zu duschen.

Verdammter Mist, wie komme ich denn jetzt bloß hier raus?

12. Kapitel

NORMALERWEISE trafen sich Theresa, Vicky und Fabienne nach dem Unterricht, um sich auf Tiktok und Instagram über die neusten Trends zu informieren und zu diskutieren, welche der Tipps ihrer Lieblingsinfluencerin sie ausprobieren sollten. Seit Fabiennes Verschwinden am letzten Freitag hatten sich Theresa und Vicky gemeinsam damit von ihren Sorgen um ihre Freundin abgelenkt, doch heute war alles anders. An diesem Tag waren Mascara und Lippenstift nicht wichtig, zumindest nicht für Theresa.

Auf den Social-Media-Accounts der Schülerinnen der anderen Internate, die an der Regatta teilgenommen hatten, waren Fotos aufgetaucht. Polizeiwagen am See, verschwommene Aufnahmen von Männern in weißen Anzügen, die am Ufer herumstanden, dann wurden Bauzäune aufgebaut, die mit weißen Tüchern abgehängt wurden, sodass man nicht mehr sehen konnte, was dort unten vor sich ging.

Theresa ahnte, was das zu bedeuten hatte. Es musste etwas Schreckliches passiert sein. „Denkst du, sie haben Fabienne gefunden?“, fragte sie Vicky. Sie saß auf dem Bett ihrer Freundin, die sich gerade mit ihrem neuen Dyson Airwrap Locken machte. Während Theresa ihren düsteren Gedanken nachhing, war das ihre Methode, sich von den Ereignissen abzulenken.

Mit hängenden Schultern ließ Vicky den Stab sinken und schaute sie über den Spiegel an. Ihre Augen verrieten, dass sie Theresas Befürchtung teilte. „Glaubst du, sie ist tot?“, flüsterte sie.

Theresa nickte und spürte, wie ihr Tränen in die Augen stiegen. „Das … ist doch nicht möglich“, stammelte sie. Auch wenn sie noch keine Bestätigung hatten, allein die Vorstellung fühlte sich unsagbar grauenvoll an. „Was meinst du, ist mit ihr passiert?“ Sie stand auf und ging ans Fenster. Unten auf dem Hof stand einer der Küchenmitarbeiter und schaute genau in diesem Moment zu ihr hoch. Schnell wandte sie den Blick ab. Sie konnte den Typen nicht leiden, hatte immer das Gefühl, dass er sie gierig anstarrte, wenn er bei der Essensausgabe in der Mensa eingesetzt war. Damit er sie nicht weiter angaffen konnte, ging sie zurück zum Bett.

„Puh, keine Ahnung. Wir sollten mal nicht vom Schlimmsten ausgehen." Vicky war mittlerweile wieder mit dem Lockenstab beschäftigt.

Am liebsten hätte Theresa ihr das Teil aus den Händen gerissen. Wie konnte sie sich nur mit solch unwichtigen Dingen beschäftigen, wenn ihre Freundin vermutlich tot aus einem See gezogen worden war? Seit fünf Tagen war sie verschwunden. Dass sie noch am Leben war, glaubte Theresa nicht, erst recht nicht, wenn sie sich das Aufgebot am Ufer des Starnberger Sees anschaute.

„Denkst du vielleicht, sie war fünf Tage lang schwimmen oder wie? Hat einfach die Zeit vergessen und war dann erschöpft, sodass sie jetzt gerettet wurde, wie sie sich an einen Baumstamm geklammert hat." Theresa wollte sich gar nicht vorstellen, dass sich überhaupt jemand in der Dunkelheit ins Wasser traute. Schwimmen war so gar nicht ihre Disziplin, und ihr ging meist schon nach wenigen Bahnen die Puste aus, weil sie einfach nie die richtige Technik gelernt hatte. Planschen war drin, richtig schwimmen eher nicht.

„Du hast ja recht", murmelte Vicky mit verkniffener Miene. „Ich will mir das halt nicht eingestehen. Es fühlt sich so unwirklich an."

„Scheiße, das gibts einfach nicht. Vor ein paar Tagen hat sie sich noch darüber beschwert, dass wir in der Herberge einquartiert werden, und jetzt wurde sie …" Theresa wagte nicht, es auszusprechen, tat es nach einer Pause dann aber doch. „Womöglich wurde sie umgebracht."

Bei dem Wort zuckte Vicky zusammen. Sie drehte sich zu Theresa um. „Du glaubst das doch nicht ernsthaft, oder?" Dabei lachte sie verunsichert.

Theresa war alles andere als zum Lachen zumute. „Was soll denn sonst passiert sein? Bestimmt ist sie nicht freiwillig ins Wasser gegangen, mitten in der Nacht. Das würde nicht zu ihr passen. Schwimmen war sowieso nie ihr Ding, das weißt du doch."

Die beiden schwiegen einen Moment und hingen ihren Gedanken nach.

„Wer könnte denn einen Grund haben, sie zu ermorden?“, sprach Vicky schließlich die Frage aus, die auch Theresa im Kopf herumgeisterte.

„Keine Ahnung, darüber habe ich auch schon nachgedacht. Vielleicht war's Zufall. Oder jemand hat es auf die Mädchen vom Internat abgesehen. Jemand, der es hasst, dass wir aus gutem Hause kommen, der neidisch ist oder so.“

„Ein Serienkiller, der die Schülerinnen vom Schloss Berg auslöschen will?“ Wieder lachte Vicky verunsichert. „Das klingt mir etwas zu sehr nach einer Folge von den Rosenheim-Cops. Meine Oma schaut die immer. Wir sind keine potenziellen Opfer … Oder?“

„Ja, klar“, murmelte Theresa. „Ich meine, ich glaube natürlich nicht, dass wir in Gefahr sind.“

„Genau so ist das. Und da wir keine Antworten auf unsere Fragen kriegen werden, jedenfalls nicht so bald, sollten wir uns vielleicht ein wenig ablenken, was hältst du davon?“ Vicky seufzte theatralisch und nahm ihr Handy von ihrem zum Schminktisch umfunktionierten Schreibtisch.

„Du hast doch nicht etwa vor …“ Von ihrem Platz aus erkannte Theresa, dass Vicky genau *das* tatsächlich vorhatte, denn sie war auf der Webseite eingeloggt und tätigte eine Bestellung. Wie konnte sie nur darüber nachdenken, sich jetzt mit Drogen vollzupumpen? Die waren dafür da, um vom stressigen Schulalltag abzuschalten, um sich wegzubeamen und einen Abend mal an gar nichts zu denken. Andererseits … Möglicherweise war das ja genau das Richtige, um die dunklen Gedanken zum Schweigen zu bringen.

„Was ist?“, fragte Vicky mit aufgesetzter Unschuldsmiene. „Du bist doch nicht etwa raus? Gegen einen Aufpreis haben wir das Zeug noch heute.“

„Nee, auf keinen Fall“, entgegnete Theresa, auch wenn sie nicht wirklich von der Idee überzeugt war. Gut möglich, dass sie mit dem Zeug für eine Weile die Augen vor der Realität verschließen konnten, aber die würde sie später umso heftiger wieder einholen.

Wenn Vicky sich allerdings zudröhnen würde, wäre Theresa dabei. So unwahrscheinlich es auch sein mochte, dass es irgendein Psychokiller auf die Internatsschülerinnen abgesehen hatte, es war bestimmt nicht ratsam, momentan allein dort draußen unterwegs zu sein, bis sie wussten, was wirklich mit Fabienne geschehen war. Solange sie zu zweit waren, würde sie keiner einfach so angreifen können. „Bestell mir was mit."

13. Kapitel

MIT wild hämmerndem Herzen stand Felix in der schmalen Dusche, die penetrant nach Lavendel-Duschgel und Putzmittel roch, und überlegte fieberhaft, wie er es anstellen sollte, ungesehen das Haus zu verlassen. Die Lindners hielten sich im Erdgeschoss auf. Wenn er jetzt einfach aus dem Gästebad spazierte und versuchte, zur Haustür zu gelangen, war die Gefahr hoch, dass er ihnen in dem offenen Wohnbereich direkt in die Arme lief. Da es aber nur eine Frage der Zeit war, bis einer von beiden die Toilette benutzen würde, musste schnellstmöglich eine Lösung her.

Gesprächsfetzen drangen von draußen zu ihm, anscheinend hielten sie sich ganz in der Nähe der Badezimmertür auf. So wie es aussah, hatte man Fabiennes Leichnam im Starnberger See gefunden. Die Lindners waren sofort losgefahren, als man sie informierte, aber man hatte sie nicht zu ihrer Tochter vorgelassen. Deshalb hatten sie wohl nicht daran gedacht, die Alarmanlage einzuschalten. Das verzweifelte Weinen der Mutter ging Felix durch Mark und Bein.

„Kannst du sie nicht irgendwie ablenken, damit ich mich rausschleichen kann?“, wagte er, seiner Schwester am Telefon zuzuflüstern, als die Stimmen vor dem Gästebad leiser wurden.

„Wie soll das funktionieren?“, flüsterte Natalie zurück.

Felix überlegte kurz, und obwohl er wusste, dass sie es nie im Leben über sich bringen würde, schlug er vor: „Du könntest klingeln und sagen, dass du bei irgendwas Hilfe brauchst, sodass sie beide mit dir rauskommen und ich hinten über die Terrasse verschwinden kann.“

Anstelle einer Antwort erntete er missbilligendes Schweigen.

„Schon gut, die Idee war dumm“, murmelte er schuldbewusst. Etwas Besseres fiel ihm in seiner Aufregung jedoch nicht ein.

Es blieb ihm wohl nichts anderes übrig, als hinter dem Vorhang zu warten und zu hoffen, dass er beim Toilettengang eines der Bewohner nicht entdeckt wurde. Vielleicht benutzten sie ja auch gar nicht die

Gästetoilette, dann müsste er im schlimmsten Fall nur hier ausharren, bis sich die beiden schlafen legten. Wenn sie denn überhaupt ins Bett gingen, nachdem sie die niederschmetternde Nachricht vom Tod ihrer Tochter erhalten hatten. Oder aber er hatte Glück und sie verließen noch einmal das Haus.

„Vielleicht habe ich eine Idee", sagte Natalie laut, und Felix zuckte vor Schreck zusammen. „Warte einen Moment, das dauert kurz. Und pass gut auf."

Nee, ist klar. Eigentlich hatte ich vor, ein Nickerchen zu machen, aber jetzt, wo du es sagst, bleibe ich lieber aufmerksam, dachte er wütend.

Natalie hatte die Ruhe weg, sie würde nachher nicht in Handschellen abgeführt werden und hätte ihren ehemaligen Kollegen bei der Polizei einiges zu erklären. Zum Glück kannte er mit Anna eine gute Anwältin, sodass er wahrscheinlich mit einem blauen Auge davonkommen würde, aber angenehm war die Vorstellung trotzdem nicht.

Etwa fünf Minuten stand Felix schräg an die Wand hinter ihm gelehnt in der Dusche, dann ging er in die Hocke, da sein Rücken beständige Schmerzsignale aussendete. Seit er unter den Trümmern einer alten Scheune begraben worden war, fühlte er sich um Jahre gealtert, zumindest, was seine Wirbelsäule betraf.

Er massierte sich gerade den Bereich über dem Steißbein, als laute Musik ertönte. Die ersten Klänge von Phil Collins' *You'll Be In My Heart* hallten durch das Haus und kamen eindeutig von oben.

„Sie sollten jetzt ins Schlafzimmer gehen und nachsehen, warum ihre Alexa angesprungen ist", sagte Natalie.

„Du warst das?", fragte Felix verblüfft und rappelte sich hoch.

Er trat aus der Dusche und legte sein Ohr auf die Tür. Die Geräusche von draußen wurden von der lauten Musik übertönt, es war unmöglich, zu sagen, ob beide nach oben gegangen waren oder nur einer und der andere womöglich direkt vor dem Badezimmer stand.

„Felix, geh jetzt sofort", sagte Natalie mit Nachdruck in der Stimme.

In Zeitlupe drückte Felix die Klinke herunter und linste durch den Spalt. Es war niemand zu sehen. Er öffnete die Tür noch ein Stück weiter und schließlich so weit, dass er den Kopf hinausstecken und die Umgebung checken konnte. Während er sich umschaute, stülpte er sich die Schuhe von den Füßen, damit er sich lautlos bewegen konnte. Das Wohnzimmer zu seiner Rechten war leer. Als er den Kopf jedoch nach links drehte und an der Tür vorbei in den Eingangsbereich blickte, schoss ihm eine Welle von Adrenalin durch den Körper. Frau Lindner stand mit dem Rücken zu ihm an der Treppe und schaute nach oben. Die Musik verklang.

„Was war das denn jetzt?“, hörte er Valentin Lindner grummeln.

Schnell drehte er sich nach rechts und lief los. Jeden Augenblick wäre seine Chance vertan.

Dreh dich nicht ausgerechnet jetzt um, beschwor er Fabiennes Mutter im Geiste, die sich gerade bei ihrem Mann erkundigte, was da oben vonstattenging.

Felix hastete zur Terrassentür, die noch immer gekippt war. Er drückte sie zu, packte den Hebel, riss ihn herum und stürmte auf Socken ins Freie zu der Hecke. Zuerst stopfte er seine Schuhe hindurch, dann quetschte er sich hinterher. Erst auf dem Grundstück der Nachbarn erlaubte er sich, einen Moment durchzuatmen. Sollten die ebenfalls in der Zwischenzeit zurück sein, würden sie ihn hier hinter dem Apfelbaum so schnell nicht entdecken.

Das war gerade noch mal gut gegangen. Die Terrassentür hatte er nicht mehr schließen können, was den Lindners sicher verdächtig vorkommen würde – sofern sie sich erinnerten, dass sie nur auf Kipp gestanden hatte – aber darauf konnte er keine Rücksicht nehmen. Hauptsache, sie hatten ihn nicht in flagranti erwischt.

Hoffentlich kamen sie nicht auf die Idee, in Fabiennes Zimmer nachzusehen, ob etwas fehlte. Das Tablet musste er möglichst bald und unbemerkt wieder zurückbringen, aber darüber wollte er jetzt nicht nachdenken.

Unter Stöhnen bückte er sich, zog sich die Schuhe an und ging zurück zum Auto. Noch immer vom Adrenalin aufgeputscht stieg er ein und startete den Motor.

„Das hätte ganz schön ins Auge gehen können. Das nächste Mal, wenn ich dich um so etwas bitte, konzentrierst du dich auf deine Aufgabe“, fuhr er Natalie an. Er wusste, dass er sich ungerecht verhielt. Nicht nur, dass Natalie für so eine Aktion nicht die richtige Person war, war es sein dämlicher Einfall gewesen, überhaupt am helllichten Tag bei den Lindners einzusteigen, doch irgendwie musste er seine Anspannung loswerden. Als Wiedergutmachung würde er ihr später Ratatouille kochen, ihr Lieblingsessen. Das durfte es sogar außerhalb ihrer festgelegten Essensroutine geben.

„Ich werde das nicht noch einmal machen", erwiderte Natalie emotionslos. Die Schärfe in seiner Stimme hatte sie glücklicherweise nicht bemerkt. Von der Seite aus musterte sie ihn und fragte: „Hast du das Tablet?"

Felix griff in seinen Hosenbund, zog es hervor und reichte es ihr. In diesem Moment vibrierte sein Handy. Annas Nummer erschien auf dem Display.

„Nicht jetzt", sagte er und drückte sie weg.

„Wie war der Code?", fragte Natalie.

„Harry. Auf dem Ziffernblatt stehen Buchstaben, da einfach die entsprechenden …"

„Weiß ich, es ist schon entsperrt." Sie wischte auf dem Display herum. „Hier, sie ist in der Apple Cloud eingeloggt. Da finden wir sämtliche Nachrichten, Fotos, E-Mails, alles, was sie mit irgendeinem ihrer Apple-Geräte gemacht hat."

Es klang ganz danach, dass sich der vermeintliche Stolperstein als Glücksgriff für seine Ermittlungen rausstellte. Bei einem stinknormalen Tablet oder Laptop wäre die Wahrscheinlichkeit doch sehr gering gewesen, auch auf die Dateien von Fabiennes Mobiltelefon zugreifen zu können. Jedenfalls ging Felix davon aus, dass sie ein iPhone besaß, wenn ihr Tablet von dieser Marke war. Sein Handy vibrierte wieder, dieses Mal eine Nachricht von Anna. *Meine Güte, wie wenig Zeit willst du mir lassen, bis ich dir irgendwelche Informationen liefern soll,* dachte Felix.

„Welche Dateien brauchst du?", wollte Natalie wissen.

Anstatt Annas Nachricht zu lesen, antwortete er seiner Schwester. „Das weiß ich noch nicht. Vielleicht Nachrichten, in denen sie davon spricht, dass sie mehr von diesem von Baumer wollte, ihn vielleicht unter Druck gesetzt hat. Außerdem hat sie ziemlich sicher auch mit ihm Nachrichten geschrieben, aus denen sich etwas Verdächtiges ergeben könnte."

„Glaubst du, er hat ihr etwas angetan?"

Felix fiel ein, dass Natalie noch gar nichts von dem Leichenfund mitbekommen hatte. „Es sieht so aus, als wäre sie tot. So wie ich das aus dem Gespräch der Lindners herausgehört habe, wurde ihre Leiche vorhin im Starnberger See gefunden."

„Oh", machte seine Schwester. „Dann handelt es sich jetzt um einen Mordfall, und wir sind auf der Suche nach dem Hauptverdächtigen."

Nicht wirklich, dachte Felix, ließ ihr aber die Illusion. Tatsächlich juckte es auch ihn in den Fingern, in dem Fall weiterzuermitteln und nicht nur für Anna herauszufinden, ob von Baumer so unschuldig war, wie er sich gab. Abgesehen von der Tatsache, dass er gern mit minderjährigen Mädchen ins Bett stieg, denn allein das machte ihn verdächtig.

Felix wurde schlecht bei dem Gedanken. Er hatte den Mann auf einem Foto in Annas Akte gesehen und konnte sich beim besten Willen nicht vorstellen, was Fabienne an ihm hätte finden sollen. Es war naheliegend, ihn zu verdächtigen, etwas mit ihrem Verschwinden zu tun zu haben, aber man durfte sich nicht von solchen Oberflächlichkeiten ablenken lassen. Manchmal waren die Dinge nicht ganz so eindeutig, wie sie auf den ersten Blick erschienen, und ob er damit recht hatte, das würde er nun herausfinden.

14. Kapitel

ALS ich die Schritte höre, drücke ich mich tiefer in mein Versteck. Der Schweiß läuft mir den Rücken hinunter, mein Shirt klebt fest. Nach der anfänglichen Abkühlung durch das Gewitter haben die Temperaturen im Laufe des Tages wieder zugelegt, und mittlerweile ist es schwülwarm, obwohl es bereits auf 22 Uhr zugeht.

Vorsichtig beuge ich mich nach vorn und linse aus dem Busch. Jeden Moment muss der Spaziergänger um die Ecke biegen, den ich vor etwa fünf Minuten unten auf dem Parkplatz habe aus dem Auto steigen gesehen. Zum Glück habe ich ihn bemerkt, denn so konnte ich gerade noch die beiden bewusstlosen Mädchen im hohen Gras hinter der Wetterhütte verstecken.

Bisher läuft mein Plan wie geschmiert. Soll das jetzt ein Ende haben? Damit, dass jemand um die Uhrzeit noch seinen Hund hier oben ausführt, habe ich nicht gerechnet. Der Platz ist eigentlich abgelegen genug, dass die Schülerinnen des Internats hierherkommen, um sich unentdeckt an diversen Substanzen zu berauschen. Auch Fabienne war öfter hier, deshalb habe ich darauf gesetzt, dass früher oder später auch ihre zwei besten Freundinnen an der Wetterhütte auftauchen.

Der Zeitpunkt, zu dem der See Fabiennes Leiche freigegeben hat, war nüchtern betrachtet genau der richtige, auch wenn es sich im ersten Moment nicht danach angefühlt hat. Nur kurze Zeit, nachdem sich die Neuigkeit verbreitet hat, haben die beiden Mädchen ihre Bestellung getätigt. Diese tragische Entwicklung wollten sie erst mal mit etwas Nachhilfe verarbeiten, wozu sie jedoch keine Gelegenheit mehr bekommen werden. Am frühen Abend hat mir mein kleines, aber feines Überwachungssystem eine Aktivität am Depot vermeldet. Ich war schnell genug und konnte die Tütchen austauschen. Jetzt sind sie in meine Falle getappt.

Endlich taucht der zu den Schritten gehörende Spaziergänger auf. Der Labrador an der Leine zerrt sein Herrchen hinter sich her. Ausgerechnet vor dem Busch, in dem ich mich verberge, wird das Tier langsamer, bis es schließlich anhält und wild herumschnüffelt.

Scheiße! Das ist ein Spürhund, schießt es mir durch den Kopf. *Sie suchen hier oben nach dir.*

Aber hätte er dann nicht längst anschlagen müssen?

Der Hund denkt gar nicht daran, seinem Herrchen anzuzeigen, dass hier jemand hockt, sondern buddelt erst kurz herum, bevor er seine Blase direkt vor mir entleert. Ich spüre Spritzer des Urins an meinen Beinen. Um nicht vor Ekel zu würgen, schließe ich die Augen und gehe im Geiste meine nächsten Schritte durch. Wie ich die beiden Mädchen da gleich verschleppen werde. Wie ich sie ankette und alles aus ihnen herauspresse, was sie wissen, und ihre Leichen danach ebenfalls den Fischen im See überlasse.

Endlich lässt der Labrador sich von seinem Herrchen weiterziehen. Wenn es ein Suchhund war, dann wohl ein besonders schlechter. Gut für mich, schlecht für meine beiden bewusstlosen Opfer.

Ich blicke dem Gespann hinterher und überlege, was ich nun tun soll. Die Aktion an dieser Stelle abzubrechen, ist keine Option. Keinesfalls darf ich riskieren, dass die Mädchen mit der Polizei sprechen. Jetzt, wo klar ist, dass Fabienne nicht mehr lebt, werden sie auspacken und verraten, was sie durch Fabienne über mich erfahren haben.

Mit etwas Glück geht der Typ mit dem Labrador die große Runde und kommt kein zweites Mal hier vorbei. Genauso gut kann er aber auch in wenigen Augenblicken umkehren und mich dabei erwischen, wie ich die weggetretenen Mädchen runter ans Ufer schaffe. Dort wartet das Boot darauf, mit ihnen beladen zu werden. Mittlerweile habe ich mir ein eigenes gekauft, auf Amazon, ein stabiles Schlauchboot, damit ich mir nicht immer eins leihen muss, ohne die Besitzer zu informieren. Das Teil ist für sechs Personen ausgelegt und hat meine Erwartungen übertroffen.

Aber genug davon. Zu lange kann ich mir mit meiner Entscheidung nicht Zeit lassen, das gepanschte Zeug, das die Mädchen sich reingezogen haben, wird nicht ewig wirken, es ist schließlich kein pures Fentanyl. Außerdem muss ich beide noch einzeln die Böschung runterschleppen.

Nein, warten ist keine Option, beschließe ich und verlasse den Busch. Hinter der Wetterhütte hebe ich die Leichtere von beiden hoch und lege ihren Arm um meine Schulter. Falls uns jemand sieht, denkt derjenige hoffentlich, dass ich sie nur stütze, weil sie zu viel getrunken hat oder so etwas.

Obwohl sie nicht wirklich bei Bewusstsein ist, arbeiten ihre Beine ein wenig mit, und ich schlurfe mit ihr über den Waldboden. Die teuren Markenschuhe werden die Aktion wohl nicht überleben, allerdings gilt dasselbe für ihre Trägerin.

Immer wieder schaue ich mich nach hinten um, doch der Weg liegt verlassen da. Wahrscheinlich hat der Typ mit seinem Labrador tatsächlich die große Runde gewählt und kommt direkt beim Parkplatz wieder raus. Ich selbst habe meinen Wagen dort natürlich nicht abgestellt, sondern an einem Waldweg in der Nähe des Ufers, wo ich ihn zusätzlich noch mit einigen Ästen präpariert habe, sodass man ihn von der Straße aus nicht sehen kann.

Verborgen vor den Blicken anderer wuchte ich mein Opfer in das Boot und breite eine Plane über ihr aus. Mein Mund ist ganz trocken, und vor Anstrengung läuft mir der Schweiß in Strömen, aber jetzt ist keine Zeit für eine Pause. Gut, dass ich im Auto Wechselkleidung habe. Ich mache mich auf den Weg zurück, um das zweite Mädchen zu holen.

Vor Schreck falle ich beinahe rückwärts den Abhang hinunter, als die Wetterhütte ins Blickfeld kommt. Der Spaziergänger steht in der Hütte und bückt sich. Der Labrador wedelt neben ihm mit dem Schwanz. Doch ein Spürhund? Hat er mein Versteck nachträglich entdeckt?

Obwohl mir heiß ist, fange ich an zu zittern. Hoffentlich kommt nicht ausgerechnet jetzt mein zweites Opfer zu sich. Oder hat er sie gefunden und in die Hütte getragen? Sicher wählt er in diesem Moment den Notruf, wenn er es nicht schon längst getan hat. Jetzt zählt jede Sekunde. Wenn es hier oben erst von Polizisten wimmelt, habe ich keine Chance mehr, ungesehen mit zumindest einem Mädchen im Boot zu entkommen. Andererseits bringt mir nur eine von beiden rein gar nichts. Wenn sie beide Bescheid wissen, wird eben die andere mich verpetzen.

Deshalb gebe ich nicht vorschnell auf, sondern drücke mich in den Schatten der Bäume und pirsche mich näher an die Hütte heran. Noch immer steht der Kerl gebückt da, aber ich kann keine Gestalt unter ihm am Boden erkennen. Stattdessen scheint er irgendwas an seinen Schuhen herumzupfriemeln. Er bemerkt mich nicht, ich könnte mich einfach an ihn heranschleichen und ihn niederschlagen. Aber was dann? Ihn auch ins Boot schaffen? Und der Hund? Nein, die Idee vergesse ich lieber schnell wieder.

Eine gefühlte Ewigkeit verharre ich etwa fünfzig Meter entfernt im Dickicht, bis der Typ fertig ist mit dem, was auch immer er da gemacht hat. Endlich setzt er sich wieder in Bewegung, ohne einen Blick hinter die Hütte zu werfen. Als er aus meinem Sichtfeld verschwindet, atme ich erleichtert auf. Jetzt muss ich nur noch das zweite Mädchen zu meinem Boot verfrachten, dann kann ich sie in mein Versteck bringen und endlich etwas zur Ruhe kommen. Ich bin stolz auf mich, wie ich diese Herausforderung gemeistert habe. Jetzt ist es der Polizei unmöglich, auf meine Spur zu kommen.

15. Kapitel

FELIX hatte Anna auf den nächsten Tag vertröstet, damit er gemeinsam mit Natalie in Ruhe das Tablet der ermordeten Fabienne durchforsten konnte. Nachdem er ihr von seinem leichtsinnigen Einbruch bei den Lindners inklusive seiner riskanten Flucht mithilfe seiner Schwester erzählt hatte, war sie kurz davor gewesen, die Ermittlungen gegen von Baumer abzublasen. Dann hatte sie sich allerdings klargemacht, dass die Hinweise für oder gegen dessen Schuld nicht vor Gericht würden standhalten müssen. Somit verschloss sie schweren Herzens die Augen davor, dass Felix sich mal wieder nicht ganz im legalen Rahmen hielt.

Irgendwann im Laufe des Vormittags wollte er bei ihr aufschlagen, damit sie durchsprechen konnten, ob er etwas entdeckt hatte. Derart unspezifische Zeitangaben waren gar nichts für Anna, sie bevorzugte es, exakte Termine zu verabreden und auch einzuhalten. Felix hatte jedoch darauf bestanden, da er in der Nacht noch das Tablet zurück zu den Lindners bringen wollte und deshalb nicht wusste, wann er fit sein würde.

Die Wartezeit nutzte Anna, um sich auf die polizeiliche Befragung mit von Baumer vorzubereiten, die zu Beginn der kommenden Woche stattfinden sollte, und machte den Antrag zur Akteneinsicht fertig. Leider hatte sie gesehen, dass ihr Lieblingsstaatsanwalt Feindt – der seinem Namen bezogen auf sie alle Ehre machte – den Fall bearbeitete. Sie hoffte, dass er die Sache nicht rein aus Prinzip verzögern würde, sobald er ihre Unterschrift entdeckte. Immerhin war der leitende Ermittler bei der Kripo Steffen Allmendinger, Felix' ehemaliger Kollege. Notfalls könnte sie über ihn ihr Glück versuchen.

Gegen elf Uhr hörte sie Stimmen aus dem Vorraum durch ihre angelehnte Tür dringen.

„Haben Sie denn einen Termin?", fragte Jannes. Anna ahnte, um wen es sich bei dem Besucher handelte.

„Entschuldigung, aber den brauche ich ganz sicher nicht“, entgegnete Felix gewohnt gelassen.

„Oh, das glaube ich aber schon.“ Sie hörte, wie Jannes seinen Stuhl zurückschob. Anscheinend wollte er Felix aufhalten.

„Ganz davon abgesehen, dass ich hier jederzeit aufkreuzen kann, erwartet mich Frau Hart. Machen Sie also mal hier nicht so einen Aufstand.“

Anna erhob sich und ging zur Tür. „Alles gut, Herr Geissner. Wir sind verabredet. Ich hätte Sie vorwarnen sollen.“ Sie wandte sich an Felix und trat einen Schritt zur Seite. „Komm rein.“

Felix ging an ihr vorbei und blieb abrupt stehen, sodass sie beinahe in ihn reinrannte. Mit entsetzter Miene starrte er auf den Papagei. Ruth saß auf der Stange in ihrem neuen Käfig, den Anna gestern nach Feierabend besorgt hatte, und beäugte Felix neugierig.

„Der ist ja noch immer da“, sagte er und setzte sich schnell hin, ohne den Vogel dabei aus den Augen zu lassen.

„*Der* ist eine Sie“, erklärte Anna grinsend. Ruth war gerade mal so groß wie Felix’ Unterarm. Seine Scheu vor Pferden und den Respekt vor Hunden konnte sie ja nachvollziehen, dass ihm aber auch ein Vogel Unbehagen bereitete, der zudem noch in einem Käfig saß, war einfach zu amüsant.

„Wie auch immer. Hauptsache, *sie* kann nicht rausfliegen.“

„Weg da! Weg da“, krächzte Ruth und nickte heftig.

Felix schüttelte den Kopf. „Jetzt will sie mich auch noch rauswerfen. Unverschämtheit“, sagte er, schien aber dennoch fasziniert von dem sprechenden Tier. „Bleibt der jetzt hier?“

Anna lächelte. „Ruth ist vorläufig bei mir eingezogen und begleitet mich zur Arbeit, damit sie tagsüber nicht so viel allein ist. Alles Weitere werden wir sehen.“

Er zog die Mundwinkel nach unten und zuckte mit den Schultern. „Ob deine Mandanten so drauf stehen, wenn sie sich von einem Papagei anhören müssen, dass sie verschwinden sollen?“

„Lass das mal meine Sorge sein. Können wir dazu kommen, was du mit deiner Hauruckaktion herausgefunden hast?“

Felix warf noch einen Blick zu Ruth und zog einen Stapel Papiere aus seiner Umhängetasche. Er glättete sie ein wenig und schob sie ihr rüber. „Hier, hab es dir ausgedruckt, beziehungsweise Natalie war es dankenswerterweise."

„Soll ich das alles durchlesen, oder fasst du mir zusammen, was relevant ist?" Anna blätterte sich durch die oberen Seiten, die Screenshots von WhatsApp beinhalteten. Die Schrift war allerdings so klein, dass sie eine Lupe bräuchte, um etwas erkennen zu können.

Er seufzte, legte ein Bein über das andere und lehnte sich zurück. „Sorry, ich fühle mich nicht wohl in einem Zimmer mit diesem …" Er deutete zu Ruth, blickte aber Anna an.

Sie zuckte mit den Schultern. „Entspann dich doch mal und berichte mir, immerhin bezahle ich dich dafür." Sie würde sicherlich nicht mit ihm diskutieren, warum sie Ruth behalten wollte. Schließlich war es ihre Kanzlei mit ihren Regeln.

„Na schön. Zuerst habe ich mich natürlich um von Baumer gekümmert. Seit einigen Monaten haben er und Fabienne sich hin und her geschrieben, um sich heimlich zu verabreden und Süßholz zu raspeln." Er spitzte die Lippen und klimperte mit den Wimpern. „Ich vermisse dich so, wäre jetzt gern bei dir, das Übliche eben, das sich Verliebte so schreiben."

„Hattest du den Eindruck, dass von Baumer sie zu irgendwas gedrängt oder suggestiv verleitet hat, mit ihm zu flirten, oder ging das auch von ihr aus?", fragte sie.

Felix hob einen Finger. Ein Hinweis, dass sie ihn nicht unterbrechen sollte. „Lass mich doch erst mal zu Ende erzählen. Hin und wieder gab es auch Streit zwischen den beiden. Hauptsächlich dann, wenn von Baumer nicht so reagierte, wie Fabienne es sich wohl erhofft hat. In diesen Momenten wurde die junge Dame schnell zickig und hat ihn beleidigt, manchmal auch vorgeblich die Affäre beendet. Kurze Zeit später kam sie aber meist wieder angekrochen. Wie du siehst, deine Frage beantwortet sich von selbst, es ging ebenso von ihr aus. Verstehe das, wer will, den Typ würde ich nicht mit der Kneifzange anfassen und hätte es mit siebzehn schon mal gar nicht."

Anna nickte. In dem Punkt schien von Baumer sie nicht belogen zu haben. „Konntest du etwas herauslesen, dass sie mehr von ihm wollte?

Hat sie ihn bedrängt, seine Frau zu verlassen oder so etwas, dass er einen Grund gehabt haben könnte, Fabienne aus dem Weg zu räumen?"

„Nein."

Schade. Anna seufzte. Das wäre auch zu einfach gewesen.

„Möglicherweise aber was ähnlich Verdächtiges. Eine von diesen Zickereien fand am Abend von Fabiennes Verschwinden statt. Gegen halb neun schrieb sie ihm mal wieder, wie gern sie bei ihm wäre. Daraufhin ließ er sie abblitzen, das sei jetzt nicht möglich. Sie wollte das nicht einsehen, seine Frau sei immerhin auf der Eröffnungsveranstaltung in dem Landheim, damit wäre doch die Gelegenheit perfekt, sich einen schönen Abend im Pool zu machen."

„Ja, das mit der Frau erzählte er mir, als ich ihn gefragt habe, ob er ein Alibi für den Abend ihres Verschwindens hat", sagte Anna.

„Jedenfalls gab ein Wort das andere, bis Fabienne schließlich schrieb … Warte, lies selbst." Er griff nach den Papieren, blätterte sie durch, bis er die entsprechende Seite gefunden hatte, und legte sie vor Anna hin. Die hob sie hoch und hielt sie dicht vor die Augen.

„Du hast keinen Bock auf mich? Ich weiß Bescheid, danke. Dann pass mal lieber auf, dass mir nicht das Gleiche passiert wie deiner Katalin, du verdammter Wichser", entzifferte sie. Darunter hatte Fabienne zur Verdeutlichung ihrer Worte noch einige Mittelfinger-Emojis gepostet. So viel also zu der Aussage, es hätte keinen Streit zwischen ihr und von Baumer gegeben.

„Na, da war aber jemand wütend. Ist die Frage, wer diese Katalin ist und was mit ihr geschehen ist. Außerdem würde mich interessieren, wie seine Antwort lautete, denn die scheint er ja wieder gelöscht zu haben."

Felix nahm sich ein Glas vom Tisch bei der Sitzgruppe und schenkte sich etwas Wasser ein. Ruth kommentierte es mit „Applaus, Applaus", was Felix zusammenzucken ließ.

„Genau das gilt es herauszufinden." Er machte eine Pause und fixierte Anna. „Vielleicht hatte er vor Fabienne ja eine Affäre mit einer gewissen Katalin, die seiner Frau alles verraten wollte?"

Anna überlegte und schüttelte den Kopf. Den Namen Katalin hatte sie schon mal irgendwo in Zusammenhang mit von Baumer gehört, erinnerte sich aber nicht, wo das gewesen war. „Das kann ich mir nicht vorstellen. Warum sollte er ausgerechnet Fabienne davon erzählt haben? Du redest doch auch nicht mit deiner neuen Flamme über deine Ex-Freundinnen." Sie zögerte und schaute ihn durchdringend an. „Oder etwa doch?"

Felix winkte ab. „Ich hab keine neue Flamme, und meine letzte Ex liegt schon einige Zeit zurück, sodass ich mich schon gar nicht mehr richtig an sie erinnern kann."

„Du alter Charmeur." Sie holte tief Luft und sprach weiter. „Nun ja, jedenfalls erscheint mir dieses letzte Gespräch doch äußerst verdächtig, und von Baumer hat niemanden, der sein Alibi bestätigen kann."

„Ich könnte mich in der Nachbarschaft umhören, ob ihn von denen jemand gesehen hat und ob das Auto den ganzen Abend in der Einfahrt stand, wenn du magst."

Anna nickte. „Mach das. Ich versuche derweil, rauszufinden, was es mit dieser Katalin auf sich hat, bevor du noch auf die Idee kommst, auch bei von Baumer einzubrechen und Tablets zu stehlen."

„Hey, ich habe nichts geklaut, sondern es wieder zurückgegeben. Vielleicht habe ich es nicht ganz genau dahin gelegt, wo ich es hergenommen habe, aber auf der Terrasse werden sie es irgendwann schon finden. Außerdem hat es sich gelohnt, ich hab nämlich noch ein, zwei Hinweise gefunden, die uns zu weiteren Verdächtigen führen könnten."

Anna hob überrascht die Augenbrauen. „Ach ja? Was denn? Du weißt, dass es darum geht, ob von Baumer ein Mörder sein könnte, und nicht darum, den wirklichen Täter zu finden, oder?"

„Klar, aber zu einer guten Ermittlung gehört auch, zu überprüfen, ob jemand anderes infrage kommt und somit den Verdächtigen möglicherweise zu entlasten."

„Also schön, dann schieß los." Auch wenn Felix recht hatte, regte sich bei Anna der leise Verdacht, dass seine eigene Neugierde mit reinspielte. Und das Geld, das sie ihm für seine Arbeitszeit überweisen würde, war sicher ebenfalls nicht zu verachten. Da sie aber zugeben musste, selbst interessiert zu sein, warum Fabienne hatte sterben müssen, würde sie ihn nicht davon abhalten, seine Ermittlungen fortzuführen, solange es nicht überhandnahm.

„Zum einen wäre da ein Schulverweis, der im Raum gestanden hat. Fabienne hat mit verschiedenen Freundinnen darüber geschrieben, dass sie einen Brief vom Internat an ihre Eltern abgefangen hat. Am Ende hat sich aber wohl der Klassenlehrer dafür eingesetzt, dass sie bleiben darf, und der Verweis wurde ausgesetzt."

Anna stieß einen anerkennenden Pfiff aus, den Ruth sofort nachahmte. „Ein Ausschluss von der Schule? Was hat sie denn angestellt, und warum glaubst du, dass es in Zusammenhang mit ihrem Tod steht?"

„Ob es das tut, weiß ich nicht", sagte Felix achselzuckend. „Denkbar wäre aber, dass sie mit jemandem Streit hatte und es zu einer Prügelei oder so kam und sie deshalb fliegen sollte. Ich würde mir den Lehrer mal vorknöpfen, der sich für sie ausgesprochen hat, und ihn dazu befragen. Vielleicht führt diese Spur auch ins Nichts, wir werden sehen."

„Das war alles?"

„Noch nicht ganz." Er blätterte erneut durch die Seiten und legte Anna einen kleineren Stapel vor. „Am Morgen ihres Verschwindens hat Fabienne mit einer gewissen Lara geschrieben und gefragt, ob alles so gelaufen ist, wie sie besprochen hatten. Als Antwort kamen ein Daumen nach oben und ein Glückskeks sowie die Aussage: heute Abend um neun."

„Ein Glückskeks?", wiederholte Anna verwundert.

„Ja, diese Teile, die man beim Chinesen nach dem Essen …"

„Ich weiß durchaus, was das ist, ich habe mich nur gewundert, was das zu bedeuten haben soll."

„Das ging mir ähnlich, deshalb habe ich mir die gesamte Konversation der beiden mal angesehen. Seit Monaten ging es immer wieder um irgendwelche Verabredungen, und Glückskeksemojis wurden hin- und hergeschickt."

Anna runzelte die Stirn. Merkwürdig war das durchaus, zumal Fabienne mit dieser Lara anscheinend noch am Tatabend verabredet gewesen war. Auf die Kekse konnte sie sich jedoch keinen Reim machen. „Weißt du, wer diese Lara ist und wie wir an sie rankommen?“

„So wie es aussieht, geht sie in Fabiennes Klasse, was es schwierig macht, sie einfach aufzusuchen. Das Internat wird mich wohl kaum mit offenen Türen empfangen. Aber ich sehe zu, was ich ausrichten kann.“

Anna seufzte. „Gut, du befragst also den Lehrer und kümmerst dich um Lara, und ich setze mich dran, herauszufinden, wer diese ominöse Katalin ist, ja?“

Felix warf einen Blick zu Ruth, die auf der Stange in dem Käfig hin und her hüpfte. „Du bist also einverstanden, dass ich weiter dranbleibe?“, fragte er, ohne Anna anzusehen.

„Ja, vorerst. Auch wenn dein Kumpel Steffen sicher nicht begeistert sein wird, wenn er das mitbekommt. Er ist nämlich der leitende Ermittler in dem Mordfall.“

„Na super“, grummelte Felix. „Das heißt, ich werde mich noch bedeckter halten als ohnehin schon.“

„Besser wäre das“, sagte Anna und hoffte, dass er seine Versicherung nicht mit dem Verlassen der Kanzlei wieder vergaß.

16. Kapitel

DIE Nachricht, dass Fabiennes Leiche im Starnberger See gefunden worden war, verbreitete sich wie ein Lauffeuer im Internat. Die Polizei war den ganzen Nachmittag in Fabiennes Zimmer gewesen, danach wurde alles abgesperrt, und die Spurensicherung latschte wie in einem Katastrophenfilm in ihren Schutzanzügen in den Gängen umher. Kaum jemand konnte sich auf den Unterricht konzentrieren, und jeder hatte irgendeine Theorie, was passiert sein könnte. Informationen bekamen sie natürlich keine, es wurde nicht mal offiziell bekannt gegeben, dass Fabienne tot war, doch im Internet war diese Neuigkeit kaum zu übersehen.

Die Schulleiterin Weißdorn hatte versucht, die Mädchen mit einer Ansprache in der Aula zu beruhigen und ihnen aufgetragen, sich auf die nach dem Abbruch der Regatta spontan einberufenen Projekttage zu konzentrieren und die Polizei ihre Arbeit machen zu lassen. Es war klar, dass niemand ihre Anweisungen wirklich ernst nahm. Seit die höheren Jahrgänge vom Landheim zurück ins Internat gekommen waren, war ein normaler Tagesablauf quasi unmöglich, noch dazu standen die Sommerferien kurz bevor.

Lara hatte sich eine Weile so nah an den Ermittlern herumgedrückt, wie es ihr möglich war, aber nichts aufschnappen können. Irgendwann fand sie es doch zu auffällig und hatte sich in ihr Zimmer zurückgezogen. Keinesfalls wollte sie auf sich aufmerksam machen, zumal die Polizei sich ohnehin noch an sie wenden würde. So wie sie das mitbekommen hatte, waren sämtliche elektronischen Geräte aus Fabiennes Zimmer konfisziert worden, und sie würden auf die Nachrichten stoßen, die Lara mit ihr geschrieben hatte. Bis es so weit war und sie eine Befragung über sich ergehen lassen musste, wollte sie ihre Aufzeichnungen noch einmal durchgehen und vervollständigen.

Seit etwa einem Jahr hatte Lara einen Podcast, den sie über mehrere Kanäle anbot, und der sich mit aktuellen Kriminalfällen beschäftigte.

Besonders viele Klicks bekamen dabei natürlich die Folgen, in denen es um Mord ging, weshalb sie sich vorgenommen hatte, sich darauf zu spezialisieren. Dass jetzt in ihrer unmittelbaren Umgebung jemand zu Tode gekommen war und sie das Vorgehen der Polizei quasi aus der ersten Reihe beobachten konnte, würde ihrem Podcast einen zusätzlichen Popularitätsschub verleihen. Dafür, dass sie keine Kooperationspartner hatte und anonym arbeitete, ohne ihr Gesicht in den sozialen Medien zu zeigen, waren die Aufrufe recht ordentlich. Mittlerweile hatte sie eine stattliche Anzahl von Followern, und einige davon diskutierten mit ihr in den Kommentaren und nahmen sie tatsächlich ernst.

Ihre Schulkameradinnen wussten nichts von ihrem Hobby, was auch besser war. Sie würden sich ohnehin nur über sie lustig machen oder gar schlechte Bewertungen auf den verschiedenen Portalen abgeben, um die Klickzahlen nach unten zu drücken. Umso witziger war es gewesen, als sie in der Mittagspause in der Mensa mitbekommen hatte, wie sich zwei Schülerinnen des Abijahrgangs über ausgerechnet ihren Podcast unterhalten und ihn gelobt hatten. Interessant, dass sie ihre Stimme nicht erkannt hatten. Anscheinend war sie den Leuten hier völlig egal, sie gehörte einfach nicht dazu.

In ihrem Zimmer schaute sie sich noch einmal die Aufzeichnungen an und notierte sich, was sie zu den aktuellen Entwicklungen sagen wollte. Näher dran an dem Fall als sie war momentan wohl nur die Polizei, denn immerhin wusste niemand außer Lara, was Fabienne kurz vor ihrem Verschwinden gemacht hatte. In ihrer Vorstellung würden diese und die nächsten Folgen, die sie zum Thema der ermordeten Eliteschülerin aufnehmen wollte, zu ihrem großen Durchbruch werden.

Am liebsten würde sie einfach die Wahrheit erzählen, doch sollte der Podcast wirklich viral gehen, würde die Polizei früher oder später darauf aufmerksam werden und sich auch an ihren Bruder wenden, der dann sofort wüsste, wie sie auf ihn gekommen waren. Wenn er nicht schon vorher von allein draufstieß. Sie durfte also keinesfalls erwähnen, was sie tatsächlich über die Nacht wusste, in der Fabienne ihr Leben verloren hatte.

Lara schnappte sich ihren Tischabsorber und ihr Mikrofon, die sie sich beide mühselig zusammengespart hatte, um die Aufnahmen professionell erscheinen zu lassen, und machte sich mit ihrem Laptop und dem anderen Equipment auf den Weg zur Abstellkammer. Die hatte sie vor einiger Zeit durch Zufall entdeckt, da die Tür versteckt hinter den alten Ölheizungen im Keller lag und der Raum offenbar nicht mehr genutzt wurde. Für den Podcast war er optimal, sie hatte dort Ruhe, es gab keinen Schall, und trotz dicker Betonwände war das WLAN-Signal der Schule ausgezeichnet.

Auf dem Flur empfing sie eine Gruppe von Mädchen, die am anderen Ende standen und mit betroffenen Gesichtern tuschelten. Hoffentlich kam niemand von denen auf die Idee, ihr hinterherzugehen oder sie gar heimlich zu verfolgen. Wenn ihr Versteck aufflog, würde sie sich ein neues suchen müssen, und abgelegene Orte waren auf Schloss Berg rar. Da sie über ein Stipendium an die Schule gekommen war, hatte sie im Gegensatz zu den Töchtern der zahlungskräftigen Eltern auch kein Einzelzimmer.

Beim Passieren der Gruppe schnappte sie auf, worüber sie redeten. Offenbar waren zwei weitere Mädchen aus der Schule verschwunden. Als sie die Namen hörte, fuhr ihr der Schreck in die Glieder. Sie kannte die beiden, und zwar nicht nur aus der Schule und nicht nur sie. Auch sie hatten wie Fabienne mit ihrem Bruder zu tun gehabt.

17. Kapitel

IRGENDETWAS kam Theresa seltsam vor. Erst nachdem sie die dröhnenden Kopfschmerzen in den Hintergrund ihres Bewusstseins gedrängt hatte, konnte sie sich darauf konzentrieren, was es war. Anstatt in ihrem weichen Bett lag sie auf einem harten Untergrund. Kälte zog ihr in die Glieder, und ihre Kleidung war feucht.

Scheiße! Wo verdammt noch mal bin ich?

Anscheinend war die Dröhnung gestern Abend etwas zu heftig ausgefallen, und sie hatte sich im Delirium einfach irgendwo hingelegt, um ihren Rausch auszuschlafen. Warum hatte Vicky das nicht verhindert? Mit der war sie zusammen gewesen, das wusste sie noch. War es ihr vielleicht genauso ergangen und sie lag ebenfalls hier – wo auch immer das sein sollte? Sie und Vicky hatten die Lieferung am vereinbarten Treffpunkt abgeholt und waren wie immer zur Wetterhütte gegangen. Danach verschwand alles in einem dichten Nebel.

„Vicky?“, fragte sie heiser. Ihr Hals fühlte sich an, als hätte sie gestern gleich drei Packungen Zigaretten auf einmal geraucht. Ohne Filter. Außerdem hatte sie unermesslichen Durst. Sie brauchte jetzt dringend einen Schluck Wasser. Nein, keinen Schluck, am besten eine ganze Flasche Sprudel ex.

Theresa hob den Kopf. Sofort wurde ihr übel. Verwirrt blinzelte sie. Obwohl sie die Augen geöffnet hatte, konnte sie kaum etwas sehen. Irgendwas war über ihren Kopf gezogen, der sich trotz der Schmerzen anfühlte, als wäre er in Watte gepackt.

Sie nahm die Hände hoch, um das Ding von ihrem Gesicht zu entfernen. Ein lautes Klirren begleitete die Bewegung. Erneut hob sie die rechte Hand, die linke wurde mitgerissen. Ein Adrenalinstoß ließ ihr Bewusstsein mit einem Schlag aufklaren. Jemand hatte sie gefesselt. Deshalb lag sie hier auf dem Boden, nicht weil sie sich mit Vicky gestern zu sehr abgeschossen und sich dann zum Pennen einfach irgendwo hingelegt hatte. Jemand hatte sie verschleppt. Sie befand sich in den Fängen irgendeines Irren!

„Vicky, bist du hier?“, versuchte sie es noch einmal, dieses Mal klang ihre Stimme so panisch, wie sie sich fühlte. Wieder bekam sie keine Antwort. Entweder ihre Freundin war noch zu drauf, um irgendwas mitzubekommen, oder gar nicht mehr da. Theresa streckte das Bein und stieß gegen etwas Weiches. Da sie es mit ihren Händen nicht erreichen konnte, tippte sie mit der Fußspitze leicht dagegen. Keine Reaktion. Mit angehaltenem Atem lauschte sie, hörte aber nur Wassertropfen. Sie schien allein zu sein. Wo zum Teufel war sie?

Dann ein Rascheln. Eine Ratte? Mehrere Ratten? Jetzt war Theresa definitiv nicht mehr high. Mäuse und Ratten hasste sie seit ihrer Kindheit, seit sie einmal auf dem Bauernhof ihrer Großmutter von einer Ratte gebissen worden und in der Folge an einer Hirnhautentzündung erkrankt war. Die Vorstellung, dass eines dieser fetten Viecher – oder mehrere – über sie krabbeln und vielleicht sogar an ihr herumknabbern könnten, war kaum zu ertragen. Blind trat sie nach vorn aus, in der Hoffnung, die Tiere zu vertreiben.

Erst jetzt fiel ihr wieder ein, dass sie ja etwas auf dem Kopf hatte und griff erneut danach, doch das Teil war um ihren Hals festgebunden. Mit jedem Ruck an dem kratzigen Stoff schnürte es ihr die Luft ab, sodass sie würgen musste. Sie betastete ihren Hals und erfühlte eine Plastikschnur, die fest verknotet war. Hektisch pfriemelte sie daran herum, wollte sie loswerden, doch mit ihren klammen Fingern hatte sie keine Chance.

„Fuck, fuck, fuck!“, rief sie, Tränen stiegen ihr in die Augen. Völlig kopflos strampelte sie, warf sich auf dem Boden herum. Ihr Schluchzen hallte von den Wänden wider.

„Hallo?“

Vor Schreck fuhr Theresa zusammen. „Vicky, bist du das?“ Das Gefühl der besinnungslosen Angst wich einem Moment der Erleichterung. Sie war nicht allein. Gemeinsam könnten sie es schaffen, sich zu befreien und zu entkommen.

„Wo sind wir? Was ist passiert?“, lallte ihre Freundin.

„Ich weiß es nicht“, sagte Theresa, und erst jetzt kam ihr ein beängstigender Gedanke. Sie schluckte mehrmals, um die Panik zu vertreiben. „Meinst du, Fabiennes Mörder hat uns entführt? Wird er uns auch umbringen?“

„Scheiße, was sollen wir denn jetzt machen? Wir müssen hier irgendwie raus.“ Ein Rasseln zu Theresas Linken ertönte, es platschte. Offenbar hatte auch Vicky versucht, sich aufzusetzen. „Fuck, was ist hier los?“, brüllte sie nur einen Augenblick später.

„Pst, sei still!“ Da war ein weiteres Geräusch gewesen. Schritte. Jemand kam näher. Unter dem Sack konnte Theresa ein Licht erkennen. In der Ferne.

„Hilfe!“, schrie Vicky mit zittriger Stimme.

„Sei leise“, wiederholte Theresa, hätte aber am liebsten mit ihrer Freundin gebrüllt.

„Ihr seid wach“, sagte eine männliche Stimme. „Sehr gut. Dann könnt ihr sicher ein paar Fragen beantworten.“

Fragen? Theresas Mund wurde staubtrocken. Sie kannte die Stimme irgendwoher, aber ihr wollte nicht einfallen, wer das war. Wenn sie doch nur etwas sehen könnte!

„Bist du völlig übergeschnappt?“, schrie Vicky plötzlich und klang, als wäre ihr eine Sicherung durchgebrannt. Ihre Stimme überschlug sich. „Lass uns sofort frei, sonst …“

„Halt die Fresse!“ Ein Knall, wie als würde eine Melone auf den Boden fallen, eine überreife Melone. Vicky wimmerte.

Spätestens jetzt wusste Theresa, dass sie bis zum Hals in der Scheiße steckten.

18. Kapitel

„UNAUFFÄLLIG“, murmelte Felix missbilligend in sich hinein, als er an den Maximiliansanlagen die Isar überquerte, um nach Bogenhausen zu gelangen. Anna hatte gut reden. Schon allein wegen seiner Vespa würden sich vermutlich die Köpfe der Anwohner nach ihm umdrehen. Davon abgesehen konnte er wohl kaum ohne Dienstausweis der Kripo in von Baumers Nachbarschaft nach dem Alibi des Mannes fragen, ohne dass die misstrauisch wurden. Wenn er keine gute Geschichte vorzuweisen hatte, würde vermutlich niemand mit ihm reden. Das hier war kein Sozialbau, wo man die Zungen der Bewohner mal eben mit zwanzig Euro lockern konnte.

Auf dem Weg hierher war ihm zum Glück eine zündende Idee gekommen. Die Geschichte mochte sich weit hergeholt anhören, doch vor einigen Wochen hatte er sie so ähnlich erlebt. Eine Frau, die schmerzlich ihre Katze vermisste, hatte sich an ihn gewandt. Da es sich bei dem Tier um ein Exemplar der sehr teuren Bengalrasse handelte, hatte sie es mit einem Halsband ausgestattet, an dem sich ein GPS-Tracker befand. Irgendwann war es nicht mehr nach Hause gekommen, und die Koordinaten hatten in einen nahe gelegenen Wald geführt. Dort hatte die Frau zwar den Tracker, aber nicht ihre Katze gefunden. Die Aufzeichnungen des Bewegungsprofils hatten vermuten lassen, dass jemand den Tracker entfernt und mit dem Auto in eben dieses Waldstück gefahren hatte. Das Gerät zeichnete den Standort alle zwei Minuten auf, und so schnell, wie es sich bewegt hatte, konnte es sich unmöglich noch an der Katze befunden haben.

Im Endeffekt hatte Felix herausgefunden, dass jemand das hübsche Tier gesehen und beschlossen hatte, es an sich zu nehmen. Beim Züchter kostete diese Rasse immerhin an die tausend Euro, was nicht jeder bereit war, in eine Katze zu investieren. Der „Finder“ hatte, um sein Handeln zu verschleiern, den Tracker in den Wald gefahren und dort entsorgt. Gemeinsam mit der Polizei hatten sie das Tier schließlich aus der Wohnung geholt, wo sich noch weitere Rassekatzen befanden, die mutmaßlich ebenfalls von der Straße eingesammelt worden waren.

Felix wollte von Baumers Nachbarn erzählen, dass er im Auftrag einer besorgten Katzenmutter handelte, deren getrackte Rassekatze am Abend von Fabiennes Verschwinden zuletzt die Koordinaten von von Baumers Grundstück gesendet hatte und dann mit dem Auto an einen anderen Ort verbracht worden war. Jetzt konnte er nur hoffen, dass von Baumer gerade nicht zu Hause war und die Nachbarn Felix einfach an den Hausherrn selbst verwiesen.

Es war kurz vor Mittag, als er mit seinem Roller in die Maria-Theresia-Straße einbog. Über ihm türmten sich die Schäfchenwolken von heute Morgen zu einer dunklen, bedrohlich aussehenden Masse, und ein paar Tropfen kündigten erneut ein Sommergewitter an. Felix zog den Helm ab und hängte ihn an den Lenker.

Von Baumers Villa befand sich am Ende der Straße, er hatte seine Vespa etwas weiter entfernt geparkt und schlenderte den Bürgersteig entlang. In den meisten Vorgärten schirmten massive Bäume die opulenten Villen vor neugierigen Blicken ab, nur von Baumer schien nichts von einer derartigen Bepflanzung zu halten. Hinter seinem für den mediterranen Stil des Hauses viel zu modernen Rolltor befand sich eine lange Kieseinfahrt mit einer akkurat gemähten Rasenfläche daneben. In der Mitte des englischen Rasens stand ein für Felix' Geschmack abgrundtief hässlicher Springbrunnen in Form einer nackten Frau mit einem Krug in der Hand, aus dem das Wasser in das Auffangbecken plätscherte.

Das Haus rechts neben von Baumers Villa lag so weit entfernt, dass Felix Zweifel daran hatte, ob dort überhaupt jemand mitbekam, wenn die von Baumers zu Hause waren. Sein Blick fiel auf das Anwesen gegenüber, das etwas erhöht stand und um die Kurve in der Höchlstraße lag, die an die Maria-Theresia-Straße grenzte.

Das Eingangstor, das eine Lücke in der mit dem Lineal gestutzten, zwei Meter hohen Bambushecke bildete, wurde durch zwei Kameras überwacht. In diesem Moment stand ein Briefträger am Tor und quetschte die Post in einen überfüllten Briefschlitz.

Felix blieb kurz stehen und betrachtete die Kameras auf dem Nachbargrundstück. Erst spät bemerkte er, dass jemand auf ihn zukam. Der Mann trug einen teuer aussehenden Anzug und eine rote Krawatte, die ihm die Luft abzuschnüren schien, so eng war sie um den Hals gebunden. Felix machte unwillkürlich einen Satz nach hinten, als er direkt auf ihn zusteuerte.

„Sind Sie von der Presse?“, fragte der Mann knurrend.

Jetzt, da er vor ihm stand, erkannte Felix ihn als von Baumer.

So ein Mist aber auch!

„Reden Sie mit mir?“, entgegnete er mit Unschuldsmiene.

„Den Postboten meine ich wohl kaum.“ Von Baumer hob drohend die Hand.

Felix beschloss, in die Offensive zu gehen, und hob die Hände. „Ich bin nicht von der Presse, Herr von Baumer. Ich arbeite mit Anna Hart zusammen. Felix Hertzlich. Privatermittler.“ Er senkte die Hände und reichte seinem Gegenüber eine zur Begrüßung.

Von Baumer beäugte ihn argwöhnisch, und sein Blick blieb an seinen Jeans und den Stiefeln hängen. Dann ergriff er die Hand.

„Frau Hart hat Sie nicht erwähnt“, brummte er, noch immer zurückhaltend.

„Normalerweise lass ich mich auch nicht erwischen“, entgegnete Felix scherzend, aber von Baumer schien keinen Spaß zu verstehen, denn seine Mundwinkel hoben sich nicht.

„Und was wollen Sie hier?“

„Frau Hart hat mich engagiert, um zu schauen, ob ich Ihr Alibi für letzten Freitag irgendwie bestätigen kann“, erklärte er.

Hinter von Baumers Stirn arbeitete es sichtlich, dann wurde er rot, und er verzog wütend das Gesicht. „Jetzt erzählen Sie mir aber bitte nicht, dass Sie meine Nachbarn darauf ansprechen wollten! Was genau versteht diese Anwältin denn bitte schön unter absoluter Diskretion in dieser unangenehmen Sache?“ Er schnaubte durch die Nase.

Sympathisch, dachte Felix. Eine junge Frau war – vermutlich gewaltsam – zu Tode gekommen, und von Baumer bezeichnete das als *unangenehme Sache.* Für sich selbst natürlich, nicht für das Opfer. Aber seine Meinung über den Mann tat hier nichts zur Sache, immerhin hatte nicht von Baumer ihn engagiert, sondern Anna. Er winkte ab und deutete mit seinem Kopf zu dem Haus gegenüber. „Sind die Nachbarn im Urlaub?“

Von Baumer zog die Augenbrauen zusammen. „Woher soll ich das wissen?“

„Ist Ihnen bewusst, dass die Kameras Ihre Einfahrt mit einfangen?“

„Worauf wollen Sie hinaus?“ Von Baumer verschränkte die Arme vor der Brust. Anscheinend war er etwas schwer von Begriff.

Felix fragte sich immer wieder, wie manche Menschen so viel Geld machen konnten, wenn sie nicht einmal offensichtliche Tatsachen registrierten. Er seufzte unmerklich. „Die Aufnahmen jenes Abends könnten Sie möglicherweise entlasten, wenn Sie das Haus tatsächlich nicht verlassen haben“, erklärte er geduldig.

Von Baumer strich sich mit der Hand über den Kopf. „Ich weiß nicht, aber das spielt auch keine Rolle. Sicher werde ich meine Nachbarn nicht darum bitten, mich bei meinem Alibi für einen Mord zu unterstützen. Hiermit untersage ich Ihnen sämtliche Ermittlungen, die mein Umfeld in irgendeiner Form mit einbeziehen. Das werde ich sofort mit Frau Hart klären.“

Felix nickte, rollte aber innerlich mit den Augen. Mit einer ähnlichen Reaktion hatte er schon gerechnet. Im Endeffekt war es von Baumers Problem, wenn er den Verdacht gegen sich so nicht entkräften wollte. Davon abgesehen würden die Kameras den Beamten der Mordkommission früher oder später ebenfalls auffallen, und bei denen konnte er sich kaum dagegen wehren, dass sie bei seinen Nachbarn klingelten. Damit er Anna jedoch das gewünschte Ergebnis liefern konnte, musste er trotzdem irgendwie an die Aufnahmen kommen, und er hatte auch schon eine Idee, wie er das anstellen könnte.

Mit etwas Glück konnte Natalie sich in das Netz der Nachbarn hacken und die gespeicherten Dateien herunterladen, und schon hätte er die gewünschten Informationen.

Von Baumer zückte sein Handy, wahrscheinlich, um direkt bei Anna anzurufen. Von der würde er sich später eine Standpauke abholen dürfen. Aber es war ihre Entscheidung gewesen, dass er von Baumers Alibi überprüfen sollte, dann musste sie auch damit klarkommen, wenn ihr Mandant Wind davon bekam.

„Ich bin dann mal unterwegs", verabschiedete Felix sich und machte sich auf den Weg zurück zu seiner Vespa.

Ein paar Straßen weiter stellte sich Felix an einer Tankstelle unter, da mittlerweile der Regen eingesetzt hatte, und rief Natalie an. Er vereinbarte mit ihr, sie später abzuholen, damit sie sich das mit den Kameras einmal ansehen konnte. Nachdem er sich einen fürchterlichen Kaffee genehmigt hatte, fuhr er weiter zum Internat, um zu schauen, ob er Fabiennes Klassenlehrer erwischte. Anhand eines Fotos vom Kollegium auf der Webseite von Schloss Berg wusste er, nach wem er suchen musste.

Es nieselte nur noch, und Felix kam gut durch. Eine halbe Stunde später stellte er seine Vespa am Grundstück des Internats ab, das tatsächlich auf einem Berg – oder eher einer Anhöhe – direkt am Starnberger See lag und ihn ein wenig an die Schule aus Harry Potter erinnerte. Durch die dunklen Wolken strahlte es eine mystische Atmosphäre aus, die Felix unwillkürlich schaudern ließ.

Da er vermutlich nicht einfach so auf das Schulgelände spazieren konnte, hatte er sich für den Fall, dass ihn jemand ansprach, erneut eine Geschichte ausgedacht. Sollte sich Fabiennes Lehrer querstellen, würde die schnell auffliegen, aber er hoffte, dass Herr Sauer – so war sein Name – aufgrund der Umstände, dass eine Schülerin einem Gewaltverbrechen zum Opfer gefallen war, nicht zu viel hinterfragen würde. Manchmal musste man einfach selbstsicher auftreten, um weiterzukommen. Diese Lebensweisheit hatte Felix sich bereits mehrfach zunutze gemacht.

„Kann ich Ihnen helfen?", fragte eine weibliche Stimme, kaum dass er den Hof betreten hatte und sich darüber wunderte, weshalb der Eingangsbereich fast verlassen wirkte. Eine junge Frau mit Brille und einer Hochsteckfrisur blickte ihn neugierig an.

„Ich bin auf der Suche nach Herrn Sauer."

„Haben Sie eine Tochter auf unserer Schule? Ich habe Sie hier noch nie gesehen."

Meine Güte, das ist hier ja schlimmer als in einem Kuhkaff, dachte Felix und war froh, dass er sich nicht hatte als Elternteil ausgeben wollen. „Nein, habe ich nicht. Ich bin Privatermittler und wurde von der Familie Lindner beauftragt.“ Gedanklich kreuzte er die Finger und hielt dem Blick seines Gegenübers stand.

„Haben Sie einen Ausweis, oder so?“, fragte die Frau noch immer misstrauisch.

Felix holte seinen Ermittlerausweis hervor, den er sich selbst erstellt hatte und der rein gar nichts aussagte, aber die Leute ließen sich in der Regel davon beeindrucken. Er reichte ihn ihr. Lächelnd gab sie ihn zurück. „Entschuldigen Sie bitte, aber hier versuchen immer wieder Leute von der Presse …“

„Klar, kein Ding.“ Felix lächelte ebenfalls und steckte den Ausweis ein. Sie deutete auf eine Sitzbank an der Wand und bat ihn, dort einen Moment zu warten.

Keine zehn Minuten später kam ein erstaunlich junger Mann die Treppe herab und ging auf ihn zu. Er wirkte etwas übermüdet, aber seine Augen waren wach und freundlich und sein Händedruck fest.

„Cornelius Sauer, guten Tag, Herr …?“

„Felix Hertzlich. Danke, dass Sie sich Zeit für mich nehmen.“

„Sie haben Glück, dass Sie mich erwischen. Ich hatte gerade eine Freistunde und habe mir ein wenig die Beine vertreten.“ Er bat Felix, ihm in einen Besprechungsraum zu folgen.

„Ich nehme an, es geht um Fabienne?“, fragte Sauer, als sie sich an den Tisch gesetzt hatten. „Dieser Vorfall ist wirklich mehr als tragisch. Dass so etwas ausgerechnet passiert, wenn ich die Aufsichtspflicht habe … Ich mache mir große Vorwürfe, auch wenn ich unmöglich auf so einer großen Veranstaltung alle meine Schülerinnen im Blick haben kann. Gibt es denn schon etwas Neues?“

„Leider nicht, Herr Sauer. Aber jede Kleinigkeit kann entscheidend sein und zum Durchbruch führen.“

Der Lehrer machte ein betroffenes Gesicht. „Sie wurden von der Familie Lindner engagiert?“

„Ganz genau“, sagte Felix und hoffte, dass der Mann nicht in zu engem Kontakt zu Fabiennes Eltern stand. „Sie haben sicherlich bereits mitbekommen, dass ihnen die Ermittlungen zu langsam vorangehen. Nachdem die Polizei kaum aktiv war, bis schließlich tragischerweise die Leiche von Fabienne wortwörtlich auftauchte, haben sie das Vertrauen in die Beamten verloren."

Sauer nickte, dann stand er auf und öffnete das Fenster. Die Luft im Raum war stickig, doch die schwülwarme Luft von draußen schaffte da auch keine Abhilfe, und Felix merkte, wie ihm das Shirt so langsam am Rücken festklebte.

„Verständlich", sagte Sauer, als er sich wieder gesetzt hatte. „Aber wie kann ich Ihnen helfen? Ich war zwar wie gesagt an diesem Abend auch anwesend, aber da waren so viele Menschen, dass mir leider nichts Außergewöhnliches aufgefallen ist. Ich könnte nicht mal sagen, zu welchem Zeitpunkt Fabienne verschwunden ist."

„Momentan geht es mir nicht um die Nacht, in der Fabienne Lindner ermordet wurde, sondern eher um das Motiv. Ich habe herausgefunden, dass ihr ein Schulverweis drohte. So wie es aussieht, hat sie die Briefe von der Schule abgefangen, sodass ihre Eltern nichts davon mitbekommen haben, und schließlich hat sich das ja auch erledigt, da Sie sich als ihr Klassenlehrer dagegen ausgesprochen haben. Können Sie mir mehr darüber erzählen?"

„Sie ist … sie war, entschuldigen Sie …", fing er an und räusperte sich. „Sie war eine sehr gute Schülerin, kam gut mit, hat nie gefehlt und auch Nachhilfe gegeben, also anderen geholfen. Ein Fehltritt kann jedem passieren, und ich wollte verhindern, dass dieser sich auf ihre Zukunft auswirkt. Sie glauben, das hat etwas mit ihrem Tod zu tun?"

Felix stellte sich Fabienne als liebenswürdiges Mädchen vor, was ihm etwas schwerfiel, so wie ihre Textnachrichten geklungen hatten. „Nun, dafür müsste ich wissen, was genau vorgefallen ist, denn wir konnten den Brief der Schulleitung nicht finden. Lediglich ein Foto der Nachricht, dass der Verweis nicht vollzogen wird, war auf ihrem Handy", sagte Felix. „Hatte sie Ärger mit jemandem, Streit, kam es zu Handgreiflichkeiten, weshalb ihr mit diesen Konsequenzen gedroht wurde?"

„Oh, nein, nein, nichts dergleichen." Sauer schüttelte vehement den Kopf. Dann schien er einen Moment zu überlegen, ob er mit Felix über die Gründe reden durfte, entschied sich aber dafür. „Sie wurde auf dem Schulgelände mit Drogen erwischt. Kokain. Ich habe da erst eine Reportage gesehen. Das nehmen wohl viele junge Leute, um dem

Druck standzuhalten, ihre Leistungsfähigkeit zu steigern. Schloss Berg ist ein Eliteinternat, und die Eltern erwarten von ihren Kindern dementsprechend nur die besten Zensuren. Da kann man schon mal zu extremen Mitteln greifen, um diese hohen Anforderungen zu erfüllen."

Nicht ganz das, was Felix sich erhofft hatte, aber bei Drogen war auch Geld im Spiel, und eine Verdeckungstat kam infrage. Das war also durchaus eine Spur, der man nachgehen konnte, wenn man herausfinden wollte, wer der Täter war. Womit Anna ihn eigentlich nicht beauftragt hatte, und doch war das seiner Meinung nach die sicherste Methode, von Baumer auszuschließen: den wahren Mörder von Fabienne zu finden.

Er dachte an die Nachrichten, die Fabienne mit diesem anderen Mädchen geschrieben hatte. Natalie hatte gleich vermutet, dass die Glückskeks-Emojis einen Code für etwas darstellten, und jetzt glaubte er, zu wissen wofür. Er rief sich die Nachricht in Erinnerung, die Fabienne am Tag ihres Verschwindens geschickt hatte.

„*Ist alles so gelaufen wie besprochen?*" Dahinter ein Glückskeks. Felix sollte als Nächstes wohl mit dieser Lara sprechen.

19. Kapitel

ALS Felix die Kanzlei verließ, setzte Anna sich daran, die Akteneinsicht im Fall von Fabienne Lindner zu beantragen. Da von Baumer nach dem Fund von Fabiennes Leichnam nun als Verdächtiger vernommen werden sollte, hatte sie das Recht, zuvor den aktuellen Stand der Ermittlungen einzusehen. Mit Staatsanwalt Feindt als Leiter der Ermittlungen stellte sie sich darauf ein, die Akten nicht in Kopie zu bekommen. Bestimmt würde er sich einen Spaß daraus machen, sie vor Ort antanzen zu lassen, damit er sie während des Durcharbeitens schikanieren konnte.

Nachdem sie den Antrag fertig hatte, machte sie sich an die Recherche zu dieser Katalin, die Fabienne in ihrer Nachricht erwähnt hatte. Dazu ging sie zunächst noch einmal akribisch den Verlauf des Gesprächs durch, fand aber keinen Hinweis darauf, um wen es sich bei dieser jungen Frau handeln sollte. In ihrem Unterbewusstsein klingelte allerdings schon wieder etwas, denn sie glaubte nach wie vor, dass sie den Namen mal irgendwo im Zusammenhang mit von Baumer gehört hatte.

Sie klickte sich durch den Verlauf ihres Browsers von vorgestern, als sie zu von Baumer recherchiert hatte, und wurde schließlich fündig. Auf einer Seite der Klatschpresse war im vergangenen Jahr ein Foto gepostet worden, das von Baumer mit seiner Frau und seinen beiden Kindern auf der Eröffnung eines von ihm finanzierten Wasserspielplatzes an der Isar zeigte. An der Seite der Familie befand sich eine junge Frau, bei der es sich laut Bildunterschrift um Katalin Szabados handelte. Zu dem Zeitpunkt, von dem die Aufnahme stammte, war die junge Frau bei von Baumers offenbar als Au-pair engagiert gewesen.

Anna zoomte in das Foto und betrachtete Katalin genauer. Sie war eine hübsche, dunkelhaarige Frau, die mit ihrer Größe beinahe an von Baumer heranreichte. Mit ihrer schlanken Statur und den markanten slawischen Zügen hätte sie gut und gern auch Model sein können. Die Haare hatte sie zu einem kurzen, dunkelbraunen Pagenschnitt geschnitten und ähnelte damit Fabienne, die ebenfalls kinnlange Haare gehabt hatte, allerdings schwarz gefärbt, was ihre blauen Augen betont hatte.

Da sie jetzt den vollständigen Namen kannte, gab Anna ihn bei Google ein. Die Ergebnisse gaben nicht viel her. Ein Eintrag verwies auf eine Pianistin aus Ungarn, die wesentlich älter als das Mädchen auf dem Foto war, ein weiterer führte auf ein Instagram-Profil einer jungen Frau, deren Gesicht gänzlich anders aussah. Die Bildersuche spuckte nur zwei Fotos aus, die zu dem Au-pair der von Baumers passten. Beide waren vor Katalins Zeit in Deutschland bei Volleyballturnieren entstanden, aber was die dazugehörigen Artikel verlauten ließen, konnte Anna nicht lesen. Schließlich versuchte sie es noch auf Facebook, wobei sie sich davon nicht viel versprach, die jungen Leute tummelten sich heute eher auf anderen sozialen Netzwerken. Wie erwartet wurden keine passenden Profile ausgespuckt.

Da sich nicht jeder mit seinem Klarnamen im Netz zu erkennen gab, unternahm sie einen letzten Versuch über die umgekehrte Bildersuche und stieß dabei tatsächlich auf ein Profil bei Instagram, das zu Katalin Szabados zu gehören schien. Anna klickte sich durch die Posts, die von der jungen Frau beinahe täglich erstellt worden waren. Sie nahm ihre Follower, 248 an der Zahl, mit durch ihren Tag, postete ihr Abendessen, Bilder von Ausflugszielen, Volleyballturnieren oder Selfies und auch mal kurze Videos. Vor etwa einem Dreivierteljahr hatte sie ihre Aktivitäten allerdings von einem auf den anderen Tag eingestellt, seitdem gab es keine neuen Fotos mehr von ihr.

Anna ließ sich die Kommentare unter dem letzten Post übersetzen und stellte fest, dass sich einige Follower darüber wunderten, dass von ihr keine Updates mehr kamen. Auch darauf reagierte Katalin nicht, es war, als hätte sie von jetzt auf gleich ohne Ankündigung nicht mehr auf ihr Profil zugegriffen. Wobei Anna natürlich nicht sagen konnte, ob sie noch über private Nachrichten kommuniziert hatte. Diese Tatsache in Kombination mit Fabiennes Aussage und von Baumers gelöschten Antworten darauf machte Anna dennoch misstrauisch.

Sie griff sich den Zettel und las die Nachricht, die Fabienne am Abend ihres Verschwindens im Streit an ihren Lover gesendet hatte, noch einmal.

„Dann pass mal lieber auf, dass mir nicht das Gleiche passiert wie deiner Katalin, du verdammter Wichser."

Was genau meinte sie damit? War das Au-pair der von Baumers ebenfalls verschwunden? Lag das plötzliche Verstummen des Instagram-Profils von Katalin daran, dass auch sie nicht mehr am Leben war?

„Kaffee, Kaffee!", krächzte Ruth.

„Gute Idee", seufzte Anna. Sie brauchte jetzt dringend eine Pause und neben Koffein auch etwas zwischen die Zähne. Auf dem Weg in die Kaffeeküche klingelte ihr Telefon.

„Ihr Mandant Herr von Baumer", sagte Jannes und schaute sie fragend an.

Für ein Gespräch mit ihm hatte Anna jedoch gerade keine Nerven. Außerdem wollte sie zuerst mehr über den Verbleib von Katalin Szabados herausfinden und warten, was Felix ihr mitzuteilen hatte. Die bisherigen Ergebnisse ihrer Suche ließen sie nichts Gutes ahnen.

„Vertrösten Sie ihn bitte. Sagen Sie einfach, ich wäre in einem Termin und melde mich später."

Jannes nickte und nahm den Anruf entgegen, während Anna ihren Weg in die Küche fortsetzte. Nur einen Moment später stieß Jannes dazu.

„Er sagte, es wäre dringend."

„Ja, das sagen die Mandanten immer. Wenn man nicht sofort Zeit für sie hat, geht die Welt unter, so viel ist klar." Sie stellte ihre Tasse unter die Padmaschine, die Felix so verfluchte, und schob das schlechte Gewissen beiseite, dass sie Jannes eigentlich längst hatte einarbeiten wollen. Bisher hatte sich einfach keine Gelegenheit geboten, und er erledigte seine Arbeit auch so hervorragend. Hoffentlich fühlte er sich nicht allzu überfordert damit, plötzlich nicht mehr nur mit den Fällen einer Fachanwaltskanzlei konfrontiert zu sein.

Er zuckte mit den Schultern, nahm sich ebenfalls eine Tasse aus dem Schrank und schob die Brille über die Nase. Dann lächelte er. „Ich muss sagen, ich fühle mich echt wohl bei Ihnen“, sagte er, als hätte er ihre Gedanken gelesen.

„Tut mir leid, wenn du dich ins kalte Wasser geworfen fühlst. Eigentlich wollte ich dich noch mit Einzelheiten zum Staatsanwalt, Polizei, Mandanten vertraut machen.“ Sie biss sich auf die Lippe. Hatte sie ihn gerade geduzt?

Er winkte ab. Anscheinend störte er sich nicht daran. „Learning by doing”, sagte er, ohne auf den plötzlichen Übergang zum Du einzugehen. „Sie haben die nette Angewohnheit, gelbe Notizzettel an die Akten zu kleben, da kann ich mir eine Menge zusammenreimen.“

Anna spürte, wie ihr Gesicht heiß wurde. Sie hatte völlig verdrängt, dass sie in ihren abgeschlossenen Akten Notizen zu den Personen machte, die in die Fälle involviert waren. Die meisten waren harmlos, nur kleine Aktennotizen, aber bei manchen hatte sie aufgeschrieben, was für Kotzbrocken sie waren und wie sie immer wieder versuchten, ihr Steine in den Weg zu legen. Daniela kannte das, aber bei einem neuen Mitarbeiter war es ihr doch etwas peinlich.

Jannes lachte. „Ich finde das klasse.“ Er beugte sich vor. „Zumal dieser Feindt seinem Namen alle Ehre zu machen scheint.“

„Apropos. Haben wir schon eine Antwort zur Akteneinsicht?“, nutzte Anna die Erwähnung des Staatsanwaltes als Übergang.

Jannes schüttelte den Kopf. „Ich habe gerade angerufen, aber man teilte mir mit, ich habe zu warten.“ Er verdrehte theatralisch die Augen. Für Anna wurde immer klarer, dass sie mit Jannes einen guten Fang gemacht hatte. „Also, insgesamt komme ich auch ohne Einarbeitung gut zurecht, und gegen solche Dünnbrettbohrer wie diesen Feindt kann ich mich auch durchsetzen. Einzig“, er hob den Finger an die Lippen, „dieser Ermittler führt sich ja echt auf wie die Axt im Walde.“

Anna musste bei dieser zutreffenden Beschreibung lachen. „Mach dir über ihn keine Gedanken. Er ist ein Chauvi, aber ich habe ihn ganz gut im Griff.“

Jannes runzelte die Stirn. „Also soll ich ihn immer einfach durchlassen, nur weil er meint, er hätte eine Sonderstellung?“

Anna überlegte einen Moment. „Ach, weißt du was? Lass ihn das nächste Mal ein bisschen schmoren. Es sei denn, es ist wirklich eilig.“

Er lächelte sie verunsichert an. Dann nickte er. „Brauchen Sie gerade meine Hilfe?“, fragte er dann, als Anna ihre Tasse nahm und zurück zum Büro gehen wollte.

„Tatsächlich würde ich dir gern eine Aufgabe abtreten“, sagte sie und informierte ihn darüber, was Felix bislang zu Fabienne und von Baumer ermittelt hatte. Dabei erwähnte sie nicht, wie ihn seine autistische Schwester mit nicht ganz legalen Methoden unterstützte. Sie endete damit, was sie über Katalin Szabados herausgefunden hatte, und bat ihn, zu recherchieren, welche Agenturen in München und Umgebung Au-pairs aus Ungarn vermittelten.

Etwa anderthalb Stunden später kam er in ihr Büro, als Anna gerade telefonierte, und wartete geduldig, bis sie aufgelegt hatte. Ruth flatterte in ihrem Käfig währenddessen nervös mit den Flügeln und krächzte rum.

„Ich habe die Agenturen durchtelefoniert und diejenige gefunden, die Katalin beschäftigt und vermittelt hat.“

Anna schaute ihn beeindruckt an. Das war mal eine vorbildliche Eigeninitiative.

„Dort angerufen habe ich auch schon und eine Ansprechpartnerin herausgefunden. Frau Magyar ist noch eine halbe Stunde erreichbar.“

„Du bist echt Gold wert“, sagte Anna verblüfft. Da hatte nicht einmal Daniela mithalten können, auch wenn man nicht schlecht über Tote sprach.

Jannes lief leicht rot an, verließ das Büro und schloss die Tür hinter sich.

Anna bewaffnete sich mit ihrem Block und Stift und wählte die Nummer, die auf dem Zettel stand.

„Social Care, Sie sprechen mit Frau Magyar“, meldete sich eine burschikos klingende Stimme.

„Anna Hart, guten Tag. Sie hatten vor wenigen Minuten mit meinem Assistenten telefoniert.“

„Dass Sie sich so zeitnah melden, habe ich nicht erwartet. Kleinen Moment, ich schließe nur eben die Bürotür.“ Anna hörte, wie der Hörer auf den Tisch gelegt wurde und Schritte, die sich von ihm fortbewegten. Es dauerte nicht lange, und Frau Magyar war wieder am

Apparat. Sie seufzte leise, vermutlich, weil sie sich hinsetzte. „Sie möchten über ein von uns vermitteltes Au-pair sprechen, habe ich das richtig verstanden? Gab es Probleme?“

„Nicht wirklich“, sagte Anna. In der Zeit, in der Jannes recherchiert hatte, hatte sie sich eine Geschichte zurechtgelegt, die sie vortragen wollte. „Eigentlich bin ich auf der Suche nach ihr, um *mit* ihr zu sprechen, nicht über sie. Ich vertrete Herrn von Baumer, bei dem sie im letzten Jahr eingesetzt war, in einem aktuellen Fall“, erklärte sie. „Dazu würde ich ihr gern ein paar Fragen stellen.“

Die Frau am anderen Ende atmete hörbar ein. „Ach, um was geht es denn da?“

„Dazu darf ich Ihnen nichts sagen, aber sehr freundlich, dass Sie sich bereit erklärt haben, mit mir zu sprechen“, wiegelte Anna ab.

„Herr von Baumer also“, sagte Frau Magyar lang gezogen. „Nun ja, es ist so, dass wir seit Frau Szabados’ Einsatz bei der Familie keinen Kontakt mehr zu ihr haben.“

Anna setzte sich auf. Ihre Kopfhaut kribbelte. „Ist das üblich?“ Sie zückte den Kugelschreiber.

„Ganz und gar nicht. Erst recht nicht, wenn unsere Au-pairs ihren Einsatz ohne Rücksprache mit uns abbrechen. Und auch mit der Familie von Baumer war das nicht kommuniziert. Vor etwa neun Monaten war sie auf einmal verschwunden.“

Anna lief es kalt den Rücken runter. „Verschwunden, sagen Sie? Das ist ja merkwürdig.“

„Ja, vor allem, dass Ihr Mandant Ihnen nichts davon gesagt haben soll. Es gab sogar eine offizielle Ermittlung der Polizei, aber wie sagt man? Mit Ruhm bekleckert haben die sich nicht gerade. Waren hier, um ein paar Fragen zu stellen, das war es. Vermutlich sind sie davon ausgegangen, dass sie einfach zurück nach Ungarn gegangen ist.“

„Klingt so, als wären Sie nicht von dieser Theorie überzeugt.“

„Ganz und gar nicht“, antwortete Frau Magyar wie aus der Pistole geschossen. „Frau Szabados war noch nicht einmal hier, um ihr Empfehlungsschreiben abzuholen. Das ist für unsere Au-pairs sehr wichtig, denn damit sichern sie sich weitere Jobs in Deutschland. Wir haben versucht, sie unter ihrer alten Adresse in Eger zu erreichen und mit ihrer Mitbewohnerin gesprochen. Auch sie wusste nicht, wo Frau Szabados abgeblieben ist. Sie hat ihre ganzen Habseligkeiten in der Wohnung gelassen.“

Annas Finger krallten sich um den Hörer, und ihr Magen rebellierte. War von Baumer ein eiskalter Killer, der sein Au-pair umgebracht und die Leiche hatte verschwinden lassen? War Fabienne dasselbe zugestoßen?

20. Kapitel

MEIN Puls schießt in die Höhe, als ich vor dem Versteck der Mädchen stehe. Niemals hätte ich geglaubt, dass es sich so gut anfühlt, die Dinge in die Hand zu nehmen. So erleichternd. Von den anfänglichen Schwierigkeiten mal abgesehen, habe ich die Sache echt gut hinbekommen. Das macht mir Mut. Niemand ahnt, was wirklich hinter Fabiennes Tod steckt. Und das wird auch so bleiben.

Sei nicht so überheblich! Hochmut kommt vor dem Fall, ätzt eine fiese Stimme in meinem Hinterkopf. Die werde ich gleich zum Schweigen bringen, so viel Zeit muss sein, bevor ich mir die beiden Mädels vornehme.

Diese beschissenen Selbstzweifel, die einen immer zurückhalten wollen, gehen mir auf die Nerven. Nur weil man als Kind ständig eingeredet bekommt, dass Eigenlob stinkt, dass man nicht eingebildet und überheblich sein soll. Aber was, wenn es stimmt? Was, wenn man genial ist und es einfach nicht erkennt, weil man künstlich zur Bescheidenheit erzogen wird? Wem soll das helfen? Wurde das Menschen wie Elon Musk oder Mark Zuckerberg als Kind auch vorgebetet? Sicher nicht, sonst wären sie nicht dort, wo sie jetzt sind.

Milliardär will ich gar nicht werden, sondern einfach nur wieder mein altes Leben zurück, ohne Angst davor zu haben, dass mir jemand aus einer Laune heraus alles kaputt macht.

Der Gedanke daran beflügelt mich. Trotzdem gönne ich mir noch eine kleine Dosis von meinem Energy-Pulver, einfach als Unterstützung, die Zweifel kleinzuhalten. Es hat mich bisher nie enttäuscht. Dann betrete ich das Gefängnis mit eingeschalteter Taschenlampe. Meine Schritte, die von den Wänden widerhallen, jagen mir eine Gänsehaut über den Rücken. Der Geruch, der mir entgegenweht, ist modrig und ekelerregend. Vermutlich ist hier schon das ein oder andere Tier verendet. Es riecht süßlich nach verdorbenem Fleisch. Ich atme durch den Mund, während ich mich den beiden nähere. Ich fühle mich mächtig, als könnte ich alles erreichen. Mal sehen, ob es so schnell geht, wie ich es mir ausgemalt habe.

Ich war vorhin schon mal hier, um sie darauf einzustimmen, was ich von ihnen will. Dabei haben sie so wenige Informationen wie möglich von mir bekommen, immerhin will ich nicht, dass sie mir nach dem Mund plappern. Sie müssen von selbst drauf kommen, was genau ich hören will. Die Wahrheit nämlich. Jetzt hatten sie einige Stunden Zeit, sich Gedanken darüber zu machen, ob sie mir nicht etwas zu sagen haben. Mir bleiben etwa dreißig Minuten, ansonsten muss ich heute Nacht noch einmal wiederkommen.

Mittlerweile bin ich mir sicher, dass sie etwas wissen, und meine Wut auf diese reichen Gören wird immer größer. Freundinnen reden doch immer über alles, sogar darüber, welche Praktiken ihr neuester Kerl im Bett bevorzugt und wonach sein Schwanz schmeckt. Garantiert hat Fabienne den beiden auch von mir erzählt, ich kann mir keinen Grund vorstellen, warum sie es nicht getan haben sollte. Jetzt ist nur die Frage, ob Victoria und Theresa ebenfalls mit irgendjemandem gesprochen haben.

Leise Bedenken kommen wieder hoch, was ich dann tun soll, die ich jedoch beiseiteschiebe. Jetzt ist nicht der Zeitpunkt, sich darüber Gedanken zu machen. Wenn der Fall eintritt, wird mir schon eine Lösung einfallen, so wie immer bisher.

Ich habe den Wartungsraum erreicht. Die Mädchen sitzen noch immer auf dem dreckigen und feuchten Boden. Die Schnüre haben wunderbar gehalten, denn die Säcke sind noch über ihre Köpfe gezogen. Eigentlich bräuchte es die nicht, sie werden sowieso keine Gelegenheit mehr bekommen, irgendjemandem zu erzählen, wer sie hier eingesperrt hat. Allerdings glaube ich, dass die Verhüllung ein Element ist, das sie noch eher zum Reden bringen wird. Die Panik, nicht zu sehen, wo man ist und was mit einem geschieht, verbunden mit der Hoffnung, dass man freikommt, wenn man nur alles preisgibt, was man weiß …

Ja! Sie werden den Mund aufmachen, das weiß ich!

„Wer will reden?“, frage ich in die Stille. Sind etwa beide wieder eingepennt? Das Fentanyl scheint besser zu wirken als gedacht. Mit

Absicht spreche ich keine von ihnen konkret an, sie bekommen beide die Chance, auszupacken.

Allerdings scheint keine gewillt sein, das zu tun. Sie schweigen. Lediglich daran, dass sie zusammenzucken und die Ketten rasseln, erkenne ich, dass sie bei Bewusstsein sind. Im Hintergrund plätschert das Wasser vom See, dessen Wellen in das Betonrohr getrieben werden.

„Worüber wollen Sie denn reden?“, flüstert schließlich die eine, Theresa müsste es sein. Na endlich, damit kann ich doch arbeiten.

„Über deine Freundin Fabienne.“

Sie atmet scharf ein. Vermutlich stellt sie sich gerade vor, wie ihre tote Freundin ausgesehen hat, als man sie aus dem See gezogen hat.

„Ganz genau“, sage ich. „Wenn ihr nicht so enden wollt wie sie, dann solltet ihr jetzt lieber ehrlich sein.“

„Mein Kopf tut weh“, jammert Vicky. Kein Wunder, ich habe ihr ja auch eine ordentliche Backpfeife verpasst, als sie mich vorhin so angepflaumt hat. Sie musste gleich zu spüren bekommen, dass sie nicht auf diese Weise mit mir zu sprechen hat. Ich bin es, der hier den Ton angibt.

Um ihr ein wenig Angst einzujagen, schlage ich mit der Faust gegen die Wand, aber außer Schmerzen in meiner Hand und einem leisen Geräusch hat das kaum einen Effekt.

„Also, was habt ihr mir über Fabienne zu erzählen?“, frage ich.

„Sie … ist tot“, schluchzt Theresa. „Haben Sie sie umgebracht? Werden Sie uns auch töten? Bitte tun Sie uns nichts!“ Ihre Stimme überschlägt sich fast, so voller Angst ist sie.

Ich seufze. So wird das nichts. Da ich jetzt nicht genug Zeit für diesen Mist habe, müssen wir hier unterbrechen. Heute Nacht werde ich etwas mitbringen, um ihre Zungen zu lockern. Einen Hammer oder eine kleine Gartenharke.

„Ihr werdet mir schon alles erzählen“, sage ich leise und ignoriere ihr Gewimmer. „Bis später!“

21. Kapitel

STEIF wie ein Priester auf dem Weg zum Altar marschierte Natalie in einem Affenzahn vor Felix die Stufen zu Annas Kanzlei hinauf. Er hatte sie nach ihrem Einsatz bei von Baumers Nachbarn erst zu Hause absetzen wollen, doch sie hatte sich geweigert. Weil sie unbedingt mitkommen wollte, hatten sie sich beinahe in die Haare bekommen, sodass Felix nachgegeben hatte. Seit sie wusste, dass Anna einen Papagei bei sich aufgenommen hatte, war sie ganz scharf drauf, das Tier kennenzulernen.

Seine Schwester war seit ihrer Reittherapie fasziniert von intelligenten Tieren und interessierte sich für alles, vom Spürhund über Minensucher-Ratten bis hin zu Delfinen. Auch Papageien hatten es ihr angetan, und sie konnte es kaum erwarten, endlich einem live und in Farbe zu begegnen. Dafür überwand sie sogar ihre Abneigung, sich auf unbekanntes Terrain zu begeben. Seit Anna und sie den Fängen eines Mörders gerade so entkommen waren, schaffte es Natalie zwar, sich für ihre Verhältnisse ungezwungen mit der Anwältin zu unterhalten, aber in der Kanzlei war sie noch nicht gewesen.

„Jetzt renn doch nicht so“, sagte Felix schnaufend und blieb stehen, um sich einen Moment ans Geländer zu lehnen. Stöhnend rieb er sich über den unteren Rücken, der ihm nach einem Tag auf den Beinen mal wieder Probleme machte.

Natalie blieb abrupt stehen, als hätte sie jemand an einem unsichtbaren Seil zurückgerissen. „Wir haben nicht so viel Zeit“, erklärte sie lakonisch. „Um sieben gibt es Abendessen, davor muss ich noch die neuen Einträge im Technik-Forum durchgehen und …“

„Dir ist schon klar, dass du es warst, die sich partout nicht bei uns zu Hause absetzen lassen wollte?“, unterbrach Felix sie.

„Weil ich den Papagei kennenlernen möchte, und deshalb müssen wir uns beeilen.“ Sie setzte sich wieder in Bewegung, und Felix folgte ihr.

„Anna hat übrigens einen neuen Mitarbeiter."

„Aha", machte Natalie vermeintlich unbeeindruckt. Dieser verdammte Vogel ließ sie wirklich über sich hinauswachsen.

„Ich mein ja nur. Nicht, dass du dich erschreckst."

„Wie heißt er überhaupt?"

Meinte sie jetzt den Vogel oder den Mitarbeiter? Felix ging ächzend hinter ihr her und beschloss, dass sich die Frage auf den Vogel bezog, denn um den ging es ihr schließlich die ganze Zeit. „Ruth, glaube ich."

Bevor Natalie noch mehr Fragen stellen konnte, hatten sie den ersten Stock erreicht. Felix' Rücken rebellierte, und er nahm sich vor, wieder mit den Übungen aus der Physiotherapie anzufangen. Wenn man es einmal schleifen ließ, hielt der Schlendrian Einzug. Er musste wieder in eine Routine finden und es dann durchziehen, ob er nun Lust darauf hatte oder nicht. Jetzt vor der Tür hatte er jedenfalls das Gefühl, er käme nur noch mit Rollator in Annas Büro, und das konnte in seinem Alter wohl kaum sein.

Natalie blieb mitten im Raum stehen und starrte auf Annas Tür. Der neue Mitarbeiter, Jannes oder so, lächelte sie freundlich an und wandte sich dann an Felix.

„Ja, ich weiß, Sie brauchen keinen Termin", sagte er und winkte ab. „Allerdings ..."

Felix nickte ihm zu und ging an Natalie vorbei, um die Tür zu öffnen.

„Einen Moment", rief der Mitarbeiter, da stand er jedoch schon in Annas Büro.

Die blickte auf, entdeckte seine Schwester und setzte ein breites Lächeln auf. „Natalie, das ist ja eine Überraschung. Wie schön, dich zu sehen."

Natalie begrüßte sie knapp, zog dann ihren Rucksack aus und ging am Tisch vorbei, um den Papagei zu begutachten. Der flatterte mit den Flügeln und neigte den Kopf.

„Hallo, hallo, hallo", krächzte das Tier.

Felix blieb in gebührendem Abstand stehen und beobachtete die Szenerie skeptisch. „Sie wollte den unbedingt kennenlernen, deshalb habe sich sie mitgebracht."

„Wie oft denn noch, Felix? Ruth ist eine Sie. Und ich freue mich, sie mit dir bekannt zu machen, Natalie.“ Anna stellte sich neben sie und der Vogel – Ruth – tippelte aufgeregt von einem Bein aufs andere.

„Ich bin Natalie“, sagte seine Schwester und steckte den Zeigefinger in den Käfig.

Felix machte einen Satz nach vorn. „Nicht!“, schrie er.

Ruth hopste von der Stange und blickte zu Natalies Finger auf. Die senkte ihn und kraulte den Vogel. Ruth gurrte und neigte den Kopf.

„Sie mag dich“, sagte Anna.

„Und gleich beißt sie ihr den Finger ab“, knurrte Felix.

„Ein Graupapagei“, sagte Natalie, ohne den Blick von dem Tier abzuwenden. „Stammt ursprünglich aus Afrika und lebt dort in Schwärmen. Graupapageien haben in der Regel monogame Beziehungen, genau wie Tauben, sie sind ihrem Partner gegenüber loyal. Man sollte sie nicht allein halten und sie benötigen viel Platz in hoher Luftfeuchtigkeit. Außerdem sind sie sehr intelligent und wollen gefordert werden.“

Anna schaute Felix überrascht an, der ihr ein „Sorry“ zuflüsterte. Dass Natalie aber auch bei jeder Gelegenheit Vorträge halten musste. Dabei waren sie doch wegen etwas ganz anderem hier.

Ungerührt fuhr seine Schwester fort. „Sie können einfache Kommandos erlernen und lieben Belohnungen. Mit dem passenden Spielzeug sollte man diese Vögel geistig fordern, damit sie sich nicht langweilen, sie müssen bestenfalls viele Stunden am Tag beschäftigt werden.“

„Wow“, sagte Anna, als Natalie eine Atempause einlegte. „Du bist ja das reinste Lexikon. Wahnsinn.“

Felix verschränkte die Arme vor der Brust und setzte sich auf einen Stuhl. Dabei versuchte er möglichst, nicht vor Schmerzen zu stöhnen.

„Also, weshalb seid ihr hier? Sicher doch nicht nur wegen Ruth, auch wenn sie natürlich einen Besuch wert ist“, sagte Anna.

Natalie, die sich nicht von Ruth trennen konnte oder wollte, zeigte mit der freien Hand auf ihren Rucksack.

Felix öffnete ihn und holte Natalies Laptop heraus, den er auf den Tisch stellte. „Du musst dich gleich von dem … von Ruth trennen, Natalie.“

Die sagte nichts, kraulte weiterhin Ruths Kopf.

Felix zuckte mit den Schultern und fasste zusammen, was er bei dem Gespräch mit dem Lehrer herausgefunden hatte. Außerdem gestand er Anna, dass von Baumer inzwischen von seinen Ermittlungen wusste.

Anna verzog den Mund, sagte aber nichts weiter dazu. „Mist, den wollte ich ja noch zurückrufen. Lass uns schnell durchsprechen, was deine Befragungen der Nachbarn ergeben haben.“

„Ich habe mit niemandem gesprochen. Von Baumer hätte mir vermutlich den Kopf abgerissen.“

Annas Miene sprach Bände darüber, was ihre Meinung dazu war. Sie öffnete den Mund, um etwas zu sagen, doch Felix hielt sie mit einer Geste zurück.

„Nicht so voreilig, lass mich ausreden. Ich kann dir trotzdem bestätigen, dass von Baumer letzten Freitag den ganzen Abend zu Hause war.“

„Ach ja?“, fragte Anna skeptisch. „Wie das?“

„Die Überwachungskamera seiner Nachbarn erfasst auch die Einfahrt und einen Teil des Hauses von deinem Mandanten. Natalie war so freundlich, uns die Aufnahmen zu besorgen. Nicht nur dass sein Wagen den gesamten Abend nicht bewegt wurde, von Baumer selbst war auch ab und an durch die Fenster zu sehen. Wenn er nicht gerade jemanden engagiert hat, der telefonierend durch den ersten Stock rennt, dann hat er tatsächlich die Wahrheit gesagt. Das Video kann Natalie dir auf einem Stick hierlassen.“

„Er kann unmöglich am See gewesen sein. Die Zeiten habe ich in einer Notiz gespeichert“, sagte Natalie, ohne sich umzudrehen.

„Entlastet ihn das bereits ausreichend?“, überlegte Anna laut.

„Er könnte die Kameras manipuliert haben“, sagte Natalie und hielt ein Stück Karotte durch die Gitterstäbe.

„Das könnte er, aber daran glaube ich nicht“, sagte Felix. „Warum hätte er dann die Aufnahmen nicht von selbst als Beweis seiner Unschuld angebracht? Als ich ihn darauf angesprochen habe, dass sie seine Einfahrt möglicherweise mit erfassen, wirkte er nicht so, als wäre ihm das klar gewesen.“

„Er kann sich auch dumm stellen“, merkte Anna an.

„Ausgeschlossen ist es nicht“, erklärte Natalie. „Psychopathen gehen oft sehr planvoll vor und beherrschen es perfekt, ihre Umgebung zu täuschen.“

„Kann man denn herausfinden, ob die Kameras manipuliert wurden?“, wollte Anna wissen.

Natalie drehte sich um. „Es ist schwierig, aber mit der richtigen Software geht das.“

Anna wandte sich Natalie zu. „Also kannst du das?“

Natalie zuckte mit den Schultern. „Ja.“

„Okay, dann versuch das mal“, sagte Anna. Natalie wandte sich wieder Ruth zu.

„Was hast du zu dieser Katalin?“, fragte Felix.

Anna erzählte ihm, was sie den Tag über herausgefunden hatte. „Niemand weiß, wo sie ist.“

Felix seufzte. „Irgendwas muss zwischen Katalin und von Baumer vorgefallen sein. Warum sonst hat Fabienne ihm gedroht?“

„Jedenfalls hat die Polizei die gleichen Informationen, wenn sie Fabiennes Handy untersuchen“, sagte Anna. Sie schaute Felix bittend an.

„Du willst, dass ich mit Steffen spreche?“

„Ich habe Akteneinsicht angefordert, aber darin werden bestimmt nicht die Ergebnisse der damaligen Ermittlungen erwähnt. Vielleicht möchte er dir ja ein bisschen was dazu erzählen.“

Felix seufzte. „Ja, gut, ich überlege es mir.“

Dann klingelte ihr Telefon. Anna lauschte einen Moment. „Stellen Sie durch“, sagte sie und flüsterte Felix zu: „Von Baumer.“

Natalie schaute Felix an. „Wir müssen los, sonst wird das alles sehr knapp“, sagte sie.

„War ja klar, dass du jetzt Hektik machst“, murmelte er. Zu gern hätte er gewusst, was bei dem Gespräch mit von Baumer herauskam, aber wenn es um die Einhaltung ihrer Routinen ging, würde Natalie nicht mit sich diskutieren lassen. Er räusperte sich.

„Einen Moment, bitte", sagte Anna und legte ihre Hand auf den Hörer.

„Wir sind dann auch schon wieder weg. Wollen wir nachher noch mal sprechen? Du könntest zum Essen vorbeikommen."

Anna nickte. „Um sieben, ist dir das recht?", fragte sie in Natalies Richtung.

„Es gibt immer um sieben Uhr Essen, heute sind Nudeln mit frischen Tomaten und Basilikum an der Reihe."

„Klingt fantastisch. Bis später", sagte Anna, und Felix verließ mit Natalie das Büro.

22. Kapitel

ANNA lag das Gespräch mit von Baumer noch im Magen. Ihr Gefühl tendierte nach dem, was sie über sein Au-pair herausgefunden hatte, immer mehr in die Richtung, dass er mit Fabiennes Tod zu tun hatte. Das machte es für sie unerträglich, mit diesem Mann zu sprechen. Aus reiner Neugierde würde sie noch die Akteneinsicht morgen abwarten, aber tief in ihrem Innern wusste sie, dass sie bereits die Entscheidung getroffen hatte, die Zusammenarbeit mit von Baumer zu beenden.

Sie war froh, dass sie noch einen weiteren Punkt auf ihrer To-do-Liste hatte, bevor sie zu Felix zum Essen ging. Da sie inzwischen mit den Kindern von Ruths verstorbener Besitzerin geklärt hatte, dass der Papagei bei ihr bleiben würde, hatte sie sich mit deren Nachbarin verabredet, um mehr über Ruths Gewohnheiten zu erfahren. Mittlerweile plagte sie ein schlechtes Gewissen, denn immerhin wusste sie nicht, ob die Papageiendame das ständige Herausreißen aus ihren gewohnten vier Wänden so ohne Weiteres überstehen oder sich irgendwann mal vor Frust die Federn rausreißen würde, wovor im Internet gewarnt wurde. Noch machte der Papagei einen munteren Eindruck, aber Anna wollte kein Risiko eingehen.

Als sie beim Wohnhaus der Nachbarin ankamen, flatterte Ruth aufgeregt mit den Flügeln und plapperte irgendetwas vor sich hin, und als sie das Treppenhaus hinaufgingen und die ältere Frau in der Tür stand, kreischte sie vor Aufregung: „Gritt, Gritt.“

Gritt Herberth lachte und winkte sie in die Diele. Hinter Anna schloss sie schnell die Tür und bat sie, ihr ins Wohnzimmer zu folgen, wo zwei Katzen die Couch vereinnahmt hatten und neugierig aufschauten, als sie Ruth im Käfig entdeckten.

„Ich bringe die Katzen schnell nach nebenan“, sagte Gritt und scheuchte die Tiere von der Couch. Die schienen zu wissen, dass sie den Raum zu verlassen hatten, und rannten aus dem Zimmer. Unschlüssig stand Anna vor dem Couchtisch und wartete, bis die Frau zurückkam. Im Fernseher lief gerade irgendeine deutsche Serie mit Ärzten. Der Ton war sehr laut, und Ruth nickte mit dem Kopf. Sie schien die Serie zu kennen.

„Doktor Lasko, Doktor Lasko, Notaufnahme“, krächzte sie.

Anna schmunzelte. „Den scheinst du zu mögen, was?“

„Stellen Sie den Käfig ruhig auf den Tisch“, sagte Gritt plötzlich hinter ihr.

Anna hatte gar nicht gehört, dass sie zurückgekommen war. Dankbar, das Gewicht loszuwerden, stellte sie den Käfig ab und rieb sich die Schulter. Mit der Zeit war das Ding ganz schön schwer geworden. Gritt öffnete das Gitter. Sofort hopste Ruth auf den Tisch und flog dann einmal durchs Wohnzimmer. Anna duckte sich erschrocken, während Gritt lachte und ihr hinterherblickte.

„Das tut gut, was?“, sagte sie. Ruth flog tiefer über Annas Kopf hinweg, landete auf Gritts Schulter und lehnte ihren Kopf an deren Ohr, um ihn daran zu reiben. „Ich habe dich auch vermisst“, sagte die Frau mit weicher Stimme. „Setzen Sie sich doch. Möchten Sie etwas trinken? Ich habe gerade eine Kanne Roibuschtee gemacht. Bei dem Regen tut was Warmes sicher gut.“

„Gerne, ich will Sie aber gar nicht lange aufhalten.“ Anna hasste Tee, und der Regen hatte leider keine Abkühlung mit sich gebracht, dafür war es jetzt schwül. Da sie aber nicht unhöflich sein wollte, würde sie sich eine Tasse zu Gemüte führen.

Gritt winkte ab. „Ach iwo, wovon halten Sie mich denn ab? Ich freue mich, dass Sie mich mit Ruth besuchen“, sagte sie und kraulte Ruth an der Brust.

„Soll ich Ihnen zur Hand gehen?“

„Nicht nötig. Das geht ganz schnell“, sagte Gritt und verließ mit Ruth auf der Schulter das Wohnzimmer. „Ach, Sie können den Fernseher ausschalten, bitte“, rief sie aus der Diele. „Die Fernbedienung liegt auf dem Tisch.“

Ein paar Minuten später kam Gritt mit einem Tablett, zwei Tassen und einer Glaskanne voll dunkelrotem Tee zurück und schenkte ihnen beiden ein. Anscheinend waren noch Früchte beigemischt, denn der

Tee roch furchtbar süß. Ruth hatte einen Keks in der Kralle und knabberte daran. Krümel landeten auf Gritts Schulter.

„Sie sind doch nicht einfach so bei mir vorbeigekommen, oder?“ Gritt lehnte sich im Sessel zurück, nachdem sie einen Schluck von ihrem Getränk getrunken hatte.

„Ehrlich gesagt, nicht, nein“, sagte Anna entschuldigend. „Eigentlich hatte ich ein paar Fragen zu Ruth und hatte gehofft, dass Sie sie gut genug kennen, um mir weiterzuhelfen.“

„Oh, da bin ich sicher. Ruth und ich sind richtig dicke Freunde.“ Sie wandte ihren Kopf dem Papagei zu. „Nicht wahr?“

Wie zur Bestätigung trillerte Ruth in einem hohen Ton.

„Nun, es ist so, dass ich mit meiner eigenen Kanzlei sehr viel Arbeit habe und viel Zeit im Büro verbringe. Da ich Ruth nicht so lange allein lassen möchte, habe ich sie mitgenommen. Im Internet habe ich jedoch gelesen, dass es Papageien nicht unbedingt guttut, aus ihrem gewohnten Umfeld gerissen zu werden.“

„Sie wollen wissen, ob ihr das Pendeln aufs Gemüt schlagen könnte?“, fragte Gritt.

Anna nickte zustimmend.

„Da kann ich Sie beruhigen. Normalerweise tun Papageien sich schwer mit Veränderungen, aber Ruth ist es gewohnt, unterwegs zu sein. Irma hat sie immer mit zu mir genommen, manchmal blieb sie auch bei mir, wenn Irma einkaufen gehen musste oder sonstige Verpflichtungen hatte. Wegen der Katzen konnte ich Ruth nicht dauerhaft nehmen, die verstehen sich nicht sonderlich gut, und sie längere Zeit einzusperren, kommt für mich nicht infrage“, sagte sie bedauernd und deutete auf den Käfig. „Aber wenn Sie mit ihr pendeln, würde ich eine Transportbox nehmen. Ich habe noch eine übrig. Ruth mag es nicht, wenn sie durch die Gitterstäbe Autos und viele Menschen sieht.“

„Also hat sie kein Problem damit, wenn ich sie morgens mit zur Arbeit nehme und abends wieder nach Hause?“

„Es ist auf jeden Fall besser, als sie die ganze Zeit allein zu lassen.“ Gritt zauberte einen weiteren Keks aus ihrer Strickjacke, den sie Ruth reichte. „Mehr nicht, Ruth.“ Ruth griff nach dem Keks.

„Wichtig wäre, dass sie für ein paar Stunden am Tag frei fliegen kann. Ich weiß nicht, ob das ein Problem für Sie ist?“

Anna überlegte einen Moment. „In der Kanzlei wäre das ein Problem, aber zu Hause dürfte sie.“

Gritt neigte den Kopf. „Ja, dann wird sie sich sicher schnell daran gewöhnen. Wenn Sie allein ist, sollten Sie sie aber in den Käfig sperren. Sie neigt dazu, Dummheiten zu machen.“

„Muss ich noch etwas beachten?“ Anna fiel spontan keine weitere Frage ein. Wie auch, sie hatte keine Ahnung von Haustieren.

„Papageien neigen zu einer Fettleber. Deshalb nur wenig Sonnenblumenkerne, besser keine Erdnüsse, Avocados sind giftig, so wie auch Schokolade, wie wohl für die meisten Tiere. Ansonsten dürfen Sie Gemüse und Obst füttern, alles, was gerade Saison hat. Wassermelonen mag sie besonders gerne.“

Dann hatte Jannes genau das Richtige gefüttert. Vermutlich hatte er vorher gegoogelt.

„Eierschalen sind gut für ihren Schnabel oder Muschelschalen. Ruth mag auch gerne Nudeln und Reis, aber nicht so viel davon geben.“

Nudeln und Reis? Darauf wäre Anna nie gekommen. „Sieht so aus, als wäre sie ein richtiger Feinschmecker. Wie wäre es mit Spaghetti Vongole?“ Ihr lief das Wasser im Mund zusammen, wenn sie an ihren Lieblingsitaliener dachte. Bei Felix würde es später wohl vegan werden. Gemüse. Annas Lieblingsessen. Nicht.

„Kartoffelbrei auch, ungesalzen ohne Butter und Milch. Generell eben fettarm und natürlich ungewürzt. Ach, ich schau mal, ob ich noch Körnerfutter habe. Das gebe ich Ihnen gerne mit.“

„Oh, vielen Dank“, sagte Anna.

„Na ja, was soll ich damit?“

Tatsächlich fiel Anna nichts mehr ein, deshalb entstand eine kurze Pause. Ruth hatte ihren Keks geknabbert und schmuste mit Gritts Ohr. „Sie ist sehr unkompliziert, und Sie werden sich sicherlich rasch aneinander gewöhnen. Aber falls Sie noch Fragen haben, können Sie mich gern jederzeit anrufen oder besuchen. Ich freue mich immer, Ruth zu sehen.“

„Das beruht offenbar auf Gegenseitigkeit“, sagte Anna lächelnd und sah auf die Uhr. „Ich muss auch schon los. Wir werden ganz bestimmt mal wieder auf einen Tee bei Ihnen vorbeischauen.“

Gritt stand auf. „Ruth, runter von mir“, sagte sie. Ruth horchte auf, breitete die Flügel aus und flog zu Anna auf die Schulter. Die zuckte zunächst erschrocken zusammen.

„Sie mag Sie. Offenbar hat Ruth Sie ausgewählt. Ich suche schnell die Sachen zusammen.“

„Vielen Dank.“ Gritt verließ das Zimmer, und Anna kraulte vorsichtig Ruths Brust.

Die schmiegte ihren Kopf an Annas Ohr und rieb ihn daran. „Du hast mich ausgesucht, was?“, murmelte sie leise.

Erwartungsgemäß war Felix nicht gerade begeistert, dass sie Ruth mitbrachte. Je eher er sich aber an ihre neue Mitbewohnerin gewöhnte, desto besser, fand Anna. Sie schickte Felix zu ihrem Auto, um Ruths Käfig zu holen, und stellte die Transportbox, die sie von Frau Herberth bekommen hatte, im Esszimmer ab, um Natalie in der Küche zu begrüßen.

„Du kommst zu früh“, sagte die statt einer Begrüßung und sah auf die Uhr. „Das Essen ist erst in zehn Minuten fertig.“ Es klang nicht erfreut, aber auch nicht vorwurfsvoll.

Mittlerweile hatte Anna sich an die nüchternen Feststellungen von Natalie gewöhnt, die auf den ersten Blick unhöflich wirken konnten. In der Regel meinte sie jedoch nichts bösartig, und wenn, dann ließ sie es einen mit deutlicheren Worten wissen. „Das tut mir leid, ich wollte nicht, dass ihr wegen mir in Stress geratet. Kann ich helfen?“

Natalie zuckte mit den Schultern. „Du kannst den Parmesan herstellen“, sagte sie.

„Herstellen?“, fragte Anna.

„Ja, das geht sehr einfach. Mandeln, Hefeflocken, Knoblauch und Salz mit der Küchenmaschine zerkleinern.“

Anna verzog unmerklich das Gesicht und machte sich auf die Suche nach der Maschine. Was war das für ein Leben, wenn man nicht mal echten Parmesan essen konnte? Bei aller Tierliebe, sich vegan ernähren könnte sie niemals. Während sie noch die Schränke durchwühlte, kam Felix mit dem Käfig zurück und löste Anna ab, damit sie Ruth umverfrachten konnte.

Die Papageiendame blickte sich neugierig um, als Anna den Käfig auf dem Sideboard abstellte. Weit genug von Felix entfernt, damit er nicht nervöser als notwendig wurde, und nah genug, um alles mitzubekommen. „Schön lieb sein. Wir sind hier bei Felix und Natalie zu Besuch."

Ruth krächzte und wippte auf und ab.

Nach dem Essen und Aufräumen verließ Natalie das Zimmer, allerdings nicht ohne Ruth vorher eine Portion Karotten und Paprika in den Futternapf zu legen.

„Hast du mitbekommen, dass zwei weitere Mädchen von Fabiennes Schule vermisst werden?", fragte Felix.

„Hab es vorhin im Auto in den Nachrichten gehört." Anna rieb sich über die Stirn. Dann sprach sie aus, was ihr seitdem im Kopf herumgeisterte. „Glaubst du, von Baumer ist ein psychopathischer Serienkiller? Ziehe ich die irgendwie an oder so?"

Felix grinste und schob sich ein Kissen in den Rücken. Sie waren mittlerweile ins Wohnzimmer umgezogen. Ruth war mit Fressen beschäftigt und hielt Ruhe. „Bei von Baumer bin ich mir unsicher, was das für ein Typ ist, aber anziehend bist du durchaus." Stöhnend ruckelte er auf der Couch herum, bis er anscheinend eine bequeme Sitzposition gefunden hatte.

Anna merkte, wie sie errötete, und wechselte schnell das Thema. „Immer noch dein Rücken?"

„Ja, aber es wird besser."

In dem Moment kam Natalie mit einer übergroßen Korkwand zurück und stellte sie vor den Fernseher. Sie hatte bereits mehrere Zettel darauf gepinnt und Fotos von Fabienne und von Baumer. Ein Zettel mit dem Namen „Lara Böhm" hing daneben, diejenige, mit der Fabienne ebenfalls am Tag ihres Verschwindens geschrieben hatte, um sicherzugehen, ob eine wie auch immer geartete Verabredung eingehalten wurde. Auch Fotos von zwei weiteren Mädchen waren zu sehen, vermutlich die vermissten Schülerinnen. In einer Tüte hatte sie Pinnnadeln verstaut und legte sie auf den Couchtisch.

„Das ist ja wie in einer Folge von *CSI*“, sagte Anna beeindruckt.

„*CSI* bedeutet *Crime Scene Investigation,* und wie der Name schon sagt, ist deren Aufgabengebiet die Spurensicherung. Wenn es um Fernsehserien geht, die allerdings nicht sonderlich realitätsnah sind, meinst du eine Folge von *Criminal Minds,* da wird ermittelt“, erklärte Natalie.

„Ja, natürlich, mein Fehler“, sagte Anna ernst.

„Was bedeuten diese verschiedenfarbigen Fäden?“ Felix deutete auf die Wand.

Natalie stellte sich daneben und straffte die Schultern. Die gefalteten Hände hielt sie vor den Bauch. „Grün bedeutet, unter Verdacht, rot heißt, dass diese Person potenziell Informationen hat, die deine Ermittlungen weiterbringen können.“

Felix beugte sich vor und stöhnte kurz auf. Also war sein Rücken wohl doch noch nicht komplett ausgeheilt.

Natalie straffte die Schultern und räusperte sich. „Was wir bislang wissen, ist Folgendes. Vor knapp einer Woche verschwand Fabienne Lindner am Abend aus dem Landheim, wo sie gemeinsam mit zwei Klassen des Internats Schloss Berg eine Woche im Rahmen einer Regatta mit weiteren Schülern aus Internaten aus ganz Deutschland bleiben sollte. Noch am selben Abend wurde sie von einer unbekannten Person umgebracht und ihre Leiche in den Starnberger See geworfen. Die Obduktion hat ergeben, dass sie erdrosselt wurde, außerdem befand sich Kokain in ihrem Blut. Die Konzentration weist auf ein regelmäßiges Konsummuster hin.“

Anna und Felix wechselten einen erstaunten Blick. „Woher hast du denn diese Interna? Du hast dich doch nicht etwa in die Server der Mordkommission gehackt?“, fragte Anna neugierig.

„Nein“, enttäuschte Natalie ihre insgeheime Hoffnung, auch ohne den morgigen Besuch bei Staatsanwalt Feindt an die Akten zu kommen. „Lediglich in das System der Rechtsmedizin, dort habe ich mir den Obduktionsbericht heruntergeladen.“

„Welche Verdächtigen ergeben sich für dich daraus?“, fragte Felix, dem es offenbar unangenehm war, dass seine Schwester mit Anna über ihre illegalen Ermittlungsmethoden sprach. Dabei hatte Anna, im Gegensatz zu sonst, wenn Felix offiziell ermittelte, kein Problem damit. Es ging ihr rein um ihre persönliche Sicherheit, keinen Mörder zu vertreten, und nicht darum, gerichtssicher den Mörder von Fabienne Lindner zu identifizieren.

Natalie sammelte sich einen Moment. Dann zeigte sie auf einen Zettel an der Pinnwand. „Erster und naheliegendster Verdächtiger ist weiterhin von Baumer. Er hatte am Abend des Verschwindens eine Auseinandersetzung mit dem Opfer, außerdem seit einer Weile eine Affäre.“ Sie deutete auf die zweite Reihe auf dem Zettel. „Ausgeführt haben kann er die Tat selbst, wenn dies auch unwahrscheinlicher wurde durch sein Alibi, oder aber er hat einen Auftragsmörder engagiert. Da er über viel Geld verfügt, ist dies meiner Meinung nach die zweitwahrscheinlichste Variante.“

„Du hast noch weitere?“, fragte Anna dazwischen, in der Hoffnung, die Sache etwas zu beschleunigen. Für Natalie selbst und vermutlich auch für Felix waren die detaillierten Ausführungen sicherlich interessant, Anna wollte jedoch nur wissen, ob von Baumer den Mord begangen hatte oder nicht.

„Lara Böhm kommt ebenfalls infrage, auch mit ihr schrieb Fabienne am frühen Abend ihres Verschwindens. Soweit ich herausgefunden habe, war sie ebenfalls in der Herberge, von daher ist auffällig, dass sie über Textnachrichten kommuniziert haben, anstatt von Angesicht zu Angesicht.“

„Mit ihr werde ich auf jeden Fall noch zu reden versuchen“, sagte Felix.

Anna überlegte, ob die Tat wirklich von einer Mitschülerin hatte begangen werden können. Ein siebzehnjähriges Mädchen erwürgte ein anderes mit bloßen Händen? Irgendwie unvorstellbar. Gleichzeitig gab es nichts, das es nicht gab. Erst vor Kurzem war ganz Deutschland von einem Mord erschüttert worden, der von zwei zwölfjährigen Mädchen begangen worden war. Gemeinschaftlich hatten sie ihre Freundin in einem Waldstück erstochen und anschließend als vermisst gemeldet.

„Bezieht man mit ein, dass zwei weitere Schülerinnen verschwunden sind, könnte es sich bei dem Täter auch um einen völlig Fremden handeln“, fuhr Natalie ungerührt fort. „Ein Serientäter mit einem bestimmten Opfertyp.“

„Ein Stochern im Nebel also“, sagte Anna seufzend. Sie wollte keinesfalls mit den Ermittlern in diesem Fall tauschen müssen. Erst recht nicht, wenn man bedachte, was es für ein Medienecho gab, das mit jedem Tag nur schlimmer wurde. „Ein Ansatz wäre auf jeden Fall, herauszufinden, ob von Baumer auch mit diesen zwei anderen Mädchen etwas zu tun hatte.“

„Dafür bräuchte ich erst mal Namen, und die sind in der Presse noch nicht durchgesickert“, warf Felix ein. „Ich könnte mich im Netz auf die Suche machen, oder aber jemand hilft mir dabei.“ Er schaute seine Schwester eindringlich an. Die schien nicht zu verstehen, dass sie gemeint war.

„Steffen Allmendinger ist da dein Ansprechpartner. Es wäre ohnehin von Vorteil, wenn er dir ein paar mehr Informationen zukommen lassen würde. Für jede Ermittlung sind die Zeugenbefragungen enorm wichtig. Auch die Frage nach dem Tatort spielt für uns eine Rolle. Wurde der bereits gefunden? Fabienne könnte auch in von Baumers Haus getötet worden sein. Wurden an der Leiche weitere Spuren festgestellt? War der Täter Links- oder Rechtshänder?“

„Stopp. Bei aller Liebe, aber ich glaube nicht, dass Steffen so einfach aus dem Nähkästchen plaudern wird“, sagte Felix eindringlich. „Es gibt nichts, das ich ihm im Gegenzug anbieten könnte.“

Natalie blickte ihn ungerührt an. „Dennoch kannst du es versuchen. Außerdem weißt du nicht, ob du mehr Erkenntnisse gewinnen konntest als sie. Bisher ist zum Beispiel niemand auf die Idee gekommen, die Kameras am Haus der Nachbarn zu überprüfen.“

In diesem Punkt musste Anna Natalie zustimmen. Allerdings wussten sie das auch nicht mit Sicherheit, da sie keinen Kontakt zum ermittelnden Beamten hatten.

„Du kannst ihn ja mal anrufen. Das wolltest du doch ohnehin wegen der Sache mit Katalin“, schlug Anna vor und erntete einen bitterbösen Blick von Felix.

„Mord! Mord!“, kreischte Ruth plötzlich, und Felix zuckte zusammen.

„Musstest du sie mitbringen?“, fragte er, als er sich wieder gefangen hatte.

Anna nickte. „Hätte ich sie im Auto lassen sollen? Es wird Zeit, dass sie sich an uns alle gewöhnt."

Er winkte ab. „Ach ja, stimmt. Du willst den ja behalten."

„Sie", sagte Anna.

„Den Papagei", knurrte Felix. „Nicht die Papageiin."

„Kommen wir zurück zum Thema", sagte Natalie in seine Richtung. An diesem Abend interessierte sie sich erstaunlich wenig für den Vogel. Vermutlich war sie zu gefesselt von den Ermittlungen, mutmaßte Anna.

„Ich stimme deiner Schwester zu. Ich habe zwar morgen einen Termin zur Akteneinsicht, aber ich bezweifle doch, dass die auch die Ermittlungen zu den anderen beiden Mädchen enthalten. Vielleicht hast du Glück, und Steffen bringt dich wenigstens da auf den aktuellen Stand."

„Wers glaubt", murmelte Felix. Er sah gar nicht glücklich damit aus, dass die beiden Frauen sich gegen ihn verschworen hatten. „Stellt sich die Frage, ob wir es mit dem gleichen Täter zu tun haben, und wenn ja, welches Motiv dahintersteckt", sagte er nachdenklich.

Natalie deutete auf einen Zettel, auf dem das Wort „Motiv" mit einem Fragezeichen dahinter notiert war.

„Wenn es von Baumer ist, könnten sie alle eine Affäre mit ihm gehabt haben. Oder sie wussten von Fabienne und ihm, und er hat Angst, dass sie gegen ihn aussagen."

„Unwahrscheinlich. Das hätten sie schon gemacht, wenn es so wäre", sagte Anna.

„Wenn er ihnen gedroht hat?", überlegte Felix.

Anna rieb sich übers Gesicht. So langsam wurde sie müde, der Tag war lang gewesen. „All die Spekulationen bringen uns nicht weiter. Warten wir ab, welche Erkenntnisse uns der morgige Tag bringt."

23. Kapitel

NORMALERWEISE achtete niemand darauf, ob eines der Mädchen das Haus nach dem Abendessen noch verließ, jedenfalls nicht bei den höheren Klassen. Seit aber mit Victoria und Theresa zwei weitere Schülerinnen vermisst wurden, hatte die Rektorin eine Ausgangssperre verhängt. Nach 18 Uhr durfte niemand mehr ohne triftigen Grund das Schulgelände verlassen. Dafür wurden bis auf die Notausgänge die Türen in den Schlaftrakten verschlossen, und ein paar Lehrer hatten sich freiwillig gemeldet, im Internat zu übernachten und aufzupassen.

Zusätzlich waren vor dem Haupteingang zum Hof – und wer wusste schon wo sonst noch – Mitarbeiter eines Securitydienstes positioniert. Abgesehen davon, dass sie die Presse vom Schulgelände fernhalten sollten, war da die Angst vor einem möglichen Psychopathen, der gezielt Internatsschülerinnen entführte. Lara kannte aber einige Schlupflöcher und würde schon irgendwie unbemerkt hier rauskommen. Sie musste einfach.

Gegen elf Uhr wurde es ruhiger auf den Gängen, und Lara schlich aus ihrem Zimmer in Richtung Küche. Dort huschte sie in den Vorratsraum zum Regal, das vor einer Tür stand, die nicht mehr offiziell genutzt wurde. Draußen im Flur hörte sie Schritte, quetschte sich hinter das Regal und duckte sich. Frau Meißen, die Französischlehrerin, war mit ihrer piepsigen Stimme zu hören. Die andere Person musste Herr Gerwald sein, der Sportlehrer. Seine Schuhe quietschen immer so auf dem alten Steinboden. Die Schritte entfernten sich, und bald waren auch ihre Stimmen verklungen.

Lara atmete erleichtert aus und schob das Regal ganz langsam ein Stück von der Wand weg, damit sie die Tür öffnen konnte. Gerade als sie hindurchschlüpfen wollte, räusperte sich jemand hinter ihr. Erschrocken fuhr sie zusammen und schaute sich um. Im Schatten bei der Tür stand eine Gestalt. Das Licht wurde eingeschaltet, und sie erkannte einen der Küchenmitarbeiter, der hin und wieder auch mittags in der Mensa an der Essensausgabe beteiligt war.

„Na, wohin des Weges?“, fragte der Kerl, den sie mit seinen dunklen Augenringen und seinen stets wirren Haaren unheimlich fand. In dieses Eliteinternat passte er so gut wie Barbie auf ein Metalkonzert.

„Was geht Sie das an?“, zischte Lara.

„Na, es sind drei Mädchen aus dem Internat verschwunden, und die Lehrerschaft ist in hellem Aufruhr. Da ich ein Geräusch gehört habe, dachte ich, ich schaue mal nach, und zack, erwische ich dich, wie du dich wegschleichen willst. Das kann ich doch nicht zulassen. Was, wenn du auch nicht zurückkommst, wie die anderen?“

Lara seufzte genervt. Musste er sich jetzt hier als Batman aufspielen, oder wie? „Mir passiert schon nichts, keine Sorge. Mein Bruder holt mich unten an der Straße ab.“

„Ah ja. Biet mir was an.“

„Wie … was meinen Sie?“

„Na, dafür, dass ich dich gehen lasse. Biet mal was an.“

Lara war perplex. Auf die Schnelle fiel ihr nichts ein, dann kam ihr ein ekelerregender Gedanke. Der Kerl wollte doch nicht etwa Sex? „Was wollen Sie?“, fragte sie, bereit, loszuschreien, sollte er versuchen, sie zu begrapschen.

Zum Glück bewegte er sich nicht von der Stelle. „Kennst du jemanden, der Gras verkauft? Ich könnte mal wieder einen durchziehen.“

Vor Erleichterung hätte Lara beinahe laut aufgelacht. „Gut möglich, ja. Aber dafür muss ich erst mal hier raus, in der Hosentasche hab ich keins.“

Der Kerl schaltete das Licht aus. Im Gegenlicht aus dem Flur sah sie, wie er die Schultern zuckte. „Dann mal los. Viel Glück. Und nicht mich vergessen!“

Lara zögerte, unsicher, ob sie ihn vielleicht falsch verstanden hatte. Da er aber keine Anstalten machte, sie aufzuhalten oder nach den patrouillierenden Lehrern zu rufen, schlüpfte sie aus der Tür ins Freie. Dann eilte sie geduckt zu den Büschen und rannte hinunter auf die Straße, wo sie ein paar Blocks laufen musste, um zur Haltestelle zu gelangen. Die Fahrt nach Neuperlach würde etwas mehr als vierzig Minuten dauern, die letzte Bahn ging um halb eins vom Bahnhof ab, ewig hatte sie also nicht Zeit. Sie hätte natürlich ihren Bruder anrufen können, aber das, was sie mit ihm klären wollte, sollte sie vorsichtshalber nicht am Telefon besprechen.

Der Laden, den ihr Bruder betrieb, lag am Rande eines Industriegebiets, unweit eines großen Supermarktes und einer Imbisskette. Bei Joe konnte man alles und nichts kaufen, und obwohl er bereits um zehn Uhr schloss, wusste sie, dass er dort sein würde. Das Wochenende stand bevor, die Zeit, in der die meisten Bestellungen eingingen und für die Übergabe vorbereitet werden mussten.

Um diese Zeit war die Gegend wie ausgestorben. Perfekt für ihren Bruder, aber Lara fühlte sich extrem unwohl. Hinter jeder Ecke konnte jemand lauern, der ihr an den Kragen wollte. Um nicht aufzufallen, lief sie langsam, obwohl sie das Bedürfnis hatte, zu rennen. Möglichst geräuschlos setzte sie ihre Füße auf und lauschte bei jedem Schritt. Ein Knirschen, dann ein Rascheln. War da jemand hinter ihr? Der Kerl, der Fabienne umgebracht und sich jetzt auch Victoria und Theresa geschnappt hatte?

Nicht mehr weit und sie hätte Joes Laden erreicht, der auch genauso hieß. „Joe's Laden". Sehr kreativ. Lara beschleunigte und huschte zwischen einer Reihe geparkter Autos und der langen Fassade einer Industriehalle vorbei. Endlich wagte sie einen Blick nach hinten. Niemand zu sehen. Mit ihrer schwarzen Kapuzenjacke über dem Kopf, der weiten Jeans und den abgelaufenen Sneakern war sie aber auch keine ansprechende Beute für das Gesindel, das sich hier herumtrieb.

In Joes Laden war alles dunkel. Das hatte sie nicht anders erwartet. Er hockte wahrscheinlich wie immer in dem Kabuff neben der Toilette und war mit Umverpacken beschäftigt. Sie ging zu dem vergitterten Fenster und klopfte. Von innen war ein dichter Vorhang vorgezogen, sodass sie nicht sehen konnte, ob er wirklich da war. Da er kein Auto hatte, bot ihr auch das keinen Anhaltspunkt. Es regte sich eine Weile nichts. Sie klopfte noch einmal und rief nach ihm. Endlich hörte sie ein Rumpeln, kurz darauf wurde die schwere Stahltür aufgestoßen.

„Ich bins“, sagte Lara und zog sich die Kapuze vom Kopf.

„Das sehe ich. Hab dich nicht erwartet“, brummte er. Seine Haare waren nach hinten gegelt, auf dem aufgeknöpften Hawaiihemd zeichneten sich Schweißflecken unter den Achseln ab.

Lara schaute ihm in die Augen. Das hatte sie seit Jahren nicht getan. Wirkte er nervös? Hatte er mehr Dreck am Stecken, als sie sich jemals hätte ausmalen können? Unmöglich zu sagen, sie merkte ihm rein gar nichts an. Kannte sie ihren Bruder überhaupt richtig? „Lässt du mich jetzt rein oder was?“

Er schüttelte verwirrt den Kopf. „Hab ich ne Nachricht verpasst? Es ist nix vorbereitet.“ Mit der Hand pfriemelte er sein Telefon aus der Hosentasche.

Lara winkte ab. „Ich hab dir auch nichts geschickt“, sagte sie.

„Was willst du dann?“

„Mit dir reden, Mann. Und das nicht hier draußen, wenns geht.“

Joe zuckte die Schultern und trat beiseite, sodass sie endlich eintreten konnte. Die Luft in dem engen Bereich zwischen Toilette, Lager und Aufenthaltsraum war stickig und schwül, außerdem roch es ekelhaft nach Chemie. Wenn die Bullen einmal hier an die Tür klopfen würden, könnte er nicht leugnen, was er hier anstellte. Vielleicht sollte Lara einfach allem seinen Lauf lassen, sich umdrehen und gehen. Aber sie wollte die Wahrheit wissen, und vor allem wollte sie Joe dabei ins Gesicht sehen.

„Also, was willst du? Ich hab zu tun.“

„Du hast nicht mitgekriegt, was im Internat gerade los ist?“

„Ich interessier mich nicht für deine Elitescheiße. Hauptsache, die Leute zahlen pünktlich. Wird übrigens Zeit, dass du mal ein paar mehr Kunden ranschaffst. Ich dachte, da wäre mehr zu holen bei den reichen Schnöseln.“ Er holte sich ein Bier aus dem Kühlschrank und öffnete den Kronkorken an der Tischkante.

Lara wollte ihm gern glauben, aber er war schon immer gut darin gewesen, sich blöder zu stellen, als er wirklich war. „Sieht eher so aus, als hättest du drei Kundinnen weniger“, sagte Lara schnippischer als geplant.

„Wie meinst du das? Hast du Scheiße gebaut, oder was?“

„Ich hab ganz bestimmt nichts damit zu tun. Eine deiner Kundinnen ist tot, zwei werden vermisst.“

„Na super.“ Er seufzte theatralisch. „Anstatt für Mehreinnahmen zu sorgen, wird es immer weniger.“

Das war also seine einzige Sorge? Oder hatte er nicht ganz verstanden, was sie ihm gerade gesagt hatte. „Drei Mädchen, Joe. Alle haben dein Zeug gekauft.“

„Ja, hab ich schon gerafft. Eine tot, die anderen verschwunden.“

„Hast du was damit zu tun?“

Er schaute sie an, in seinen Augen funkelte die Wut darüber, dass sie ihm so eine Frage stellte. „Ey, bist du völlig durch? Wieso sollte ich was damit zu tun haben?“

Lara unterdrückte ihre aufkeimende Angst vor ihm. „Vielleicht haben sie dir Geld geschuldet und du dachtest, weil die Eltern reich sind, könntest du sie entführen und … dann ist alles schief gelaufen oder so. Du musst es mir sagen.“

Er starrte sie an, seine Kiefer mahlten aufeinander. Plötzlich schoss sein Arm nach vorn, und seine Finger bohrten sich schmerzhaft in ihre Schulter. Lara quiekte auf. „Du siehst jetzt zu, dass du sofort hier die Biege machst, verstanden? So eine Scheiße muss ich mir von dir nicht anhören.“

„Du tust mir weh!“ Lara ging in die Knie und versuchte, sich ihm zu entwinden, doch er hielt sie zu fest. Tränen stiegen ihr in die Augen.

Joe setzte ein hämisches Grinsen auf. „Na, jetzt machst du wieder auf kleines, weinerliches Mädchen. Das hat noch nie funktioniert, dafür bist du einfach nicht süß genug.“ Er schleifte sie zur Stahltür, trat sie auf und stieß Lara hinaus in die Nacht. Sie stolperte und fiel hin. Ein stechender Schmerz schoss ihr ins Knie, mit dem sie direkt auf einem Stein gelandet war.

„Hau ab“, brüllte er sie an und trat in der Luft nach ihr. „Komm ja nicht auf die Idee, mit den Bullen über deine kranken Hirngespinste zu labern!“

Lara rappelte sich hoch. Ihr Knie pulsierte. Sie schaute an sich hinab und sah, dass die Hose aufgerissen war, darunter blutete sie.

„Hast du jetzt davon, verdammte Irre. Und jetzt sieh zu, dass du dich verpisst.“ Erneut trat er in die Luft, und Lara lief, so schnell es ihr verletztes Knie zuließ.

Die Tränen liefen ihr übers Gesicht. Warum nur war sie so dumm gewesen, herzukommen? Sie hatte Antworten gewollt, die Sicherheit, dass ihr Bruder kein Mörder war. Zum Dank hatte sie neben einem kaputten Knie nur noch mehr Zweifel bekommen.

24. Kapitel

DER Tag ist echt beschissen gelaufen, und ich bin komplett im Eimer. Eigentlich würde ich mich gern einfach hinlegen, um endlich mal wieder mehr als zwei oder drei Stunden am Stück zu schlafen, aber das ist gerade nicht drin. Ich darf mein Ziel jetzt nicht aus den Augen verlieren, denn die Einschläge kommen immer näher.

Damit mein Hirn nicht komplett zu Brei wird, gönne ich mir wenigstens ein ausgedehntes Schläfchen. Danach fühle ich mich tatsächlich wie ausgewechselt und hole die Tasche mit den Werkzeugen aus dem Keller, die ich vorhin schon gepackt habe. Da ich nicht extra einkaufen wollte, weil man mich darüber vielleicht erwischen könnte, muss ich damit vorliebnehmen, was meine Werkzeugkiste hergibt. Ich bin kein Profikiller und habe leider keine große Auswahl zur Verfügung.

Anfangs war ich etwas unkreativ, aber je länger man nachdenkt, desto mehr geeignete Foltermethoden fallen einem zu den einzelnen Gegenständen ein. Der gute, alte Hammer muss mit, ganz klar. Damit kann man jemandem unkompliziert und ohne großen Kraftaufwand die Finger einzeln brechen. Die Japansäge reißt sicher schöne klaffende Wunden ins Fleisch. Ein Schraubenzieher, damit kann man Leute gut triezen. Zu guter Letzt noch die Zange, sie ist ähnlich wie der Hammer: einfach, aber effektiv.

Mit der Tasche mache ich mich auf den Weg zum Versteck der Mädchen. Die Fahrt über ist mir schon etwas mulmig zumute. Einmal, als ein Streifenwagen an mir vorbeifährt, bin ich kurz davor, umzukehren und alles abzubrechen. Vielleicht kann ich mich ins Ausland absetzen. Aber was dann? Und was soll aus meinem Goldstück werden? Statt meiner Angst nachzugeben, fahre ich weiter und versuche mich mit dem Gedanken zu beruhigen, dass ich bisher auch nicht in eine Polizeikontrolle geraten bin. Warum also sollte ich ausgerechnet jetzt?

Weil Ted Bundy auch irgendwann von einer Streife angehalten wurde, sagt der Zweifler in meinem Hinterkopf.

„Nicht einfach so, er ist zu schnell gefahren“, widerspreche ich mir selbst. So eine Dummheit wird mir nicht passieren. Abgesehen davon bin ich kein Serienkiller, ich verteidige mich nur und tue, was notwendig ist.

Ich behalte recht. Niemand hält mich auf. Heute Nacht werde ich die Antworten auf meine Fragen bekommen, und dann ist endlich alles vorbei.

Beim Versteck angekommen, stelle ich den Zweifler zur Sicherheit mit einer Dosis meines Energy-Pulvers ruhig. Den kann ich heute Nacht nicht gebrauchen. Danach betrete ich den Tunnel, der mich zu den Mädchen führt. Meine Schritte auf dem feuchten Boden klingen bedrohlich, und ich fühle mich unbesiegbar.

„Schwester Vicky, Schwester Vicky, schläfst du noch, schläfst du noch? Hörst du nicht die Glocken? Hörst du nicht die Glocken? Ding, dang, dong. Ding, dang, dong.“ In meiner angespannten Vorfreude darauf, dass ich mir jetzt mein altes Leben zurückhole, singe ich das spontan umgedichtete Kinderlied, erst leise, dann immer lauter. Das Licht meiner Taschenlampe wirft gespenstische Schatten an die Wände und bricht sich in den Pfützen. Durch den Regen stinkt es hier drin nach vergammeltem Fisch. Je näher ich dem Wartungsraum komme, desto intensiver mischt sich ein anderer Geruch darunter.

Als ich den Lichtstrahl auf die Mädchen richte, erkenne ich, woher er kommt. Beide haben sich eingenässt und nicht nur das. Eine von ihnen hat sich in die Hose geschissen. Ekelhaft. In meiner Vorstellung lief alles so reibungslos, wenn ich zurückkehre, stattdessen riecht es hier jetzt wie auf einem Rastplatz. Also nicht so einem mit Tankstelle und Mitarbeitern, die regelmäßig putzen. Nein, so ein Teil, wo die Lkw-Fahrer die Klos vollscheißen und sich tagelang niemand darum kümmert.

Kurzzeitig macht mich das wütend, und ich trete der Linken mit voller Wucht gegen ihr Bein. Sie wimmert, die andere – ich habe keine Ahnung mehr, welche von ihnen welche ist – zappelt und kriecht über den Boden, so weit es die Ketten zulassen.

Ich muss lachen. Als könnte sie entkommen! Selbst wenn sie es schaffen sollte, irgendwie ihre Fesseln loszuwerden, wäre sie auf der Insel gefangen.

„Na, habt ihr Angst?"

Sie erstarren, als hätten sie jetzt erst gemerkt, dass ich hier bin. Eine Antwort bleiben sie mir schuldig, aber das war auch nicht die Frage, bei der es drauf ankommt.

Ich knie mich vor die, die ich bisher nicht getreten habe. „Kannst du dich erinnern, was ich euch vorhin gefragt habe?", erkundige ich mich in einem liebreizenden Ton.

„Wo sind wir? Was soll das hier?", jammert sie. Ihre Stimme klingt heiser. Vermutlich hat sie während meiner Abwesenheit um Hilfe geschrien. Mir egal, soll sie sich ruhig verausgaben. Hier wird sie niemand hören.

„Gegenfragen sind nie eine gute Methode, um sein Gegenüber milde zu stimmen, weißt du das nicht?"

„Lassen Sie uns gehen! Bitte, wir tun auch alles, was Sie von uns verlangen", fleht die andere.

„Ja, was wollen Sie von uns?", kreischt die Heisere.

„Ich habe Durst", sagt die andere.

„Haltet euer Maul", schreie ich, überrascht von meiner kräftigen, hohl klingenden Stimme. Was fällt den beiden ein, sich über irgendwelche Lappalien zu beschweren, Forderungen zu stellen? Wer sind sie denn? Dumme, verwöhnte Gören reicher Eltern, die sich niemals in ihrem Leben besonders anstrengen mussten, um das zu erreichen, was sie wollten. Davon abgesehen haben sie größere Probleme als Durst oder etwas Kacke am Bein.

„Also gut, ihr wollt nicht mitspielen. Dann werden wir mal konkret: Was glaubt ihr, warum Fabienne sterben musste?"

Die Linke wimmert nur, dazu ein Hochziehen der verstopften Nase, die andere scheint mir entgegenkommen zu wollen.

„Weil … bestimmt hat sie etwas … was furchtbar Schlimmes gemacht", stammelt sie.

Auch die Schniefende will plötzlich reden. „Ja, genau. Deshalb hatte sie es verdient. Wir mochten sie auch nie. Lassen Sie uns gehen, bitte."

„Ihr kommt so langsam auf den Trichter“, sage ich und bin froh, dass ich den Hammer und die anderen Werkzeuge wohl stecken lassen kann. „Was genau hat sie denn getan?“

„Woher sollen wir das wissen? Wir wollen einfach nur hier raus!“

Zurück ist der zickige Ton. Sie hat wohl gehofft, dass mir dieses vage Gerede schon reicht und ich sie losbinde. Da hat sie sich aber ganz schön geschnitten. Anscheinend hat sie den Ernst der Lage noch nicht erkannt. Ich muss dann wohl doch härtere Bandagen anziehen. Es wäre mir lieber, wenn wir die Sache mühelos über die Bühne bringen würden, aber die beiden wollen es wohl nicht anders.

Aus der Tasche hole ich den Hammer. Fangen wir erst mal klein an, wortwörtlich. Ich schnappe mir den kleinen Finger derjenigen, die mich angebrüllt hat – die andere hatte wenigstens so viel Anstand, in normalem Ton mit mir zu sprechen – und zimmere mit dem Hammer darauf. Ihr Schrei übertönt das Knacken des Knochens. Sie brüllt, als hätte sie den Leibhaftigen vor sich, dabei kann sie mich gar nicht sehen.

„Willst du jetzt aufhören, dich so ahnungslos zu stellen?“

Sie sagt tatsächlich was, aber das geht in ihrem Schluchzen unter, und ich verstehe kein Wort.

Enttäuscht schüttle ich den Kopf. „Ts, ts, ts. So geht das nicht, Vicky.“

Offenbar lag ich daneben mit meiner Schätzung, welche von beiden ich vor mir habe, denn die andere ruckt mit dem Kopf zu mir. Also wende ich mich eben ihr zu, wenn sie sich vordrängelt. Ich greife nach der Säge und setze sie an ihrem Schienbein an.

„Möchtest du vielleicht einen Tipp abgeben?“

Sie schüttelt den Kopf. „Ich weiß es nicht, bitte. Sie müssen mir glauben.“

Na gut, wenn sie mich unbedingt dazu zwingen will. Ich ziehe das Sägeblatt über die Haut, die sofort aufreißt, Blut schießt hervor. Der Schrei, den sie ausstößt, ist infernalisch. Vermutlich habe ich sogar den Knochen angeritzt.

„Wie sieht es aus? Vielleicht jetzt?“ So langsam werde ich ungeduldig. Ewig habe ich nicht Zeit, immerhin muss ich mich vor der

Heimfahrt noch von dem Blut befreien, und eine Mütze Schlaf hätte ich auch gern.

„N… nein. Bitte. Sie hat … nichts … wir wissen nicht, wovon Sie reden“, wimmert das andere Mädchen, Theresa, unter Tränen.

„Als wäre ich so dumm, diese Lüge zu glauben.“ Mit der Hand wühle ich in der Tasche herum, sodass Schraubenzieher und Zange ein metallisches Klimpern von sich geben. Sie sollen hören, dass ich noch mehr in petto habe. „Sie war eure Freundin, und Mädchen reden doch über alles. Also raus damit!“

„Nein, wirklich. Sie müssen uns glauben!“

„Wir wissen nichts!“

Es reicht mir. Instinktiv greife ich nach dem Hammer, hole aus und schlage damit nach Vicky. Da sie sich genau in dem Moment bewegt, treffe ich sie mit einem lauten Knall direkt an der Schläfe. Es knackt, als hätte ich eine Kokosnuss gespalten.

Mist, so war das nicht geplant. Aber sie ist selbst dran schuld, sie hätte ja auch ruhig sitzen bleiben können, dann hätte ich nur ihre Schulter erwischt.

Vicky brüllt auf und sackt zusammen.

„Sag mir doch einfach die Wahrheit“, sage ich sanft in Theresas Richtung. Ich rieche ihre Angst. Sie kann nur erahnen, was gerade mit ihrer Freundin passiert ist, die sich stöhnend auf dem Boden herumrollt.

„Ich … weiß … nichts, sie hat nicht mit uns … ich weiß nicht, was Sie wissen wollen.“ Sie weint leise vor sich hin, während sie die alte Leier wiederholt.

Seufzend verdrehe ich die Augen. Sie sind wirklich ganz schön standfest. Vermutlich haben sie in der Zeit, in der sie allein waren, einen Plan ausgeheckt, wie sie mich von ihren Lügen überzeugen können. Da haben sie sich aber verkalkuliert, denn so leicht gebe ich nicht auf. Ich werde die Wahrheit aus ihnen rausbekommen, und dann werden sie ihrem Schicksal ins Auge sehen müssen. Mitwisser dürfen nicht überleben. Es ist ohnehin zu spät. Es gibt kein Zurück mehr.

25. Kapitel

WER auch immer entschieden hatte, den Philosophieunterricht auf die erste Stunde zu legen, musste nicht ganz klar im Kopf sein. Generell verstand Lara den Sinn hinter dem Fach nicht, ob nun früh am Morgen oder während des Nachmittagsunterrichts. Nach dem Abi wollte sie Rechtsmedizinerin werden oder Psychologie studieren und dann in die Forensik gehen. Dass Schwerverbrecher für Kants Goldene Regel zu begeistern waren oder sich für Diogenes mit seinem Fass interessierten, wagte Lara zu bezweifeln. Die Leichen im Obduktionssaal würden hingegen hundertprozentig kein Interesse daran zeigen.

Noch eine Woche bis zu den Ferien, und die Schulleiterin Weißdorn hatte entschieden, ab Freitag den normalen Unterricht wieder aufzunehmen, damit die Schülerinnen angesichts der tragischen Ereignisse zumindest einen stabilen Alltag hätten. Als ob das helfen würde.

Obwohl Lara lieber im Bett geblieben wäre, quälte sie sich hoch. Schwänzen war einfach nicht drin. Normalerweise fiel ihr das frühe Aufstehen nicht schwer, aber gestern Nacht war sie erst um drei zurück in ihrem Zimmer gewesen und fühlte sich heute dementsprechend gerädert. Zudem schmerzte ihr Knie wie die Hölle. Mittlerweile war es angeschwollen und blau. Auf der Wunde hatte sich eine Kruste gebildet.

Hoffentlich war das morgen wieder einigermaßen in Ordnung, damit sie am Aktivitätstag – so nannte man in Schloss Berg den Sportunterricht am Samstag – teilnehmen konnte. Eine schlechte Note in dem Fach, weil der Lehrer glaubte, dass sie sich aus Lustlosigkeit drückte, konnte ihr den gesamten Schnitt versauen und damit das Psychologiestudium hinfällig werden lassen.

Lara humpelte ins Bad, das sie sich mit ihrer Zimmernachbarin und den Bewohnerinnen des Schlafraums gegenüber teilte, und stellte sich unter die Dusche. Danach fühlte sie sich zumindest im Kopf fitter, sodass sie nicht Gefahr lief, im Unterricht einzuschlafen. Als sie in den Spiegel schaute, entdeckte sie an ihrer Schulter einen leichten Schatten an der Stelle, wo ihr Bruder sie gestern Abend gepackt hatte.

Erst jetzt wurde ihr so richtig bewusst, was da eigentlich geschehen war. Joe war noch nie besonders feinfühlig gewesen und von einem fürsorglichen Bruder so weit entfernt wie New York von Starnberg. Sobald Lara nicht nach seiner Pfeife tanzte, wurde er laut und drohte ihr auch mal. Bislang hatte er jedoch keine seiner Drohungen wahr gemacht oder war ihr gegenüber gar handgreiflich geworden. Gestern hatte er eindeutig eine Grenze überschritten, und das machte ihr Angst.

Lara schluckte schwer und wischte sich ein paar Tränen fort, die sich den Weg aus ihren Augen gebahnt hatten. Hatte Joe so heftig reagiert, weil er wirklich etwas mit dem Tod von Fabienne und dem Verschwinden von Theresa und Vicky zu tun hatte? Immerhin waren alle drei gute Kundinnen von ihm. Was hatte er ihnen angetan? Lara glaubte nicht, dass man die beiden Mädchen lebend finden würde. Wenn es stimmte, was man sich auf den Fluren des Internats so erzählte, war Fabienne noch am Abend ihres Verschwindens getötet worden, warum also sollten die anderen beiden noch leben?

Eigentlich sollte Lara zur Polizei gehen und endlich die Wahrheit sagen. Dann müsste sie aber auch zugeben, dass sie bezüglich der Nachrichten zwischen ihr und Fabienne gelogen hatte, und wegen der Drogen würde sie sich zusätzlich in Schwierigkeiten bringen. Ungeachtet der rechtlichen Konsequenzen erwartete sie dann zweifellos ein Schulverweis, und damit wären all ihre Träume, alles, wofür sie so hart gearbeitet hatte, für immer verloren. Nein, die Polizei war keine Option. Sie musste die Füße still halten und hoffen, dass sich alles aufklärte, ohne dass sie mit reingezogen wurde.

Lara putzte sich die Zähne, zog sich an und machte sich auf den Weg in den Klassenraum. Sie ging langsam, um zu vermeiden, dass sie hinkte und jemand sie fragte, was passiert war. Auf keinen Fall wollte sie, dass irgendjemand auf ihr Missgeschick aufmerksam wurde und sie sich so freiwillig zur Zielscheibe für weitere Witze über ihre Tollpatschigkeit machte. Beim Unterrichtsraum angekommen, erwartete sie überraschenderweise nicht die Philosophielehrerin, sondern ihr Klassenlehrer Herr Sauer.

Nach der Überprüfung der Anwesenheit erklärte er, warum er die Stunde außerplanmäßig übernommen hatte.

„Ich wollte mich gern mit Ihnen noch einmal in Ruhe über die Vorfälle rund um Fabienne, Victoria und Theresa unterhalten“, sagte er. „Natürlich weiß ich, dass Sie alle längst von der Polizei befragt wurden. Hat denn irgendjemand von Ihnen einen Hinweis darauf geben können, was passiert ist?“

Gemurmel brach in der Klasse aus, allgemeines Schulterzucken und Kopfschütteln.

Herr Sauer hob die Hand, um für Ruhe zu sorgen. „Das ist wohl mit ein Grund dafür, dass die Polizei noch nicht sonderlich weit mit ihren Ermittlungen zu sein scheint. Deshalb hat die Familie Lindner einen Privatdetektiv engagiert. Felix Hertzlich, so heißt der Mann, war gestern Nachmittag bei mir und hat mich gebeten, ihn zu kontaktieren, sollte ich irgendwelche Informationen haben. Jeder noch so kleine Tipp kann zum Erfolg führen.“

Bei dem Namen des Ermittlers horchte Lara auf. Sie kannte ihn. Erst im Frühjahr hatte sie ihn in ihrem Podcast erwähnt, da er maßgeblich an der Überführung des Rosenkillers beteiligt gewesen war. Wenn sie sich recht erinnerte, hatte er den Mann sogar eigenhändig auf seiner Flucht in Richtung Italien in Österreich festgenommen. Bis zu ihren Recherchen hatte Lara gar nichts von dem „Jedermann-Gesetz“ gewusst, laut dem jeder Mensch berechtigt war, eine vorläufige Festnahme durchzuführen, wenn er ein Verbrechen beobachtet hatte und Fluchtgefahr des Täters bestand.

„… Sie jetzt einzeln rausrufen, und wir unterhalten uns ganz in Ruhe darüber, ob es nicht doch etwas gibt, das Sie dem Detektiv mitteilen wollen“, fuhr Herr Sauer mit seinen Ausführungen fort. „Gegebenenfalls stelle ich den Kontakt her oder gebe Ihre Informationen weiter. Denken Sie daran, jede noch so vermeintlich irrelevante Beobachtung kann von Bedeutung sein.“ Damit stand er auf und verließ gemeinsam mit der ersten Schülerin von der Klassenliste den Raum.

Sofort holte Lara ihr Handy heraus und googelte nach Felix Hertzlich. Mit Herrn Sauer würde sie ganz bestimmt nicht offen sprechen, dafür hatte sie zu viel zu verlieren. Vielleicht aber konnte der Privatdetektiv ihr helfen, herauszufinden, ob ihr Bruder wirklich ein eiskalter Mörder war.

26. Kapitel

EINE Viertelstunde vor ihrem Termin kam Anna bei der Staatsanwaltschaft an. In Momenten wie diesem verfluchte sie sich dafür, dass sie es mit der Pünktlichkeit immer etwas zu genau nahm. Heute Morgen hatte sie Ruth ins Büro gebracht und als sie gemerkt hatte, dass sie viel zu früh war, noch in aller Ruhe ihre Mails gecheckt, und trotzdem war sie überpünktlich.

Da sie keine Lust auf einen Plausch mit Feindt oder seiner Sekretärin hatte, holte sie sich in einer Bäckerei auf der gegenüberliegenden Straßenseite einen Kaffee. An dem Becher, für den sie keine Manschette bekommen hatte, verbrannte sie sich die Finger und stellte nach dem ersten Schluck fest, dass das Zeug scheußlich schmeckte. Sie entsorgte die Plörre unauffällig in einem Gully, warf den Becher weg und betrat das Gebäude der Staatsanwaltschaft.

Noch immer war sie zu früh, aber fünf Minuten würde Feindt wohl verkraften. Seine Sekretärin wies ihr einen Platz an dem Tisch im Wartebereich zu.

„Herr Feindt wird Ihnen die Unterlagen gleich bringen“, sagte sie mit einem süffisanten Lächeln auf den Lippen.

Anna schaute die Frau entgeistert an. Das konnte nicht ihr Ernst sein. „Wollen Sie damit sagen, dass ich die Akten hier vorn durchgehen soll?“, fragte sie.

„Nun, Sie können sich gern auch alles kopieren und es mitnehmen. Die Akte ist jedoch ziemlich umfangreich, das sag ich Ihnen gleich.“

Anna zeigte der dämlichen Ziege gedanklich den Mittelfinger und setzte sich wie geheißen in den Wartebereich. Feindt ließ wirklich keine Gelegenheit aus, um sie zu schikanieren. Dazu gehörte auch, dass er sie weitere geschlagene 15 Minuten warten ließ, bevor er auftauchte.

Mit unergründlicher Miene begrüßte er sie und legte die Unterlagen auf dem Tisch ab. „Gute Morgen, Frau Hart. Dass ich Ihnen noch mal in so einem brisanten Fall gegenüberstehen würde, damit hab ich wirklich nicht gerechnet", sagte er und betrachtete sie von oben herab.

„Was soll das bitte heißen?", gab Anna bissig zurück. Den guten Morgen konnte er sich sonst wohin stecken.

In seiner gewohnt überheblichen Art zog er die Nase kraus. „Nun, irgendwie dachte ich, Sie hätten dem Strafrecht den Rücken zugekehrt, nachdem Sie in den letzten beiden Fällen nicht ganz so viel Glück hatten. Sozialrecht scheint doch eher Ihr Metier zu sein, vielleicht Arbeits- oder Mietrecht?"

Zu diesem Schwachsinn wollte Anna sich gar nicht äußern, aber sie konnte sich nicht zurückhalten, und es platzte einfach aus ihr heraus. Wenn sie eines hasste, dann war es, ungerecht behandelt zu werden. „Falls Sie das vergessen haben sollten, bezüglich des Pferderippers habe ich nicht den Täter, sondern einen unschuldigen Mandanten vertreten, auf den Sie sich vorschnell und ohne handfeste Beweise als dringend Tatverdächtigen festgelegt hatten ..."

„Und sind in der Folge in die Gewalt des tatsächlichen Täters geraten, weil Sie glaubten, Sie müssten meine Arbeit und die der Mordkommission übernehmen", unterbrach Feindt sie.

Anna überging seinen Einwand, sonst hätte sie ihm an den Kopf werfen müssen, dass Felix nicht nur einmal bessere Arbeit geleistet hatte als Feindt und seine Schergen. „Und im Fall des Rosenkillers habe ich überhaupt niemanden vertreten, sondern meine Assistentin wurde von dem Mann brutal ermordet. Auch hier glänzten Ihre Ermittler durch Untätigkeit, weshalb Herr Hertzlich und ich schließlich den Täter verfolgten und ihn so stellen konnten. Das nenne ich alles andere als Pech, sondern gute Arbeit." Innerlich bebte Anna, doch sie versuchte, sich äußerlich nichts davon anmerken zu lassen.

Feindt schien von ihren Aussagen getroffen oder hatte zumindest keine Gegenargumente mehr, denn er zuckte nur mit den Schultern und ließ sie allein zurück. Seine Sekretärin starrte mit aufgerissenen Augen zum Wartebereich, senkte aber schnell den Blick, als Anna zu ihr hinüberschaute.

Anna setzte sich mit dem Rücken zu ihr hin und schlug den Aktendeckel auf. Auf der dritten Seite merkte sie, dass sie vor lauter Wut im Bauch nicht wirklich wahrgenommen hatte, was sie da las. Für ein paar Sekunden schloss sie die Augen und atmete tief durch. Eigentlich war es ihr mittlerweile fast egal, was dadrin stand, allein aus Trotz war sie in diesem Augenblick gewillt, von Baumer zu vertreten, komme, was wolle. Da sie aber wusste, dass es später, wenn sie sich wieder abgeregt hatte, anders aussehen würde, machte sie sich konzentriert an die Arbeit.

Zur Einstimmung blätterte sie zum Obduktionsbericht, dessen Inhalt sie bereits von Natalie kannte. Sie stellte fest, dass Felix' Schwester offenbar nicht alle Details für so wichtig befunden hatte, um sie ihnen mitzuteilen. Zum Beispiel hatte sie nicht erwähnt, dass Fabienne Lindner neben den Drosselmalen an ihrem Hals weitere Verletzungen aufgewiesen hatte. Ihre Nase war gebrochen, ein Schneidezahn war gesplittert, und der Hinterkopf wies Spuren von stumpfer Gewalt auf. Alle Wunden waren ihr ante mortem zugefügt worden, also noch vor ihrem Tod.

Der Tatort war ein Bootsanleger ganz in der Nähe der Herberge, zu dem sie sich wohl von der Party aus geschlichen hatte. Auf den Holzplanken hatte man eine geringe Menge von Blutanhaftungen gefunden, die Fabienne zuzuordnen waren, außerdem ein paar Haare, ebenfalls mit Blut daran. Spuren vom Täter konnten nicht eindeutig nachgewiesen werden, da der Steg aufgrund der Vorbereitungen für die Regatta am vorausgegangenen Tag stark frequentiert gewesen war.

Sie hat an dem Abend Drogen genommen und sich dann mit jemandem am Steg getroffen, mit dem sie sich ganz fürchterlich gestritten und der sie schließlich umgebracht hat, resümierte Anna gedanklich, wenngleich sie nicht hier war, um die Ermittlungsansätze zu überprüfen. Dieser Ablauf sprach in ihren Augen jedenfalls gegen die Idee von einem Auftragsmörder, den von Baumer engagiert hatte. Ein Profikiller hätte sicher nicht erst zugeschlagen, und das gleich mehrfach, der wäre zielstrebig und effizient vorgegangen. Für sie sah es eher aus, als hätte der Täter Wut auf Fabienne gehabt, als wollte er ihr wehtun.

Was wiederum für von Baumer persönlich als Täter sprach. Anna blätterte weiter, um zu sehen, welche Indizien und Beweise bislang gegen ihren – noch – Mandanten gesammelt worden waren. Wie Felix hatten auch Steffen Allmendinger und seine Kollegen natürlich Zugriff auf die Daten in Fabienne Lindners iCloud. Über die Nachrichten zwischen dem Opfer und von Baumer waren sie überhaupt auf ihn als Verdächtigen gekommen.

Anders als Felix waren den Ermittlern die Kameras am Haus von von Baumers Nachbarn nicht aufgefallen. Allerdings hatte man ihn auch noch nicht nach seinem Alibi gefragt, weshalb es bislang nichts zu überprüfen gab. Dass er laut den Aufnahmen den ganzen Abend zu Hause gewesen war, ließ ihn für Anna jedoch noch nicht als möglichen Täter ausscheiden. Es konnte durchaus sein, dass Fabienne an dem Abend zu ihm gefahren war und sich über den Garten hineingeschlichen hatte. Dort war der Streit dann eskaliert, er hatte sie in seinem Haus getötet und erst am nächsten Tag zum Starnberger See geschafft.

Die Ergebnisse aus der Rechtsmedizin sagten nur aus, dass Fabienne noch am Abend ihres Verschwindens gestorben war, aber nicht, wie lange ihre Leiche exakt im Wasser gelegen hatte. Die Spuren auf dem Steg konnten auch durch ihre Lagerung dorthin gekommen sein und sprachen nicht dagegen, dass Fabienne abseits vom See erdrosselt worden war.

Zu ihrer Verwunderung entdeckte Anna, dass auch Lara Böhm als potenzielle Verdächtige galt. Anna erinnerte sich an die Nachrichten, die sie mit Fabienne an ihrem Todestag geschrieben hatte. Bisher war sie nur als Zeugin befragt worden und hatte ausgesagt, dass sich die Nachricht auf eine Sonnenbrille bezog, die Fabienne ihr abgekauft haben sollte und die sie bei der Regatta hätte tragen wollen. Gestern hatte sich jedoch ein Mitarbeiter der Herberge mit einer Beobachtung bei der Polizei gemeldet.

Er hatte gesehen, wie Fabienne sich mit einer anderen Frau außerhalb der Herberge getroffen hatte. Seiner Ansicht nach hätte die Person, deren Beschreibung wohl auf Lara Böhmer passte, der Getöteten etwas übergeben. Wenn es wirklich um eine Sonnenbrille gegangen sein sollte, warum hätten die beiden sich dafür heimlich abseits der Eröffnungsfeier treffen sollen? Und warum hatte das Mädchen diese Tatsache verschwiegen, wenn es nichts zu befürchten hatte?

Die Ermittlungen dazu waren angelaufen. Erste Zeugen hatten ausgesagt, dass Lara den gesamten Abend auf der Feier gewesen war. Was nicht bedeutete, dass sie nicht die Täterin sein konnte. Immerhin war sie kurz abwesend gewesen, um sich mit Fabienne zu treffen, was offenbar niemand bemerkt hatte. In der Zeit hätte Lara sie umbringen und am Ufer ins Wasser verfrachten können. Steffen Allmendinger hatte dazu einen Strömungsexperten angefragt, der mögliche Punkte markieren sollte, an denen der Leichnam ins Wasser verbracht worden sein könnte, um dann einige Tage später mitten auf dem See wieder aufgetrieben zu werden.

Anna rieb sich über die Augen und schüttelte den Kopf. Sie war nicht hier, um sämtliche Details der Ermittlungen zu erfahren, sondern herauszufinden, was die Polizei über von Baumer wusste. Für alles Weitere war später immer noch genug Zeit.

Sie blätterte zu dem Teil, in dem von Baumers Leben auseinandergenommen wurde. Es war keine Überraschung, dass die Polizei ebenfalls Kenntnis von Katalin Szabados erlangt hatte. Ihre Vermisstenmeldung war angehängt, ebenso die Aussage, die von Baumer damals getätigt hatte. Laut ihm war Katalin mit all ihren Habseligkeiten eines Morgens einfach verschwunden, und das vor Ablauf der vereinbarten Zeit. Er hatte sich daraufhin bei der Agentur nach ihr erkundigt, was von dieser bestätigt worden war.

Weder er noch seine Frau konnten einen möglichen Grund für die überstürzte Abreise nennen, was natürlich nicht bedeutete, dass von Baumer nicht gelogen hatte. Wenn er etwas damit zu tun hatte, wusste seine Frau sicher von nichts, oder aber sie war im Bilde und schützte ihn. Da die junge Frau volljährig war und zudem aus dem Ausland kam, hatte man die Ermittlungen relativ bald eingestellt. Im Hinblick auf die aktuellen Ereignisse wirkte dieses plötzliche Verschwinden des Au-pairs für die Mordermittler jedoch äußerst verdächtig – verständlicherweise.

Anna fragte sich, wann von Baumer vorgehabt hatte, ihr davon zu erzählen. Vergessen hatte er es wohl kaum, die Vermisstenanzeige war vor nicht mal einem Jahr erstattet worden. Hielt er diese Ereignisse wirklich für so irrelevant oder glaubte er gar, dass der Vorfall im Zuge der Ermittlungen gegen ihn nicht zur Sprache kam? Nein, das konnte

Anna sich kaum vorstellen, so naiv war er nicht. Er musste es mit Absicht verschwiegen haben, vermutlich, damit Anna ihm unvoreingenommen gegenübertrat. Aber spätestens als sie Akteneinsicht beantragt hatte, hätte ihm klar sein müssen, dass sie davon erfuhr, und er hätte offen mit ihr sein müssen.

Hätte er nicht, der Mandant ist nicht verpflichtet, dem Anwalt gegenüber ehrlich zu sein, dachte Anna. Dennoch, je vollständiger die Informationen waren, desto besser konnte die Betreuung durch den Anwalt sein.

Auf den nächsten Seiten stieß Anna gleich auf eine weitere Sache, die von Baumer ihr verschwiegen hatte. Entsetzt starrte sie auf die Anzeige wegen eines Sexualdeliktes, die vor zwei Jahren bei der Polizeiinspektion Bogenhausen eingegangen war. Bei der Geschädigten, Jessica Steiner, handelte es sich um ein 16-jähriges Mädchen. Die Anzeige war von ihren Eltern erstattet worden, die herausgefunden hatten, dass ihre Tochter ein sexuelles Verhältnis zu von Baumer pflegte. Da es nach der Befragung der jungen Frau keinerlei Hinweise darauf gab, dass sie nicht freiwillig gehandelt hatte, und von Baumer auch nicht in einer Garantenstellung zu ihr stand, also weder ihr Erziehungsberechtigter noch ihr Ausbilder war, wurden die Ermittlungen wieder eingestellt, ohne ihren Mandanten überhaupt zu befragen. So ekelhaft es auch sein mochte, ab dem Alter von 14 gab es bei freiwilligem Sex keine Altersgrenze bezüglich der anderen Person.

Anna konnte darüber nur den Kopf schütteln. Waren junge Frauen in den Augen der Rechtssprechung wirklich so wenig schützenswert? Wie konnte man denn davon ausgehen, dass eine 14-Jährige wirklich frei entscheiden konnte, mit einem erwachsenen Mann ins Bett zu steigen? Die manipulativen Fähigkeiten von Männern, insbesondere in Machtpositionen und mit viel Geld, wurden ihrer Meinung nach massiv unterschätzt. Davon abgesehen, dass man in dem jungen Alter als Mädchen die Konsequenzen dieses Handelns noch gar nicht absehen konnte.

Anna klappte die Akte zu. Ihr war übel, und sie hatte genug gesehen. Von wegen, von Baumer hätte Fabienne geliebt. Es war einfach sein Ding, mit jungen Mädchen zu schlafen. Vermutlich lockte er sie mit tollen Geschenken und seinem vielen Geld ins Bett, bis sie zu alt für ihn wurden, dann suchte er sich die Nächste. Anna würde ihren Kopf darauf verwetten, dass er es auch bei Katalin Szabados versucht hatte und sie deshalb verschwunden war.

Aber warum hatte sie dann den Kontakt zu der Au-pair-Agentur abgebrochen, wenn die Empfehlungen doch so wichtig für die Zukunft waren? Weil sie womöglich keine Zukunft mehr hatte, sondern ihre Leiche irgendwo darauf wartete, endlich entdeckt zu werden.

Anna wischte sich übers Gesicht und stand auf. Sie musste mit von Baumer telefonieren. Aber vorher brauchte sie etwas Zeit, um das zu verarbeiten, was sie gerade erfahren hatte. Felix hatte recht gehabt, der Kerl war ein Widerling. Aber war er auch ein Mörder?

27. Kapitel

DREIMAL war ihr Entführer jetzt schon bei ihnen gewesen, und noch immer wusste Theresa nicht, warum sie hier festgehalten wurden. Wie lange waren sie überhaupt schon hier? Ihrem Durst nach zu urteilen, seit einer Ewigkeit, doch sie hatte das Gefühl für Zeit verloren. Immer wieder nickte sie vor Erschöpfung ein und schreckte dann hoch in der Hoffnung, dass alles nur ein böser Traum gewesen war.

Die Schmerzen in ihrem kleinen Finger erinnerten sie jedoch daran, dass das hier die bittere Realität war. Sie und Vicky waren von irgendeinem Irren in diesem Loch eingesperrt und auf dem harten und feuchten Betonboden festgekettet worden. Ein Kerl, der darauf stand, ihnen Schmerzen zuzufügen, sie zu quälen, sogar zu foltern.

„Vicky?“ Ihre Stimme klang so kraftlos, wie sie sich fühlte. Sie tastete mit dem Fuß nach ihrer Freundin, traf sie jedoch nicht.

„Vicky!“, krächzte sie noch einmal, doch es kam keinerlei Reaktion.

Verdammt.

„Hey, wach gefälligst auf“, rief sie, so laut es ihre ausgetrocknete Kehle zuließ. Ihre Freundin gab weiterhin keinen Ton von sich.

Theresa wedelte mit den Armen, die Ketten klirrten, Tränen stiegen in ihre Augen. Ihr Steiß schmerzte bei jeder Bewegung, und die feuchte Hose klebte an ihren Beinen. Eigentlich hasste sie Sport, aber jetzt wollte sie nichts mehr als sich bewegen.

„Bitte, sag doch etwas.“

Nichts, kein Wort und keine Regung. Theresa riss ihre Augen auf, in der Hoffnung, durch den Sack irgendetwas erkennen zu können, aber hinter dem Stoff war es zu dunkel. Kraftlos ließ sie sich zurücksinken.

Warum? Warum waren sie hier? Was hatten sie getan? Der Typ wollte irgendwas von ihnen, doch er verriet einfach nicht, was es war. Wie sollten sie ihm geben, was er verlangte, solange sie nicht wussten, worum es ging? Theresa wäre bereit, alles zu sagen, wenn sie nur eine Ahnung hätte, was er hören wollte. Irgendwas hatte Fabienne seiner

Meinung nach getan, und er glaubte, dass Theresa und Vicky eingeweiht waren, doch er lag falsch.

Wenn sie nur nicht an diesem Abend zu der verdammten Wetterhütte gegangen wären, um sich zuzuballern! Es war Vickys Schuld, sie hatte die bescheuerte Idee gehabt. Um sich ein wenig abzulenken von dem, was mit Fabienne passiert war. Nur dass ihnen jetzt dasselbe zustieß. Von wegen, sie wären nicht in Gefahr. Hätte sich Theresa doch bloß auf ihr Gefühl verlassen!

Vicky war auch verantwortlich dafür, dass sie dieses Teufelszeug überhaupt jemals angerührt hatte.

Einmal hatte sie ihre Freundin dabei erwischt, wie sie in ihrem Zimmer mit einem Hunderteuroschein weißes Pulver von ihrem Handy schnupfte. Sie hatte ihr auch etwas angeboten, und Theresa hatte mitgemacht, weil sie Vicky … na ja, weil sie Vicky einfach cool fand. Und anziehend, so verdorben, wie sie war. Vicky wusste nichts von Theresas Gefühlen, sie hatte nicht mal eine Ahnung davon, dass sie auf Frauen stand.

Noch einmal streckte sie den Fuß nach links aus, dieses Mal traf sie etwas, tippte dagegen, aber es kam weiterhin keine Reaktion.

Ein beängstigender Gedanke breitete sich wie eine dunkle Wolke in ihrem Kopf aus. Vicky war doch nicht etwa tot?

Nein, sicher nur bewusstlos, versuchte sie sich zu beruhigen, allerdings vergebens. Theresa hatte genau gehört, was der Kerl mit ihrer Freundin angestellt hatte, und sie spürte zudem schmerzhaft am eigenen Leib, dass er mit dem Hammer nicht zimperlich gewesen war. Was, wenn er Vicky erschlagen hatte? Funktionierte das so einfach? Hätte sie dann nicht mehr brüllen müssen?

„Nein“, sagte sie so laut, dass ihre Stimme von den Wänden widerhallte. Vicky durfte nicht tot sein, es war schlichtweg unmöglich. Sie war doch eine Kämpferin.

Theresa musste diesen Sack loswerden und sich dann irgendwie von den Ketten befreien. Sie musste nachsehen, was mit Vicky war, sonst würde sie noch wahnsinnig werden. Ihr kam eine Idee.

„Ich hole uns hier raus“, murmelte sie und zupfte an dem Sack, der unter ihrem Kinn festgezogen worden war und sich keinen Millimeter bewegte. Die Ketten um ihre Hände drückten sich schmerzhaft in ihre

Gelenke, aber sie blieb dran. Ganz langsam zog sie den Sack hin und her und hatte das Gefühl, dass er tatsächlich Stück für Stück nach oben rutschte.

„Vicky, ich weiß, wie wir uns befreien können", murmelte sie, um sich anzuspornen, selbst wenn ihre Freundin sie nicht hören konnte. Die Schmerzen in ihrer rechten Hand wurden stärker, also machte sie mit der linken weiter. Irgendwann wurde ihr Arm lahm und ihr Durst übermächtig, doch sie gab nicht auf. Endlich flutschte eine Ecke aus dem Seil, mit dem der Sack um ihren Hals festgemacht war.

„Siehst du, Vicky. Ich habs doch gesagt!" Theresas Handgelenke brannten, aber sie konzentrierte sich auf das Ziel, es hier rauszuschaffen.

Ein weiteres Stück rutschte nach oben. Adrenalin schoss durch ihre Adern.

Jetzt nur nicht hektisch werden, beschwor sie sich, denn wenn sie zu heftig zog, tat sich gar nichts mehr. Noch ein kleines Stück, und sie könnte den Sack über das Kinn nach oben ziehen. Nur noch ein bisschen. Danach könnte sie versuchen, die Ketten zu lösen. Ganz bestimmt.

In diesem Moment verlor sie die Geduld und zerrte wie eine Verrückte an dem Stoff. Er spannte sich über Mund und Nase, und sie hatte das Gefühl, keine Luft mehr zu bekommen, da die Schnur um ihren Hals sie zusätzlich würgte. Dennoch riss sie wie eine Wahnsinnige daran, bis er endlich über ihr Gesicht rutschte.

Erst das Kinn.

Dann die Unterlippe.

Über den Mund.

Nase.

Augen.

Stirn.

Ja. Ja.

„Vicky, der Sack ist weg!", rief sie aufgeregt und sah sich um. Es war dunkel, nur ein fahler Lichtschimmer war zu sehen, der sich in den Pfützen auf dem Boden spiegelte. Im Dämmerlicht erkannte sie neben sich schemenhaft ein dunkles Bündel, vermutlich Vicky. Sie musste nach ihr sehen. Aber eins nach dem anderem.

Sie schüttelte kurz die Arme aus und wühlte dann in ihren Haaren nach den Klammern, die ihre Ponyfransen davon abhielten, ihr ständig in die Augen zu fallen. Wie sie die nutzen konnte, um sich von der Fessel zu befreien, wusste sie nicht genau, aber in Filmen funktionierte es auch. Sie hatte es bis hierhin geschafft, also würde sie auch das hinbekommen. Irgendwie.

Ihre Finger trafen auf das kühle Metall einer Klammer und zogen sie heraus. „Das Ding wird uns hier rausholen, ich sage es dir!“

Im Film stocherten die Leute einfach in dem Schloss herum und irgendwann schnappte es auf.

Ja, im Film.

Sie gab der negativ denkenden Theresa keine Chance, die Oberhand zu gewinnen, sondern bog die Klammer auseinander und tastete nach dem Vorhängeschloss, das die Kette um ihre Handgelenke hielt. Schweiß lief ihr über die Stirn, während sie Verrenkungen vollführte und das Schloss zwischen ihrer Brust und ihren Armen festklemmte, damit sie es mit der Klammer erreichen konnte.

„Jetzt habe ich es fast“, sagte sie, blinzelte, um den salzigen Schweiß in ihren Augen loszuwerden. Sie bog ihre Handgelenke so weit nach unten, bis sie mit der Klammer das Schloss erreichte. Mit Zeigefinger und Daumen beförderte sie das Teil an die winzige Öffnung. Es brauchte einen Moment, bis sie traf, aber sie ermahnte sich, Ruhe zu bewahren. Schließlich schaffte sie es, den Metallstift in das Loch zu stoßen.

Theresa leckte sich über die aufgesprungenen Lippen und spannte die Muskeln an. Es sah bei den Schauspielern immer so einfach aus. Einfach ein paarmal drehen und zack: Sesam öffne dich.

In Wirklichkeit schmerzte ihre Hand, ihre Finger waren feucht und zittrig, und sie hatte dank der blöden Position ihrer Gelenke kaum noch Gefühl darin. Immer wieder ruckte sie an der Klammer herum, bis sie irgendwann die Hoffnung verlor. Die Scheiße funktionierte einfach nicht.

Jetzt saß sie hier, ohne Sack über dem Kopf. Der Kerl würde sofort wissen, dass sie versucht hatte, sich zu befreien. Dazu würde sie sein Gesicht sehen, und er würde sie zur Strafe direkt umbringen.

Theresa schluchzte laut auf. *Hoffentlich geht es wenigstens schnell. Hoffentlich tut es nicht weh.*

„Wir sind am Arsch“, sagte sie leise und wurde sich bewusst, dass sie das eher zu sich selbst sagte. So, wie sie eigentlich alles zu sich selbst gesagt hatte. Zur Beruhigung.

Sie ließ die Klammer los, besann sich aber eines Besseren. Anstatt hier rumzusitzen und darauf zu warten, dass der Irre sie brutal ermordete, konnte sie es genauso gut weiter versuchen. Einfach den Kopf ausschalten und durchziehen. Sie hatte nichts zu verlieren, also drehte sie weiter, steckte die Klammer tiefer hinein, schob sie hoch, nach links und rechts, nach unten.

Weiterhin passierte nichts, was sie rasend machte, und am liebsten hätte sie die Klammer von sich geschleudert. Dann jedoch vernahm sie ein leises, klickendes Geräusch und spürte einen Widerstand an der Klammer. Das Schloss öffnete sich, und die Ketten um ihr Handgelenk lockerten sich.

„Vicky“, brüllte sie. „Ich habe es geschafft.“

Na ja, ihre Hände waren frei. Nun musste sie noch die Fußgelenke befreien. Aber dieser Erfolg ließ sie neue Hoffnung schöpfen, es hier lebend rauszuschaffen. Theresa schüttelte die nun freien Arme. Anschließend nahm sie die Klammer in die Hand, um das andere Schloss zu lösen.

Diesmal war es etwas einfacher, da sie die Handgelenke nicht mehr so verdrehen musste, aber es dauerte dennoch eine gefühlte Ewigkeit, bis sie auch ihre Beine befreit bekam.

„Wir entkommen.“ Tränen rannen über ihre Wangen, und sie gönnte sich einen Moment zum Durchatmen. Dann tastete sie sich mit der Klammer in der Hand zu ihrer Freundin und rüttelte an ihrem Körper. „Wach auf. Ich hab die Schlösser geknackt.“

Nichts. Vicky rührte sich nicht. Theresa tastete sich an den Beinen entlang nach oben zu ihrem Bauch und legte den Kopf auf Vickys Brust. Sie bewegte sich nicht. Kein Herzschlag war zu hören.

„Vicky, du blöde Kuh. Hör auf, mich zu verarschen!“, schrie sie und schlug auf sie ein.

Was sollte sie tun? Fliehen und mit Hilfe zurückkommen? Vielleicht war sie nicht tot, einfach nur ein verlangsamter Herzschlag wegen eines Schocks oder so.

Ja, sie musste dringend ins Krankenhaus. Alles hing jetzt von Theresa ab. „Ich hole Hilfe“, sagte sie und rappelte sich hoch, doch sie zögerte. Sie konnte Vicky nicht zurücklassen. Oder doch?

28. Kapitel

DEN gestrigen Abend hatte Felix es erfolgreich hinausgezögert, den Anruf bei seinem ehemaligen Kollegen Steffen zu tätigen. Innerlich sträubte er sich dagegen, ihn überhaupt wegen Informationen zu dem Mordfall anzurufen. Bisher hatte er anscheinend noch keinen Wind davon bekommen, dass Felix an der Sache dran war und vor Fabiennes Klassenlehrer sogar behauptet hatte, er wäre von den Lindners mit den Ermittlungen betraut worden. Eigentlich wollte Felix, dass das auch so blieb. Er wollte keinen erneuten Streit riskieren, nachdem sie sich endlich wieder gut verstanden.

Zu den Ereignissen rund um den Rosenkiller hatte Felix Steffen nach Jahren endlich die Wahrheit darüber gesagt, weshalb er tatsächlich aus dem Polizeidienst ausgeschieden war. Dass er seinen langjährigen Partner und Freund hatte schützen wollen, da ihm korrupte Kollegen etwas untergeschoben hatten. Felix hatte mit der Chefetage einen Deal gemacht, die Schuld auf sich genommen und freiwillig um die Auflösung seines Beamtenverhältnisses gebeten. Dadurch blieb Steffen, der gerade dabei war, eine Familie zu gründen, ein Ermittlungsverfahren inklusive damit einhergehender Suspendierung erspart.

Davon abgesehen, dass er keinen Stress mit Steffen riskieren wollte, bezweifelte Felix, dass er von ihm mehr erfahren würde als Anna aus den Ermittlungsakten, in die sie heute Einsicht nehmen würde. Am Vormittag sah es jedoch danach aus, als könnte er sich nicht länger drücken. Die Tür zu Natalies Zimmer öffnete sich, und ihre blanken Füße klatschten leise auf den Stufen, als sie die Treppe herunterkam.

„Du wolltest Steffen anrufen“, sagte sie und ging an dem Sofa vorbei in die Küche.

„Hab ich schon, geht niemand ran.“

„Versuch es noch mal, vielleicht hatte er gerade zu tun.“

Felix verdrehte innerlich die Augen. Warum musste sie so hartnäckig sein? „Ich muss erst meine Übungen machen.“ Er deutete auf die Faszienrolle neben sich, die er so gut wie noch nicht benutzt hatte. Natalie blickte ihn mit einem Apfel und einer Flasche Wasser in der Hand an, nickte und ging zurück nach oben. Auch ohne ein Wort aus ihrem Mund wusste Felix, dass sie ihn durchschaut hatte.

Er seufzte, stand auf und machte auf dem Teppich vor dem Fernseher halbherzig ein paar Übungen, an die er sich aus der Physiotherapie erinnerte. Es krachte und knackte in allen möglichen Gelenken, und sein Rücken fühlte sich so steif an, als hätte ihm jemand ein Stahlrohr an die Stelle seiner Wirbelsäule implantiert. Dieses Mal sollte er wirklich dranbleiben, denn er war schon beweglicher gewesen und hatte alles, was er sich erarbeitet hatte, durch seine Faulheit wieder verloren.

Als er fertig war und geduscht hatte, fiel ihm keine Ausrede mehr ein, um noch Zeit zu schinden, und er schnappte sich sein Telefon. Spontan entschied er jedoch, die Nummer nicht wirklich zu wählen, sondern hielt sich das Gerät lediglich ans Ohr und wartete eine angemessene Zeit ab, bis er sprach.

„Ja, hi Steffen, ich bins. Du kannst dir wahrscheinlich vorstellen, weshalb ich anrufe.“ In Gedanken sagte er die Antwort auf, die Steffen jetzt vermutlich geben würde.

„Ganz genau, ich unterstütze Anna beim …“

Er wartete und blickte hoch zur Empore, wo sich Natalies Zimmer befanden. Die Tür zu ihrem Technikraum war einen Spaltbreit geöffnet, und er war sich sicher, dass sie lauschte. „Sei doch nicht so grantig. Nein, jetzt hörst du mir mal zu.“

Felix setzte sich aufrecht hin und seufzte. Etwas albern kam er sich ja schon dabei vor, so ein Schauspiel zu veranstalten, aber immer noch besser, als sich erneut mit Steffen zu streiten, weil er sich in polizeiliche Ermittlungen einmischte.

„Wir haben in den letzten Fällen entscheidende Hinweise gefunden und euch so …“ Wieder hörte er auf zu sprechen und ließ etwas Zeit vergehen. „Also gut. Danke trotzdem.“

Gespielt wütend warf er das Handy auf den Tisch vor sich. „Scheißdreck", fluchte er laut. Natalie kam aus ihrem Zimmer und blickte ihn ausdruckslos an.

Er hob die Hände. „Wie ich es mir schon gedacht habe, rückt er keine Informationen raus. Wir sollen uns aus seinen Ermittlungen raushalten."

„Schade", sagte sie trocken, drehte sich um und knallte die Tür hinter sich zu. Vermutlich machte sie sich umgehend daran, sich ins Netzwerk der Kripo München zu hacken, um sich die gewünschten Informationen selbst zu beschaffen. Jetzt konnte Felix nur hoffen, dass sie Steffen nicht zufällig über den Weg liefen, erst recht nicht, wenn Anna dabei war, und seine Lüge so aufflog.

Er stopfte sich ein paar Kissen im Rücken zurecht, um sich nach den anstrengenden Übungen etwas auszuruhen, als es an der Tür klingelte.

Es war die Klingel der Detektei, die er vor Kurzem installiert hatte, denn sein Handy auf dem Tisch vibrierte. Das Gerät war per App mit der Kamera an der Haustür verbunden. Stöhnend lehnte Felix sich nach vorn, griff nach dem Telefon und öffnete die App. Ein Teenager mit einer grauen Kapuzenjacke stand vor dem Eingang und blickte unsicher nach links und rechts.

„Ja bitte?", sagte er. Als seine Stimme aus der Gegensprechanlage ertönte, zuckte das Mädchen zurück, sein Blick wanderte suchend umher. Vermutlich schaute seine Besucherin nach der Kamera.

„Ich möchte mit Felix Hertzlich sprechen", sagte sie unsicher. „Es geht um …", doch Felix hatte bereits den Türöffner gedrückt.

„Kommen Sie rein", sagte er.

Kurz darauf erschien die junge Frau in seiner Tür, und er bat sie herein. Neugierig blickte sie sich um. Sie hatte wohl keine Wohnung erwartet, in der die Detektei betrieben wurde, wie so viele seiner Klienten. Er brauchte dringend ein kleines Büro, was aber bei den Preisen in München nahezu unmöglich war. Jedenfalls, solange er weiter nach verschwundenen Katzen suchte oder diebische Mitarbeiter überführte. Vielleicht sollte er die ihm aufgetragenen Fälle einfach langsamer lösen, um mehr Stunden abrechnen zu können, aber wenn er eines hasste, dann war es Unehrlichkeit. Keinesfalls wollte er das

Vertrauen seiner Klienten ausnutzen, nur um etwas mehr Kohle zu scheffeln.

„Was kann ich für Sie tun, Frau …“ Felix setzte sich ihr gegenüber. Musste er sie überhaupt siezen? Das Mädchen wirkte auf ihn, als wäre es nicht mal volljährig. Am Ende sollte er wieder eine verlorene Katze auftreiben oder so etwas. Dieses Mal vielleicht ein Kaninchen. Hatte er jetzt den Ruf vom Haustierflüsterer weg, nachdem er die Bengalkatze erfolgreich zurück nach Hause gebracht hatte? Ein Hoch auf die Mund-zu-Mund-Propaganda.

„Böhm. Lara heiße ich. Mein Klassenlehrer hat mir von Ihnen erzählt.“ Sie wirkte nervös, rutschte auf der Sitzfläche des Stuhls hin und her.

„Klassenlehrer?“, wiederholte Felix, obwohl er eine Ahnung bekam, wem er es zu verdanken hatte, dass sie hier war. Mit einem Kaninchen hatte es wohl weniger zu tun.

„Ja, genau. Er sagte, Sie hätten ihn gebeten, Informationen zu Fabienne Lindners Verschwinden einzuholen. Die ist … also sie war bei mir in der Klasse.“

Felix zog die Augenbrauen hoch. *Interessant.* So hatte er das zwar nicht gesagt, aber Cornelius Sauer darum gebeten, sich zu melden, sollte ihm noch etwas Relevantes einfallen. Offenbar hatte dieser die Bitte an seine Schülerinnen weitergegeben. Die junge Frau vor ihm war damit also die Lara, mit der Fabienne kurz vor ihrem Tod noch geschrieben hatte. Wenn das mal kein glücklicher Zufall war.

„Und Sie kommen zu mir, weil Sie etwas wissen, das Sie der Polizei nicht gesagt haben? Etwas, von dem Sie glauben, dass es bei der Lösung des Falls weiterhelfen kann?“, wagte Felix einen Schuss ins Blaue.

Lara zog die Kapuze vom Kopf und strich sich über ihren dichten, dunklen Pferdeschwanz. Sie wirkte nervös, knetete ihre Hände und sah ihn nicht an. „Ja. Deswegen verurteilen Sie mich doch nicht, oder? Ich hatte meine Gründe, warum ich nichts gesagt habe.“

„Auf keinen Fall. Ich kann schon verstehen, wenn man nicht möchte, dass die Kripo bestimmte Sachen über einen weiß.“

Lara nickte, ihr Blick driftete ins Leere. Noch schien sie nicht bereit, auszupacken.

„Möchten Sie etwas trinken?“ Felix nutzte die Erfahrung aus Polizeivernehmungen und vermittelte ihr das Gefühl, dass sie hier nichts zu befürchten hatte.

„Was? Nee.“ Sie räusperte sich. „Nein, danke.“ Ein gequältes Lächeln huschte über ihr Gesicht.

Felix wartete einen Moment. Ihr Blick wanderte immer wieder zur Tür. Sie schien sich wohl gerade zu überlegen, ob es nicht besser wäre, wenn sie einfach wieder ging.

„Also, Frau Böhm. Was führt Sie zu mir?“ Er rückte ein Stück vom Tisch ab und lehnte sich zurück, um nicht bedrohlich auf sie zu wirken.

„Ähm, eine Frage habe ich vorher noch.“

„Immer raus damit“, ermutigte Felix sie.

Sie straffte die Schultern. „Bleibt das Gespräch unter uns oder erfährt die Polizei davon?“

„Es kommt darauf an.“

„Worauf?“, fragte sie und blickte ihn nun direkt an.

„Ob Sie wissen, wer der Mörder Ihrer Freundin ist“, antwortete Felix. „Zurzeit werden zwei weitere Mädchen vermisst“, sagte er, ohne den Satz zu beenden.

„Von Wissen kann keine Rede sein, aber ich habe da eine Befürchtung“, sagte sie. Eine Träne rollte ihre Wange hinab, die sie energisch fortwischte.

„Frau Böhm, ich helfe Ihnen, so gut ich kann, aber Sie müssen mir dafür erst mal sagen, was Sie wissen. Vielleicht hilft es uns, dem Täter auf die Spur zu kommen und so zwei Mädchen zu retten.“

Sie schluckte, atmete tief ein und aus und legte ihre Hände auf den Tisch. „Ich weiß nicht, wer Fabienne umgebracht oder Vicky und Theresa entführt hat. Ich will nur sicher sein, dass jemand, den ich kenne, nichts damit zu tun hat“, sagte sie und verzog das Gesicht, als bereute sie bereits jetzt, dass sie zu ihm gekommen war.

„Wir finden das heraus“, sagte er sanft, damit sie weitersprach.

„Die Drogen … Fabienne … Ich … also …“ Sie wusste offenbar nicht, wie sie anfangen sollte. Ihre Stimme zitterte.

Felix beugte sich vor. „Reden Sie einfach. Es ist egal, in welcher Reihenfolge."

Sie atmete tief durch, strich sich eine Haarsträhne aus dem Gesicht und hob den Blick. „Fabienne Lindner hat von meinem Bruder Drogen gekauft. Nicht direkt, aber über seine Webseite im Darknet. Ich deponiere die Bestellungen aus dem Internat an einem bestimmten Treffpunkt, wo die Kunden sie dann abholen. Eigentlich alles anonym, und das Zeug ist in Glückskeksen verpackt, sodass niemand misstrauisch wird, aber Fabienne hat mich dort mal gesehen." Sie sprach schnell, als wollte sie ihr Wissen endlich loswerden. „Die beiden verschwundenen Mädchen, Vicky und Theresa haben auch bei ihm bestellt. Deshalb bin ich hier. Weil ich Angst habe, dass mein Bruder irgendetwas mit der ganzen Sache zu tun hat." Sie wischte eine Träne weg und schluckte schwer. „Ich habe Fabienne verraten, wer der Dealer ist. Wenn er es also war, bin ich auch verantwortlich, oder?"

Felix wusste nicht, was er dazu sagen sollte. Er hatte mit vielem gerechnet, aber nicht mit so etwas. Natalie hatte also doch recht gehabt, dass die Glückskeks-Emojis nur ein Symbol für etwas Illegales waren.

Sie schlug die Hände vors Gesicht. „Natürlich bin ich verantwortlich. Ich dämliche Kuh." Ihre Schultern zuckten.

„Wenn Sie Fabienne nicht getötet und die beiden anderen Mädchen entführt haben, dann sind Sie erst mal nicht verantwortlich", sagte Felix, um sie damit zu beruhigen. Dass sie sich als Drogenkurier natürlich strafbar gemacht hatte, davon wollte er erst mal nichts sagen. „Fabienne ist jedenfalls nicht an einer Überdosis gestorben. Es war Mord, und Sie haben Sie wohl nicht mit eigenen Händen getötet, oder?"

Lara starrte ihn mit bleichem Gesicht an. „Nein, ganz bestimmt nicht. Und ich kann mir auch nicht vorstellen, dass mein Bruder es getan hat", sagte sie energisch. „Aber das sagt man doch immer, oder? Einem Mörder sieht man nicht an, dass es einer ist, sonst wäre es ja einfach. Dennoch, ich kann ihm die Polizei nicht auf den Hals hetzen. Würde ich denen sagen, was ich weiß, würden sie ihn zumindest wegen der Drogen sofort verhaften und verhören. Er wüsste genau, dass ich diejenige bin, die ihn verraten hat. Außerdem würde ich mein

Stipendium verlieren, wenn das rauskommt, ich würde von der Schule fliegen und hätte alles verloren. Können Sie unauffällig herausfinden, ob er es war? Ohne die Bull… die Polizei einzuschalten?“ Sie blickte ihn mit großen Augen an.

Felix nickte langsam. „Warum haben Sie da überhaupt mitgemacht, wenn Sie solche Angst davor haben, der Schule verwiesen zu werden?“ Das Mädchen vor ihm wirkte nun wirklich nicht wie ein klassischer Drogendealer. Aber die erkannte man wohl genauso wenig, wie man Gewalttäter schon am Aussehen festmachen konnte.

„Ich wollte das alles eigentlich gar nicht“, beteuerte Lara. „Es ist nur so … ich will jetzt nicht nach Ausreden suchen … aber auf diesem Internat sein zu dürfen …“ Ihre Stimme brach, und sie pulte mit dem Fingernagel an einem Kratzer auf der Tischplatte herum. „Eine Eliteschule, das war für mich das Größte. Jedenfalls, bis ich wirklich dort war. Meine Familie ist arm, anders als die der meisten anderen dort. Ich wurde gemobbt, ausgegrenzt, schon allein, weil ich nicht das neueste Handy habe, keine coolen Klamotten. Jeder dort hat mir bewusst gezeigt, dass ich nicht dazugehöre.“ Sie atmete tief ein. „Mein Bruder fragte mich irgendwann, ob ich die Drogen für ihn dort deponieren kann, und hat mir dafür ein bisschen Geld abgegeben.“ Sie lachte leise. „Weil einige Schülerinnen bei ihm bestellen würden und er dann sicher sein könnte, dass die Ware sicher ankommt. Das war, bevor er den ganzen Bestellvorgang anonymisiert hat und auf die Idee mit den Depots kam.“

„Also wollten Sie Ihrem Bruder helfen“, sagte Felix.

Lara schüttelte den Kopf. „Sagen wir mal so, mein Bruder hätte kein Nein akzeptiert. Anfangs habe ich mich drauf eingelassen, weil ich das Geld gut gebrauchen konnte, um mit den anderen Mädchen mithalten zu können. Ich dachte, wenn ich auch schöne Klamotten habe, teuere, dann mobben sie mich nicht mehr. So war es aber nicht, sie haben nicht vergessen, dass ich nicht zu ihnen gehöre, bloß weil ich plötzlich Markensneaker trug. Als ich meinem Bruder gesagt habe, dass ich das nicht mehr machen möchte, hat er mich gezwungen, weiterzumachen. Er würde mich sonst verraten und dafür sorgen, dass ich von der Schule fliege.“

„Er hat Sie also gezwungen. Und weshalb glauben Sie jetzt, dass Ihr Bruder etwas mit dem Mord an Fabienne Lindner zu tun haben könnte?“

„Na, weil sie kurz vor ihrem Verschwinden rausgefunden hat, dass ich hinter den Lieferungen stecke. Sie hat mich so lange unter Druck gesetzt, bis ich ihr verraten habe, dass ich die Drogen von meinem Bruder bekomme. Das Wissen hat ihr allerdings nicht gereicht, ich sollte meinen Bruder nach einem Rabatt fragen, wenn sie demnächst direkt über mich bestellt. Im Gegenzug hat sie mir versprochen, dass sie mich nicht verpfeift. Den hat er ihr auch gegeben, dafür bekomme *ich* keine Provision mehr. Jetzt frage ich mich, ob sie sich irgendwie direkt an ihn gewandt und er sie deshalb umgebracht hat. Vielleicht hatte er Angst, dass sie ihn an die Polizei verrät oder so.“

Bei den Erzählungen von Lara blieb Felix vor Verblüffung die Spucke weg. Eine Eliteschule, deren Schülerinnen ganz schön Dreck am Stecken hatten. Dagegen waren die Probleme, die er damals als Teenager gehabt hatte, ein Klacks. „Und ich dachte, ich wäre ein Hallodri gewesen, weil ich mit sechzehn Mathe geschwänzt und in den Pausen geraucht habe“, murmelte er.

Lara schien ihn nicht gehört zu haben. „Und dann verschwinden noch zwei weitere Mädchen, die bei meinem Bruder gekauft haben. Gestern habe ich ihn mit meiner Befürchtung konfrontiert, aber er hat geleugnet, dass er etwas damit zu hat, und mir außerdem gedroht. Ich würde ihm das so gern glauben, doch …“ Sie kämpfte wieder mit den Tränen. „Jetzt verstehen Sie bestimmt, warum ich nicht zur Polizei gehen kann. Als unser Lehrer heute Morgen erzählt hat, dass Sie privat ermitteln …“ Ihre Wangen nahmen eine dunkelrote Farbe an. „Ihren Namen kannte ich aus diesem Rosenkiller-Fall und da war ich mir sicher, dass ich bei Ihnen richtig bin.“ Sie zog die Nase hoch und blickte ihn mit glänzenden Augen an.

Felix stand auf und ging in die Küche, um ein Taschentuch zu holen, als sich die Tür von Natalies Zimmer öffnete. Seine Schwester kam zielstrebig die Treppe herunter und setzte sich auf seinen Platz.

„Ich kenne deine Stimme“, sagte sie.

Felix ließ vor Erstaunen beinahe die Packung Taschentücher fallen. Dass Natalie freiwillig mit Fremden sprach, kam so gut wie nie vor.

„Hallo“, sagte Lara verwirrt und schaute fragend in Felix’ Richtung.

Er reichte dem Mädchen die Packung und blickte auf Natalie hinab. „Natalie …“, fing er an, doch die beachtete ihn nicht. „Das ist meine Schwester“, erklärte er seiner Besucherin.

„Du machst diesen True-Crime-Podcast“, sagte Natalie zu Lara. Ihr war anzuhören, wie aufgeregt sie war. Daher wehte also der Wind. Diese Lara war offenbar im Internet bekannt.

Lara tupfte sich die Tränen von den Wangen. „Du hörst ihn?“

„Die Informationen sind gut recherchiert, und deine Stimme klingt sehr angenehm“, sagte Natalie.

„Ehrlich? Irgendwie komisch, eine Hörerin zu treffen. Sagt man das so? Ich bin ja nur ein ganz kleines Licht.“

„Man sagt eher Audience dazu, das ist Englisch für Hörerschaft, klingt aber besser, wie vieles, was mit dem Internet zu tun hat“, belehrte Natalie sie, und Felix war froh, dass sie keine etymologische Abhandlung über dieses Wort anhängte. „Mein Bruder hilft dir“, entschied sie unmittelbar danach.

„Natalie …“

Lara putzte sich die Nase. „Das würde mich sehr freuen“, sagte sie anschließend.

Felix warf Natalie einen todbringenden Blick zu, den sie ignorierte, und seufzte. „Ich sehe, was ich tun kann“, sagte er aus dem Bauch heraus. „Versprechen Sie sich aber nicht zu viel davon. Wenn Ihr Bruder wirklich schuldig sein sollte, werden Sie nicht drum herumkommen, ebenfalls mit der Polizei sprechen zu müssen.“

29. Kapitel

THERESA hielt sich immer in Richtung des schwachen Lichtscheins, der mit jedem Schritt heller wurde. Auf halbem Weg stoppte sie. Erst jetzt fiel ihr ein, dass sie überhaupt kein Handy hatte, um nach Hilfe zu rufen. Der Kerl hatte es ihr bei seinem ersten Besuch in dem dunklen Loch abgenommen, und so wie es geklungen hatte auch direkt zerstört. Hätte sie sicherheitshalber Vickys Taschen nach ihrem Telefon durchsuchen sollen? Sollte sie noch mal zurückgehen?

Sie drehte sich um und schaute in den dunklen Schlund des Ganges, den sie entlanggekommen war. Ihr Herz hämmerte gegen ihren Brustkorb, und ihre Kehle schnürte sich zu.

Nie im Leben!

Wenn er ihres weggenommen hatte, glaubte sie nicht, dass der Verrückte Vickys Handy vergessen hatte. Sie setzte ihren Weg fort, der feuchte Jeansstoff scheuerte auf ihrer Haut. Warme Luft wehte ihr entgegen. Gierig atmete sie ein, wurde schneller und stolperte zum Licht. Mittlerweile erkannte sie, dass sie wohl in einem alten Abwasserkanal festgehalten wurden. Deshalb die Feuchtigkeit und der fischige, gammelige Gestank.

Mit jedem Schritt, den sie sich dem Ausgang näherte, wuchs ihre Zuversicht, und gleichzeitig hatte sie unendliche Angst davor, dass jeden Moment die Silhouette des Irren vor ihr auftauchte. Dass er sie schnappte, zurück in den Raum schleppte und ihr zur Strafe unbeschreibliche Schmerzen zufügte.

Die Horrorvorstellung bewahrheitete sich nicht. Wenig später stand sie blinzelnd unter freiem Himmel. Das Licht der untergehenden Sonne blendete sie, sodass ihr Kopf anfing zu dröhnen und sie vor Schwindel fast auf die Knie gefallen wäre, doch es hatte sich noch nie in ihrem Leben etwas so gut angefühlt. Schweiß rann ihr über den Rücken. Ihr Durst war so übermächtig, dass sie meinte, verrückt werden zu müssen.

Rechts von ihr plätscherte Wasser. Der See. Egal, wie verschmutzt das Wasser daraus sein mochte, sie musste dorthin und trinken. Theresa stolperte über Steine, bahnte sich ihren Weg ans Ufer durch Dornengestrüpp und fiel auf die Knie, als sie endlich am Ziel war. Mit den Händen schöpfte sie sich Wasser in den Mund und schluckte.

Mit einem Mal hielt sie inne. An ihrem Ärmel entdeckte sie Blut. Viel Blut. Es musste von Vicky stammen. Sie bekam eine Gänsehaut. Der Anblick verdrängte ihre Freude darüber, entkommen zu sein.

Das kann sie doch nie und nimmer überlebt haben, schoss es Theresa durch den Kopf, aber sie schob den Gedanken zur Seite.

Das Bedürfnis, sich auszuziehen und alles aus dem schrecklichen Tunnel von sich abzuwaschen, war übermächtig, doch dafür blieb ihr keine Zeit. Was, wenn ihr Entführer in der Nähe war und sie beobachtete? Wenn er nur darauf wartete, dass sie einen dummen Fehler beging? Noch war sie nicht in Sicherheit, auch wenn sie ihrem Gefängnis entkommen war.

Jetzt musste sie ihre Kräfte sammeln und irgendwie Hilfe holen. Wenn sie noch immer am Starnberger See war, konnte die nächste Wohnsiedlung nicht so weit entfernt sein.

Hektisch trank sie noch mehr, um sich für den Weg zu stärken, und hörte erst auf, als ihr Magen mit einem stechenden Schmerz auf die ungewohnte Menge an Flüssigkeit reagierte.

Nachdem sich die Krämpfe verflüchtigt hatten, richtete sie sich auf und sah sich um. Vor ihr befand sich eine weite Strecke nichts als Wasser, irgendwo in der Ferne dahinter war ein Waldstück zu erkennen. Hektisch schaute sie in alle Richtungen. Wo zum Henker war sie? Sie drehte sich um die eigene Achse, und plötzlich wurde ihr bewusst, dass sie in der Falle saß. Der Kerl hatte sie auf die verdammte Roseninsel gebracht. Sie hatten mal einen Ausflug zur einzigen Insel im Starnberger See gemacht, und sie erkannte das kleine Stück Land nun wieder. In ihrem Zustand würde sie es niemals ans andere Ufer schaffen, dafür war sie zu geschwächt, davon abgesehen, dass sie ohnehin nicht besonders gut schwimmen konnte.

Entkräftet ließ sie sich auf den Boden sinken und schrie ihre Angst und ihren Frust hinaus, ohne Rücksicht darauf, ob sie jemand hören konnte. Als sie sich irgendwann kindisch vorkam, rappelte sie sich wieder hoch. Sie hatte es so weit geschafft, Aufgeben war jetzt keine Option. Vielleicht fand sie ja ein Boot oder etwas Ähnliches, womit sie von dieser verfluchten Insel entkommen konnte. Wenn sie hier einfach liegen blieb, lieferte sie sich dem Verrückten aus. Es war nur eine Frage der Zeit, bis er zurückkam, um mit ihr dasselbe zu machen, was er Vicky und auch Fabienne angetan hatte.

Mit neuem Elan kletterte sie über Äste und stapfte durch die Dornenbüsche, immer am Ufer entlang. Nach einer Weile hörte sie den Motor eines kleinen Bootes und trat aus dem Dickicht, um auf sich aufmerksam zu machen. Schnell besann sie sich jedoch eines Besseren. Was, wenn es der Verrückte war? Sie wusste nicht, wer sie entführt hatte, es konnte also gut sein, dass die vermeintliche Rettung ihr Verderben war.

Gerade rechtzeitig versteckte sie sich hinter einem Baum. Sie musste erst mal die Situation einschätzen. Die Person in dem Boot kam direkt auf sie zu, hatte sie aber wohl noch nicht entdeckt. Offenbar war es ein Angler, denn in der Dämmerung erkannte sie eine Angelrute, die über die Umrandung hinausragte. Nur die Tarnung des Irren, damit sich niemand wunderte, was er auf dem See machte? Dann bemerkte Theresa eine zweite Person in dem Boot. Eine Frau, wenn sie nicht alles täuschte. Sie konnte ihr Glück kaum fassen. Das war nicht der Verrückte, das waren wirklich einfach nur irgendwelche Leute, die sie hier wegbringen könnten.

Sie stürmte aus ihrem Versteck, wild winkend, doch das Boot drehte bereits ab. Theresa schrie und brüllte ihnen hinterher. Die Angler hörten sie nicht, fuhren einfach weiter.

„Nein, bitte“, rief Theresa ihnen heiser nach. „Lasst mich nicht hier zurück, sonst tötet er mich auch!“

30. Kapitel

ANNA starrte auf den Telefonhörer in ihrer Hand. Alles in ihr sträubte sich dagegen, das Gespräch mit von Baumer zu führen. Nach dem Termin bei der Staatsanwaltschaft hatte sie sich ein ausgiebiges Mittagessen gegönnt, mit einem Kaffee, der wohltemperiert war und geschmacklich ausgezeichnet. Anschließend hatte sie sich noch etwas mit Ruth beschäftigt, aber länger konnte sie sich nun wirklich nicht mehr drücken.

Sie wählte die Nummer und drückte auf Abheben. Das Freizeichen erklang.

„Geh weg! Geh weg!“, sagte Ruth, wobei sie auf und ab wippte.

„Ich werde es beherzigen“, murmelte Anna, als von Baumer gerade den Anruf entgegennahm.

„Na endlich“, blaffte er sie ohne Begrüßung an. „Wurde auch Zeit, dass Sie sich melden und wir eine Strategie ausarbeiten.“

Eine Strategie, das war es also für ihn. Ein Weg, wie er möglichst unbeschadet aus dieser Misere herauskam, in die er sich selbst manövriert hatte.

Jetzt werd nicht unfair. Genau das will wohl jeder, der sich aus irgendeinem Grund an einen Anwalt wendet. Diesen Menschen beratend zur Seite zu stehen und sie zu verteidigen, das ist dein Job.

Trotzdem fiel es Anna nicht leicht, ein unbefangenes Gespräch mit diesem Mann zu führen, nach dem, was sie gestern und heute Morgen über ihn erfahren hatte. Vielleicht hatte Feindt ja doch recht, dass sie einfach nicht für diesen Fachbereich gemacht war. Sie riss sich zusammen und lächelte, damit sie nicht allzu unhöflich klang. „Ich bin quasi gerade erst wieder in der Tür von der Akteneinsicht, Herr von Baumer. Selbstverständlich war es meine erste Amtshandlung, mich bei Ihnen zu melden.“

„Ah, wunderbar. Wenn man das in dem Zusammenhang so sagen kann.“ Er lachte. Als wäre diese Situation witzig für irgendeine der

Parteien. „Jedenfalls geht es wohl jetzt endlich voran. Was haben die Herrschaften von der Staatsanwaltschaft denn gegen mich in der Hand? Bin ich weiterhin verdächtig oder hat man mittlerweile einen anderen Sündenbock gefunden?“

Anna hatte sich wirklich vorgenommen, geduldig an dieses Gespräch heranzugehen, aber so langsam platzte ihr der Kragen. Dieser Kerl war so überheblich, dass man das kalte Grausen bekam. „Ihnen ist doch hoffentlich klar, dass es bei den Ermittlungen nicht darum geht, möglichst schnell irgendjemanden vor Gericht zu stellen, damit man einen Schuldigen hat, oder? Es geht darum, die Person zu finden, die Fabienne umgebracht und in den Starnberger See geworfen hat, den wahren Täter.“

„Ja, aber der bin ich nun mal nicht, und deshalb sehe ich mich als Sündenbock“, beharrte von Baumer auf seiner Position. „Als meine Anwältin sollten Sie in dieser Hinsicht mit mir auf einer Wellenlänge sein und mich nicht belehren.“

„Selbstverständlich“, presste Anna mit zusammengebissenen Zähnen heraus. Wenn er nicht belehrt werden wollte, dann brauchte er wohl eher keinen Anwalt. In ihr festigte sich immer mehr der Entschluss, die Zusammenarbeit mit ihm zu beenden. Dennoch wollte sie hören, was er zu Katalin Szabados und den Anschuldigungen von Familie Steiner zu sagen hatte. „Da Fabiennes technische Geräte konfisziert wurden, steht den Beamten der Chatverlauf zwischen Ihnen beiden zur Verfügung. Es gibt demnach wenig Interpretationsspielraum bezüglich Ihres Verhältnisses zueinander.“

„Schön, aber daraus kann man mir keinen Strick drehen. Wie ich Ihnen bereits sagte, haben wir uns ineinander verliebt. Alles, was zwischen uns passiert ist, geschah freiwillig. Sorgen Sie dennoch dafür, dass mein Name aus der Öffentlichkeit rausgehalten wird. Ich habe Frau und Kinder.“

Daran hättest du vielleicht denken sollen, bevor du mit Fabienne ins Bett gestiegen bist. Und mit Katalin. Und mit Jessica. „Ich werde mein Möglichstes geben, aber undichte Stellen bei der Polizei kann ich schwerlich stopfen.“

Von Baumer stöhnte auf. „Das ist ein Albtraum, ich sage es Ihnen. Sie können es sich kaum vorstellen. Bloß, weil eine Beziehung gesellschaftlich nicht akzeptiert ist, wird man gleich zum Mörder gemacht."

„Menschen aus dem näheren Umfeld von Opfern sind in der Regel die Ersten, die unter Verdacht stehen, ganz einfach, weil statistisch gesehen Tötungsdelikte am seltensten von völlig Fremden begangen werden. Zudem hatten Sie am Abend der Tat einen Streit mit dem Opfer."

„Ja, noch mal, Sie brauchen mich nicht zu belehren. Was gibt es noch?"

„Die Polizei hat wie gesagt den Chatverlauf. Fabienne erwähnte eine Katalin. Die Antworten darauf haben Sie wieder gelöscht. Was haben Sie ihr geschrieben?"

„Daran erinnere ich mich nicht. Das war vor einer Woche, ich bin doch keine Festplatte, die das alles abspeichert."

„Vielleicht fällt es Ihnen ja noch ein und auch der Grund, weshalb Sie Ihren Text zurückgezogen haben. Für die Kommissare wäre es sicher besser, hätten Sie eine harmlose Erklärung dafür." Anna fragte sich, warum sie dieses Arschloch überhaupt noch beriet, wenn sie das Mandat ohnehin abgeben wollte, aber die Worte kamen irgendwie automatisch aus ihr heraus. Sie war eben mit Leib und Seele Anwältin. „Um wen handelt es sich bei dieser Katalin? Zu Ihrer Erinnerung, Fabienne drohte Ihnen damit, Sie sollten besser aufpassen, dass mit ihr nicht dasselbe passiert wie mit Katalin."

„Als Beschuldigter habe ich das Recht zu schweigen, und das werde ich in diesem Fall in Anspruch nehmen."

„Ich bin aber Ihre Anwältin und nicht die Ermittlungsbehörde. Es wäre gut, wenn Sie zu mir offen wären."

Keine Erinnerung, dazu sage ich nichts. Wie unkooperativ wollte er eigentlich sein? Was glaubte er, wie Anna ihn verteidigen sollte, wenn er ihr nicht das Geringste an die Hand gab, mit dem sie arbeiten konnte? Wenn sie jedes Mal unvorbereitet mit neuen Erkenntnissen der Polizei umgehen musste?

Von Baumer blieb wie ein bockiger Teenager bei seiner Verweigerungshaltung. „Ich verzichte, danke. Wir sind nicht hier, um mein Leben auseinanderzunehmen."

Kein Wunder, dass er sich an viel zu junge Mädchen ranschmiss, eine reife und vernünftige Frau würde ihm vermutlich den Vogel zeigen.

„Genau das werden die Damen und Herren der Mordkommission aber tun. Um nicht zu sagen, dass sie es längst haben. In der Akte befinden sich nämlich Informationen zu Katalin Szabados. Sie war im letzten Jahr bei Ihnen als Au-pair und verschwand vor dem Ablauf der Vertragszeit spurlos."

„Wenn Sie schon alles wissen, warum befragen Sie mich dann dazu? Die Ermittlungen waren nicht gegen mich gerichtet und wurden zudem eingestellt, ich sehe nicht, inwiefern das für den Mord an Fabienne relevant ist."

Anna musste sich zurückhalten, nicht laut loszulachen. Wer sollte ihm denn abnehmen, dass er wirklich ein so naiver Dummkopf war, wie er hier zu sein vorgab?

„Nur weil die Akten einmal ins Archiv gewandert sind, heißt das nicht, dass sie nicht wieder hervorgeholt werden. Eine junge Frau, die mit Ihnen verbunden war, verschwindet spurlos, ein knappes Jahr später passiert das wieder, dieses Mal gibt es eine Leiche. Das Opfer hat sich zuvor in einer Konversation mit Ihnen explizit auf die verschwundene Frau bezogen. Sehen Sie da wirklich keinen Zusammenhang?"

„Halten Sie mich für schuldig, oder was wollen Sie damit andeuten?"

„Das ist nicht meine Meinung, Herr von Baumer, das wird die Kripo exakt so sehen. Bis heute konnte Katalin Szabados nicht aufgefunden werden, sie hat nicht mal ihre Empfehlungsschreiben bei der Agentur abgeholt. Die Vermutung, dass auch sie tot ist, scheint da nicht so weit hergeholt."

Von Baumer schwieg einen Moment, er schien nachzudenken. „Und wie gehen wir jetzt am besten vor?", fragte er dann etwas kleinlauter.

„Wir sollten damit anfangen, dass Sie mir die Wahrheit sagen. Worauf hat Fabienne angespielt? Was ist mit Katalin Szabados geschehen?"

Wieder Stille am anderen Ende der Leitung, dieses Mal länger. „Es geht ihr gut."

„Woher wissen Sie das? Sie gilt weiterhin als vermisst."

„Weil sie sich hin und wieder bei mir meldet."

Anna glaubte ihm kein Wort. „Sie wissen also, wo sie ist? Warum informieren Sie dann nicht die Polizei?"

„Das geht nicht." Keine weitere Erklärung. Dieser eingebildete Kerl trieb sie in den Wahnsinn.

„Herr von Baumer, die Polizei wird davon ausgehen, dass Frau Szabados dasselbe Schicksal ereilt hat wie Fabienne. Wenn Sie diese Annahme widerlegen können, sollten Sie das tun."

„Kommt nicht infrage. Ich habe viel Geld bezahlt, damit die Geschichte geheim bleibt." Das bockige Kind war zurück, sie konnte geradezu vor sich sehen, wie er mit verschränkten Armen dasaß und mit dem Fuß aufstampfte.

„Verraten Sie dann zumindest mir, was passiert ist?"

„Na schön, wenn Sie darauf bestehen. Katalin hatte sich in mich verliebt. Ständig rückte sie mir auf die Pelle, trug besonders knappe Bikinis an unserem Pool, legte sich aufreizend hin. Irgendwann wurde ich schwach und habe mit ihr … wir hatten Sex."

„Doktor Lasko, Doktor Lasko, Notaufnahme", krächzte Ruth. In die Notaufnahme müsste Anna auch bald, wenn das so weiterging, allerdings eher in die der psychiatrischen Abteilung.

„Wie bitte?", fragte von Baumer.

„Nichts, das war mein Papagei. Fahren Sie bitte fort", sagte Anna, obwohl sie eigentlich keine Lust hatte, sich diesen Schwachsinn weiter anzuhören. „Wie kam es dazu, dass sie so plötzlich verschwunden ist, wenn alles von ihr ausging?"

„Sie spielen ja schon wieder Polizei. Aber bitte, wenn Sie mich dann damit in Frieden lassen. Katalin hatte es offenbar nur darauf abgesehen, mich ins Bett zu kriegen. Danach drohte sie mir, alles meiner Frau zu erzählen. Ich habe ihr Geld geboten, sehr viel Geld. Als sie das in den Fingern hatte, ist sie abgehauen. Sie lebt heute am Goldstrand. Hat sich dort von meinem Schweigegeld ein Haus mit Gästezimmern gekauft. Wenn Sie mir nicht glauben, leite ich Ihnen gern das letzte Foto von ihr weiter."

„Nicht nötig“, lehnte Anna ab. Selbst wenn die junge Frau noch lebte, änderte das nichts daran, dass ihre Vermutung zutraf. Nie und nimmer hatte das Au-pair von Baumer ins Bett gelockt, um ihn anschließend zu erpressen. Viel eher war er ein alter, reicher Mann, der seine Grenzen nicht kannte und sich gern mit viel zu jungen Frauen vergnügte. „Fabienne wusste von der Affäre?“, fragte sie.

„Um Himmels willen, nein. Da unsere Familien befreundet sind und ich ein guter Kunde ihres Vaters bin, hat sie damals mitbekommen, dass Katalin verschwunden ist und die Polizei bei uns war. Darauf hat sie angespielt, deshalb dachte ich erst, dass sie sich irgendwo versteckt, um mir Angst zu machen.“

„Gab es neben Katalin und Fabienne weitere junge Frauen, zu denen Sie sexuellen Kontakt hatten? Wenn dem so ist, sagen Sie es mir besser, dann sind wir vorbereitet, sollte während der Ermittlungen noch etwas zutage kommen.“ Anna wollte testen, ob er ihr zumindest jetzt die volle Wahrheit sagte.

„Nein, keine. Ich sagte doch schon, Fabienne und ich waren wirklich verliebt. Bei Katalin war das anders, sie hat mich verführt. Ein Mann kann eben nicht aus seiner Haut.“

„Was ist mit Jessica Steiner?“

Von Baumer verschluckte sich. „Wie bitte?“

„Sie haben schon verstanden. Gegen Sie lag vor zwei Jahren eine Anzeige wegen eines Sexualdeliktes vor. Die Staatsanwaltschaft nahm keine Ermittlungen auf, weil Jessica ausgesagt hat, dass nichts gegen ihren Willen geschehen ist, aber es zeichnet sich doch ein gewisses Muster ab.“ Sie hatte nun keine Geduld mehr, behutsam mit diesem Mistkerl umzugehen.

„Dieses kleine Flittchen. Ich dachte nicht, dass das überhaupt in den Akten ist, wenn sich dabei nichts ergeben hat. Ich wurde ja nicht mal befragt, nur von Jessica wusste ich, dass ihre Eltern bei der Polizei waren. Dabei haben sie das Geld dankend angenommen und mich dann doch noch angezeigt. Nicht zu fassen, wie gierig diese Menschen sind.“

Und wieder ging es um Geld. Für von Baumer offenbar ein adäquates Mittel, um sich von aller Schuld reinzuwaschen. Nur bei Fabienne hatte das wohl nicht funktioniert, weil sie selbst genug davon hatte. Darum musste sie sterben, nachdem sie nicht wie die anderen Mädchen ruhigzustellen war. „Und deshalb verschweigen Sie es, weil Sie nicht geglaubt haben, dass ich davon wüsste."

„Korrekt. Mein Privatleben geht Sie nur insofern etwas an, wie es für die Verteidigung relevant ist."

Anna schüttelte den Kopf. Sie hatte genug. „Herr von Baumer, ich glaube, es ergibt wenig Sinn, wenn ich Sie weiterhin vertrete. Suchen Sie sich lieber einen Anwalt, dem Sie vertrauen und zu dem Sie offen sein können. Nur so kann Ihnen geholfen werden."

„Soll das heißen …"

„Guten Tag." Anna warf das Telefon auf den Tisch. Sie fühlte sich erleichtert. Das war die absolut richtige Entscheidung gewesen, ob von Baumer nun ein Mörder war oder nicht. Jetzt musste sie nur noch Felix informieren, dass er seine Ermittlungen einstellen konnte. Natalie war sicher enttäuscht, aber Anna war froh, nichts mehr mit dem Fall zu tun zu haben.

31. Kapitel

DA für den Abend kein weiterer Regen vorausgesagt war, hatte Felix sich für die Vespa entschieden. Wie von Lara vorgeschlagen, wollte er etwa gegen halb zehn bei „Joe's Laden“ aufschlagen, weil dann sehr wahrscheinlich keine Kundschaft mehr da wäre und ihr Bruder Zeit hätte, zu reden.

Trotz der Uhrzeit dauerte die Fahrt länger, als Felix erwartet hatte. Etliche Baustellen führten ihn über Umleitungen schließlich ins Industriegebiet, in dem Laras Bruder seinen Laden hatte. Felix musste bei den Einbiegungen zu den Parkplätzen höllisch aufpassen, denn die Leute, die nach der Spätschicht auf dem Weg in den Feierabend waren, achteten nicht sonderlich auf den Verkehr.

Als er endlich am Laden ankam, war er unter seiner Lederjacke nass geschwitzt und die Haare klebten ihm in Gesicht und Nacken. Was würde er jetzt für einen Sprung in den Eisbach geben und anschließend ein kühles Weißbier im Englischen Garten!

Felix schlenderte über den schmalen Kiesweg zu Joe's Laden. Amüsiert betrachtete er das Schild, das über dem chaotisch bestückten Schaufenster hing. Der Aufschrift zufolge wurde hier von Wasserpfeifen über kreative Geschenke und erlesenen Wein bis zu Haushalts- und Dekoartikeln alles und nichts verkauft. Ein typischer Geldwäscherladen.

„Heute im Angebot: supertolles Koks direkt aus Kolumbien mit nur ein bisschen Blutzoll“, murmelte Felix und betrat den Verkaufsraum um zehn vor zehn.

Ein schlaksiger Typ mit zerrissenen Jeans und fettigen Haaren schaute ihn verwundert an. Offenbar hatte Joe aka Johannes, wie Lara ihm verraten hatte, um diese Zeit nicht mehr mit Kundschaft gerechnet. Wenn er denn überhaupt jemals welche hatte, was Felix angesichts der Auslage in den Regalen zu bezweifeln wagte.

„Suchen Sie was Bestimmtes?“, fragte Joe sichtlich misstrauisch.

„Kann man so sagen.“ Felix ging zum Tresen und stützte sich mit dem Ellenbogen ab. Verschwörerisch lehnte er sich nach vorn, um Joes Reaktion genau zu beobachten. Hinter ihm entdeckte er einen Karton Glückskekse. Besonders gut versteckte er die Verpackung seiner Nebeneinkünfte nicht gerade. „Vicky und Theresa haben mich geschickt.“

Joe verzog keine Miene. „Sagt mir nix.“

„Gehören zum Dunstkreis von Fabienne.“ Innerlich schlug sich Felix vor die Stirn. Wer zum Teufel, der auf der Suche nach Koks war, sagte solche verstockten Worte wie Dunstkreis? Wobei … Kokain war eine Droge, die sich durch alle Gesellschaftsschichten zog. Auch Ärzte und reiche Bänker putschten sich damit auf. Allerdings sah er in seiner Lederjacke und mit den verschwitzten Haaren nicht gerade so aus, als würde er zur Oberschicht gehören.

Joe schien nichts von alledem durch den Kopf zu gehen. „Kenn ich auch nicht“, sagte er gelassen.

„Nicht? Bestimmt haben Sie doch in der Zeitung von ihr gelesen.“ *Klar, als würde ein Typ wie Joe eine Zeitung in die Hand nehmen.* „Ist heute vor genau einer Woche am Starnberger See umgebracht worden.“

„Und was geht mich das an?“ Seine Fassade bröckelte, die Augenbrauen hatten ein wenig gezuckt. Felix musste nur dranbleiben, dieser Klappspaten war sicherlich leicht zu knacken.

„Vielleicht nichts. Vielleicht haben Sie aber auch nur Glück, dass in Fabiennes Tasche kein Tütchen davon gefunden wurde.“ Felix nickte in Richtung der Glückskekse.

Der Zug um Joes Mundwinkel verhärtete sich. „Was wollen Sie damit andeuten? Und wer sind Sie überhaupt?“

„Felix Hertzlich, Privatermittler.“

Joe blickte nach links und rechts und trat einen Schritt zurück.

„Ich habe nur ein paar Fragen zum Tod von Fabienne Lindner“, sagte Felix.

Mit vorgerecktem Kinn starrte er Felix feindselig an.

Felix seufzte und hob die Hände. „Hören Sie, ich bin nicht von der Polizei, aber ich ermittle in dem Fall privat für einen Mandanten, und Ihr Name ist bei meinen Nachforschungen aufgetaucht.“

Joe ballte die Hände zu Fäusten. Dann schnaubte er. „Kommen Sie mit.“

Wohin? Zum Fahrstuhl? Felix folgte Joe hinter die Theke durch eine Tür in eine winzige Kammer, worin ein Tisch und ein wackeliges Regal mit Ordnern standen. Den Raum dazwischen nahm ein uralter Drucker ein. Joe deutete auf ein paar leere Bierkästen und setzte sich hinter den Tisch.

„Woher haben Sie diese Informationen? Die Geschäfte laufen anonym“, sagte Joe. Mittlerweile war ihm seine Anspannung deutlich anzusehen.

„Und doch hat Fabienne herausgefunden, dass Sie hinter der Seite im Darknet stecken.“ Felix würde sich hüten, Lara zu verraten.

„Ja, aber nur, weil … Wegen so einem Miststück eben, das für mich die Botengänge erledigt und das nicht richtig aufgepasst hat.“ Anscheinend wollte auch Joe seine Schwester nicht verraten, was ihn irgendwie ehrte, auch wenn er gewiss ein Arschloch vor dem Herrn war. „Gesungen hat diese Fabienne aber nicht, sondern es für sich behalten. Das war der Deal dafür, dass sie einen kleinen Rabatt bekommt.“

„Nun, das ist die Info, die Sie bekommen haben. Tatsache ist, dass sie natürlich mit ihren Freundinnen darüber gesprochen hat, auch digital. Sie war ein Teenager, was glauben Sie denn? Dass die alles für sich behalten?“ Das stimmte zwar nicht, war jedoch eine gute Ausrede, um von Lara als Petze abzulenken.

Joe runzelte die Stirn und nickte. „Da die Polizei nicht hier ist, gehe ich davon aus, dass die es nicht wissen.“

„Bislang nicht, nein. Allerdings ist es durchaus möglich, dass die Blitzmerker noch die Augen aufmachen und die Spuren so interpretieren wie ich.“ Felix rutschte auf den Kisten hin und her. Sein Rücken schmerzte, da er sich nicht anlehnen konnte, und die Luft war stickig, weil das kleine Fenster nicht ausreichend für Belüftung sorgte. „Zwei weitere Mädchen aus der Schule werden vermisst, und sie haben ebenfalls bei Ihnen gekauft. Beide waren gut mit Fabienne

Lindner befreundet. Es ist meiner Meinung nach eine Frage der Zeit, bis man auf Sie kommt."

„Das alles hat doch aber nix mit mir zu tun, und dass sie auch bei mir eingekauft haben, wusste ich nicht. Wie gesagt, das läuft alles anonym. Was genau wollen Sie jetzt von mir? Mich warnen sicher nicht."

Eigentlich vor allem deine Reaktion darauf sehen, wenn ich dich damit konfrontiere, dachte Felix. Auf ihn wirkte Joe zwar nervös, aber doch nicht so fahrig, als würde er befürchten, dass er jeden Augenblick als Mörder enttarnt wurde. Was noch nichts heißen musste, gerade im Bereich der Rauschgiftkriminalität gab es durchaus abgebrühte Typen. „Ich wollte mit Ihnen reden und prüfen, ob Sie ein Motiv haben."

„Was für ein Motiv sollte das sein?"

„Beispielsweise, dass Fabienne einen noch höheren Rabatt wollte. Oder haben sich ihre Freundinnen an Sie gewandt, weil sie ihnen von Ihrem Laden erzählt hat? Sie haben sie daraufhin zur Rede gestellt und die Situation ist eskaliert …"

Joe lachte schnaufend. „Ganz bestimmt nicht."

„Wo waren Sie denn am Freitagabend?"

„Geht Sie einen Scheißdreck an."

Felix schüttelte den Kopf. „Sie haben es nicht verstanden, oder? Momentan will ich Sie für meine weiteren Ermittlungen einfach als Täter ausschließen. Das gehört nun mal dazu, wenn man einen Mörder sucht. Dafür brauche ich aber die Wahrheit. Wenn Fabienne mal bei Ihnen im Laden war oder Sie am Freitag persönlichen Kontakt zu ihr hatten, dann sagen Sie es mir. Ich werde Sie nicht verhaften und auch nicht an die Polizei verraten, aber ich muss rekonstruieren, was mit Fabienne passiert sein könnte und wo die beiden anderen Mädchen stecken." Was so nicht hundertprozentig stimmte. Sobald Felix einen dringenden Verdacht hatte, wer hinter dem Mord an Fabienne steckte, würde er das sehr wohl Steffen mitteilen.

„Dabei kann ich Ihnen nicht helfen."

„Sie hatten also keinen persönlichen Kontakt zu Fabienne Lindner?"

„Nicht letzten Freitag."

„Aber irgendwann davor?"

„Schon.“ Joe zuckte mit den Schultern.

„Also schön. Ist Ihnen in letzter Zeit etwas an ihr aufgefallen? Hat sie sich merkwürdig verhalten oder so etwas?“

„Woher soll ich denn wissen, was bei ihr merkwürdig ist? Wir haben uns zweimal hier im Laden gesehen, mehr nicht. Ansonsten hat sie mit meiner Lieferantin zu tun gehabt.“

Felix verkniff sich die Bemerkung, dass Joe den Begriff Lieferant in diesem Zusammenhang falsch benutzte. Lara war wohl eher so etwas wie sein Laufbursche, oder aber, wenn man es nett formulieren wollte, sein Kurier.

„Eine Sache würde mir vielleicht schon einfallen.“

Felix lehnte sich interessiert nach vorn und stützte sich auf seinen Knien ab. „Und die wäre?“

„Na ja, ob das merkwürdig genug ist, müssen Sie dann entscheiden, aber in letzter Zeit hat Fabienne immer weniger bestellt. Nicht mehr jedes Wochenende wie davor.“

„Sie meinen, dass sie ihren Konsum reduziert hat?“ Felix konnte sich nicht vorstellen, inwiefern das etwas mit ihrem Tod zu tun haben sollte. Brachten sich Drogenabhängige gegenseitig um, wenn einer von ihnen von dem Zeug loskommen wollte?

„Kann schon sein. Kann aber auch ganz anders gewesen sein“, gab Joe sich geheimnisvoll.

„Inwiefern?“

„Ich hab vier Kunden im Internat.“ Er machte eine bedeutungsschwangere Pause, die Felix für eine Rückfrage nutzte.

„Wenn die Bestellungen anonym laufen, woher wissen Sie, dass sie aus dem Internat erfolgen?“

„Weil ich dort ein Depot habe, wo das Zeug hingeliefert wird. Ist ja auch egal. Bei Fabienne jedenfalls wusste ich, wenn eine Bestellung von ihr kam, weil es bei ihr ja den Rabatt gab. Dafür haben wir einen Code ausgemacht, den sie im Kommentarfeld angibt. Seit einiger Zeit wurde das wie gesagt weniger. Dafür hat ein anderer Account plötzlich immer mehr bestellt. Genau dieser Account hat letztens außerdem Fentanyl bei mir geordert, und zwar zu einem anderen Depot. Das ist ein …“

„Ich weiß, dass Fentanyl ein starkes Betäubungsmittel ist, das einen völlig ausknocken kann. Wann war das?“, fragte Felix.

„Am Dienstag.“

Ganz kurz, bevor Victoria und Theresa verschwunden sind, dachte Felix. Er war wie elektrisiert. Jetzt kam er dem Täter auf die Spur. Oder der Täterin, denn momentan sah es ganz danach aus, als könnte es sich um eine Mitschülerin handeln. Hatte Lara nicht davon erzählt, dass sie im Internat gemobbt wurde? War sie womöglich nicht die Einzige, der es so erging, und eines der anderen Opfer hatte beschlossen, sich auf fatale Weise zu wehren?

„Wer ist die vierte Person, die bei Ihnen ins Internat geordert hat?“

„Ich hab doch gesagt, dass ich keine Namen habe.“ Joe schnaufte genervt.

„Und woher wissen Sie dann, dass eben diese Person das Fentanyl zu einem anderen Depot, wie Sie es nennen, bestellt hat?“

„Weil die eine Kundennummer von mir bekommen, damit ich die Zahlungen zuordnen kann. Bin doch kein Anfänger. Und bevor Sie fragen, ich kann es nicht zurückverfolgen, das läuft über Kryptowährungen.“

„Wohin ging die Fentanyl-Lieferung? In welches Viertel? Wo werden die Drogen dort deponiert, und wer bringt sie für Sie dorthin?“ *Nicht zu viele Fragen auf einmal stellen,* rief Felix sich zur Vernunft. Vor allem nicht bei einer Hohlbirne wie diesem Joe, der war bestimmt schnell überfordert.

„Nach Gräfelfing. Da gibts in der Nähe der Autobahn so einen großen Trachtenladen, auf dem Parkplatz deponieren wir das immer. Wie es verpackt ist, wissen Sie ja schon. Die Glückskekse sind mein Erkennungszeichen.“ Er nickte sichtlich stolz auf diese in seinen Augen offenbar hervorragende Idee, die Rauschmittel zu verpacken. „Meine Lieferanten werd ich bestimmt nicht verpfeifen, damit Sie am Ende da auch noch vor der Tür stehen. Wars das jetzt mit diesem Frage-und-Antwort-Spiel? Ich hab zu tun.“

Damit zu tun, Drogen an minderjährige Mädchen zu verkaufen, dachte Felix verächtlich und stand auf. Und einem potenziellen Mörder oder einer Mörderin dazu zu verhelfen, seine nächsten Opfer bewusstlos zu machen. Felix glaubte nicht daran, dass dieses starke

Betäubungsmittel rein zufällig ausgerechnet kurz vor der Entführung von Victoria und Theresa bestellt worden war. Wenn er den zur Bestellung zugehörigen Kunden fand, hatte er auch seinen Täter.

Würde er nicht Lara mit in die Scheiße reiten, hätte er nicht wenig Lust, Joe eine Hausdurchsuchung zu bescheren, ob er nun als Mörder von Fabienne infrage kam oder nicht. *Apropos* ... „Haben Sie eigentlich ein Alibi für vergangenen Freitagabend?"

„Ja, ich war hier und hab meine Geschäfte erledigt bis spät in die Nacht. Meine Lieferanten könnten das bezeugen, aber wie gesagt, solange ich nicht angeklagt bin, werd ich da keine Namen nennen." Joe stand ebenfalls auf, umrundete den Tisch und schob Felix vor sich her.

„Wenn Ihnen noch etwas einfällt, was Sie mir sagen möchten …"

„Ja ja, Sie reden ja schon wie ein Bulle daher."

Sie waren an der Ladentür angekommen, und Felix trat nach draußen.

„Ach. Eine Sache noch, Herr Detektiv." Joe baute sich vor Felix auf und schaute ihn bedrohlich an, was bei seiner Statur eher etwas Lächerliches hatte. „Sagen Sie meiner Schwester, wenn Sie sie das nächste Mal sehen, dass ich nicht so blöd bin, wie sie vielleicht glaubt." Damit trat er zurück in den Laden und schlug Felix die Tür vor der Nase zu, bevor dieser etwas erwidern konnte.

„Scheiße", murmelte Felix in sich hinein. Dabei hatte er Lara nicht mal erwähnt. Hoffentlich ließ ihr Bruder jetzt nicht seine Wut an ihr aus.

32. Kapitel

BEIM nächsten Mal, als ich vor dem Eingang zu dem Tunnel stehe, fühle ich mich nicht mehr ganz so zuversichtlich, dass die beiden auspacken werden. Ich habe nicht damit gerechnet, dass sie so standhaft bleiben, und ich weiß nicht, ob ich das bei all den Schmerzen zustande gebracht hätte. Vielleicht habe ich ja Glück, und jetzt, wo sie wissen, was sie erwartet, sind sie vor lauter Angst doch bereit zu reden. Irgendwann muss auch der stärkste Wille brechen.

Damit ich nicht einknicke und meine weiche Seite zum Vorschein kommt, genehmige ich mir etwas Energy-Pulver. Wenn das hier alles vorbei ist, werde ich aufhören mit dem Zeug oder es mir zumindest nur noch am Wochenende reinfahren. Das rede ich mir jedenfalls in diesem Moment ein. Im Endeffekt ist mir klar, dass ich mir da etwas vormache. Es ist ähnlich wie mit dem Alkohol. Hat man einen Kater, will man nie mehr einen Schluck trinken, und dann bei nächstbester Gelegenheit säuft man doch wieder, und vergessen ist der Tag, an dem es einem schlecht ging.

Das Pulver entfaltet seine erhoffte Wirkung, die Zweifel sind wie weggeblasen. Klar werde ich sie zum Reden bringen, ich darf dieses Mal nur nicht so zimperlich sein wie letzte Nacht. Man kann nicht immer wieder denselben Versuch starten und auf ein anderes Ergebnis hoffen, wenn man nicht eine der Variablen verändert. Anstelle des Hammers sollte ich heute vielleicht lieber die Zange benutzen und ein paar Fingernägel ziehen, oder ich verpasse ihnen mit dem Schraubenzieher ein neues Piercing. Dann singen sie bestimmt wie Vögelchen. Oder aber sie machen sofort den Mund auf, und ich kann mir die ganze Gewaltorgie sparen. Wir werden sehen.

Im Tunnel habe ich allerdings schon nach ein paar Metern das Gefühl, dass etwas nicht stimmt. Je tiefer ich vordringe, desto stärker wird das ungute Gefühl. Es wird untermauert von einem süßlichen Geruch, der frisch und intensiv riecht. Ich weiß, was das ist. Blut.

Habe ich doch zu fest zugeschlagen? War Vickys Ohnmacht gar nicht gespielt? Vor dem Wartungsraum ist das Summen von Fliegen zu hören, und als ich ihn betrete, muss ich sie mit den Händen von meinem Gesicht wedeln.

Das Licht der Taschenlampe offenbart, was passiert ist. Um Vickys Kopf herum hat sich eine riesige Blutlache gebildet. Ihre Hände liegen schlaff neben ihr im Wasser, und etliche Fliegen tummeln sich auf dem Sack über ihrem Gesicht. Wie die wohl so schnell hier reingefunden haben? Der Geruch von Tod lässt sie völlig durchdrehen.

Ich merke, wie mein Mageninhalt meine Speiseröhre heraufsteigt, und drehe mich zur Seite. Die Kotze spucke ich auf den Boden. Dann fällt mir etwas auf, und ich bin alarmiert. Theresa hat noch keinen Mucks von sich gegeben. Sofort lasse ich den Lichtstrahl auf ihren Platz wandern.

Leer! In der Pfütze ihrer Pisse liegt der Sack, daneben die Ketten, aber von der Trägerin keine Spur. Sie ist geflohen.

Scheiße! Wie zum Teufel hat sie das angestellt? Das kann doch nicht wahr sein! Muss denn alles schiefgehen, was nur schiefgehen kann? Was soll ich jetzt nur tun? Die Polizei anrufen und mich stellen? Mich mit den Ketten erhängen? Mir mit dem Schraubenzieher die Pulsadern aufritzen, weil mein Leben jetzt endgültig am Arsch ist?

Nach dem kurzen Panikanfall funktioniert mein Gehirn wieder, und ich sehe klarer. Wir befinden uns auf einer Insel. Wie weit soll sie schon gekommen sein? Sie wird es wohl kaum gewagt haben, in ihrem Zustand mit gebrochenem Finger ins Wasser zu gehen und zu schwimmen. Wie hoch ist die Wahrscheinlichkeit, dass sie es ans andere Ufer geschafft hat? Nein, sie hat es erst gar nicht versucht, das spüre ich.

Ich wende mich um und verlasse eilig den Tunnel. Der Himmel ist bedeckt und die Nacht stockfinster. Keine guten Bedingungen, um das Gebiet abzusuchen, aber Herausforderungen sind dafür da, gemeistert zu werden. Ich sollte es als Spiel sehen, bei dem klar ist, dass ich gewinne.

Es ist nicht mal sonderlich warm, dennoch läuft mir der Schweiß in Strömen vom Körper, da die Luft heute steht und es so stickig wie in einem Backofen ist. Ich schaue mich planlos um, bin völlig übermüdet.

Aus dem Grund lege ich mir eine weitere Line meines Energy-Pulvers auf das Handydisplay und ziehe das weiße Pulver in die Nase. Meinen Verstand habe ich vermutlich noch nie so sehr gebraucht wie in diesem Augenblick.

Ich richte die Taschenlampe auf den Boden. Natürlich habe ich vom Fährtenlesen keine Ahnung, aber ich hoffe, dass Theresa bei ihrer Flucht irgendwo deutliche Spuren hinterlassen hat. Ich hätte im Tunnel nachsehen sollen, ob sie sich da in einer dunklen Ecke versteckt. Aber wie hätte sie die finden sollen, im Gegensatz zu mir hat sie kein Licht, und bestimmt hat ihr Fluchtinstinkt sie nach draußen getrieben, anstatt sie drinnen auf mich warten zu lassen.

Langsam gehe ich los, den Blick auf den Boden gerichtet. Ich achte auf Zweige, Gras, das platt gedrückt ist, eventuell Blut. Die Blätter der Sträucher rascheln, wenn ich daran vorbeigehe, die Wellen schlagen ans Ufer. Zu viele Geräusche, ich kann mich gar nicht konzentrieren. Auf meiner Suche werde ich von Dornen zerkratzt und von Mücken attackiert. Irgendwann dämmert der Morgen, so lange suche ich schon.

Bis jetzt habe ich keine Spuren entdeckt, es wirkt, als sei hier länger niemand mehr langgelaufen. In der Ferne entdecke ich ein Boot, irgendein verdammter Frühaufsteher, der angeln geht. Klebriger Schweiß rinnt meinen Nacken hinab. Ein hervorragendes Lockmittel für Mücken, die sich auf mich stürzen und mich stechen. Egal. Alles ist egal, wenn ich sie nicht aufstöbere. Ich muss sie finden.

33. Kapitel

THERESA streckte sich ausgiebig. Etwas kitzelte sie am Ohr. Mit geschlossenen Augen griff sie danach, um es zu entfernen. Was war das? Ein Grashalm oder so? Wie kam der denn an ihr Ohr? Plötzlich erinnerte sie sich. Sie war auf der Suche nach einem Fluchtweg gewesen und hatte sich kurz ausruhen wollen. Dabei musste sie eingenickt sein. Die Schläfrigkeit war wie weggeblasen, und sie setzte sich auf.

Scheiße!

Noch immer war sie auf dieser gottverlassenen Insel. Das war kein Traum, sie war noch immer auf der Flucht vor dem Kerl, der Vicky …

Sie wagte es nicht, den Gedanken zu Ende zu führen. Solange man es nicht aussprach, war es nicht endgültig, da konnte man noch hoffen. Wobei Theresa ganz genau wusste, dass es nicht mehr viel zu hoffen gab, nachdem sie das Blut gesehen hatte, das überall an ihr klebte. Obwohl sie sich ausgiebig im Seewasser gesäubert hatte, sah man weiterhin dunkle Ränder unter ihren Fingernägeln und die Flecken auf ihrer Kleidung. Es wurde Zeit, dass sie hier wegkam, wenn sie nicht wollte, dass ihr dasselbe passierte.

Wie lange sie wohl geschlafen hatte? Es war noch dunkel, nur am Horizont entdeckte sie einen schmalen Lichtstreifen. Es schien früh am Morgen zu sein, die Luft war kühl und dunstig. Wenn sie nicht gerade 24 Stunden hier im Schilf gelegen hatte, war sie wohl für nicht mehr als ein Powernap eingeschlafen, denn als sie sich zum Ausruhen hingelegt hatte, hatten bereits die ersten Vögel angefangen zu zwitschern.

Sie rappelte sich hoch. Jeder Muskel in ihrem Körper sendete Schmerzsignale aus. Ihr Unterleib brannte wie Feuer, vermutlich hatte sie sich eine Blasenentzündung eingefangen. Die Stunden oder Tage auf dem feuchten Betonboden des Abflussrohrs verlangten ihren Tribut.

Vorsichtig wankte sie in Richtung Ufer. Weit draußen waren einige Segelboote zu sehen. Ob die wohl zur Regatta gehörten? Nein, eher nicht, die Teilnehmer setzten erst am späten Vormittag die Segel. Vielleicht waren die Boote ein Teil einer privaten Suchaktion, wie es sie für Fabienne gegeben hatte. Und wo war überhaupt die Polizei mit Hubschraubern und Wärmebildkameras und Suchhunden? Fabienne war tot, Vicky und sie verschwunden. Mindestens einen Tag war sie hier festgehalten worden, dem Loch in ihrem Magen nach zu urteilen sogar länger. Man musste sie doch finden, verdammt!

Dann fiel ihr ein, dass eigentlich niemand einen Grund hatte, ausgerechnet hier nach ihnen zu suchen. Vicky und sie hatten sich heimlich aus dem Internat gestohlen, niemand außer Fabienne wusste von ihrem Treffpunkt an der Wetterhütte, und selbst wenn, würde man eher den Wald dort absuchen und nicht ausgerechnet den Bereich um die Roseninsel, zu der es vom Internat aus ein ganzes Stück Strecke war. Auf ein Polizeiaufgebot oder eine Horde Freiwilliger brauchte sie also schon mal nicht zu hoffen.

Aber was sollte sie dann tun? Schwimmen? Sie schaute in die Richtung, in der die Entfernung bis zum Festland ihr am geringsten erschien. Wie weit mochte das sein? Vielleicht 500 Meter? Das waren 20 Bahnen im Schwimmbecken des Internats. Dafür brauchte sie normalerweise um die 14 Minuten. Allerdings im Badeanzug, nicht in Klamotten und nicht ausgehungert, sondern im normalen Zustand. Außerdem herrschten im Schwimmbad andere Bedingungen als hier im See. Sie hatte keine Ahnung, ob es irgendwelche Strömungen gab, die sie noch weiter raus ziehen würden. Dann würde sie jämmerlich ertrinken.

Alles ist besser, als auf dieser Insel festzusitzen und darauf zu warten, dass dieser Irre dich findet und zu Tode foltert.

Die Entscheidung war gefallen. Theresa machte sich auf den Weg. Nach ein paar Schritten blieb sie wie angewurzelt stehen. Da war doch gerade eine Bewegung gewesen, nur ein paar Meter von ihr entfernt.

Sie starrte in die Büsche. Gab es hier eigentlich Tiere? Rehe? Bestimmt nicht. Die Insel war zwar jetzt nicht gerade ein Fels im Wasser, aber sicher auch nicht groß genug für ein Rudel Rehe.

Ein Knacken, Blätterrascheln. Da war doch jemand! Der Irre! Er hatte sie gefunden.

»Renn!«, schrie ihr Instinkt.

»Wohin denn?«, fragte ihr Kopf. Es gab keinen Ausweg. Hier war sie dem Irren schutzlos ausgeliefert.

Bei dem Gedanken zerbrach etwas in Theresa. All die Kraft, die Hoffnung waren verpufft. Sie wollte sich nur noch auf den Boden legen und laut schreien.

Hinter einem Baum trat ein Schatten hervor. Im diffusen Licht zwischen dem Blattwerk erkannte sie keine Details, nur dass es sich um einen Mann handeln musste.

Theresa hielt den Atem an, legte sich eine Hand vor den Mund und wartete, bis der Kerl sich ihrem Blickfeld näherte. Er schaute in eine andere Richtung, schien sie nicht zu bemerken. Jetzt war er nur noch ein paar Schritte von ihr entfernt. Als er den Kopf drehte, sah sie sein Profil und hätte vor Erleichterung am liebsten laut aufgejuchzt. Man hatte sie gefunden. Sie war in Sicherheit.

Sie trat hinter dem Baum hervor. Noch bevor sie ein Wort sagen konnte, wusste sie, dass sie einen Riesenfehler gemacht hatte. Der Irre, er war der Irre, und in diesem Moment legte er seine Hände um ihren Hals.

34. Kapitel

FELIX wachte mit einem dicken Kopf auf. Nach dem Besuch in *Joe's Laden* hatte er Natalie kurz auf den neuen Stand gebracht und sich dann in einer Bar noch ein kühles Getränk gönnen wollen. Da war er auf einen alten Freund getroffen, und aus einem Feierabendbier war schnell ein Craftbeer-Tasting geworden, denn er und sein Kumpel hatten sich quer durch die Karte probiert. Die Ablenkung war dringend notwendig gewesen und hatte ihm gutgetan.

Sein Magen dankte es ihm heute Morgen – oder eher Vormittag – allerdings nicht, ihm war übel, und seine Zunge schmeckte, als hätte er damit gestern Nacht noch den Tresen gewischt. Gepaart mit dem Brummschädel keine optimalen Voraussetzungen, um darüber nachzudenken, wie es denn nun weitergehen sollte. Anna hatte ihm gestern Nachmittag auf die Mailbox gesprochen, dass sie von Baumer das Mandat gekündigt hatte. Sein Job war damit eigentlich erledigt.

Die Nachricht hatte er allerdings erst abgehört, nachdem er bei Laras Bruder gewesen war und quasi eine Art Durchbruch erzielt hatte. Er hatte keine Ahnung, wie weit Steffen und seine Kollegen in ihren Ermittlungen fortgeschritten waren, aber möglicherweise ging es hier um das Leben zweier Mädchen. Da konnte er doch nicht so einfach die Arbeit einstellen und alles seinen Gang gehen lassen! Auch mit etwas Abstand war sich Felix weiterhin sicher, dass er kurz vor der Aufklärung des Falls stand. Er musste nur herausfinden, wer am Tag von Theresas und Victorias Verschwinden das Fentanyl bei Joe gekauft hatte und damit Fabiennes Mörder sein musste.

Leichter gesagt als getan. Einen Anhaltspunkt bot zwar der Ort, zu dem das Betäubungsmittel geliefert worden war, aber er konnte wohl schwerlich die Adressen sämtlicher Schüler und Angestellter des Internats herausfinden. Wobei … Für Natalie stellte das möglicherweise gar keine so große Herausforderung dar. Die

Überprüfung würde zwar viel Zeit in Anspruch nehmen, aber das könnte sich lohnen.

Er setzte sich auf, räusperte sich und rief nach seiner Schwester. Sie hatten keine Zeit zu verlieren.

„Du musst nicht so schreien, ich höre dich sehr gut“, sagte Natalie, und erst jetzt bemerkte Felix, dass sie am Küchentisch vor ihrem Laptop saß.

Noch etwas unsicher auf den Beinen ging Felix zu ihr in die Küche und schaltete die Kaffeemaschine ein. „Gut, dass du schon wach bist. Wir müssen dringend besprechen, ob und wie wir weitermachen.“

„Natürlich machen wir weiter.“ Natalie schaute ihn durchdringend an. Selbst wenn er anderer Ansicht gewesen wäre, gab es da wohl keinen Diskussionsbedarf. „Ich habe gestern noch viel mit Lara geschrieben. Sie hat auch Discord, und ich habe sie in meinen Channel eingeladen.“

Felix zog überrascht die Augenbrauen hoch. Er hatte gewusst, dass seine Schwester viel in diesem modernen Programm rumhing, mit dem man sowohl schriftlich als auch über Video- und Sprachanrufe kommunizieren konnte. Dass sie dort einen eigenen Kanal besaß, war ihm neu. Wer sich da wohl so alles tummelte? Hatte seine Schwester Internetfreunde?

„Was hat sie gesagt?“, erkundigte er sich, da Natalie nicht weiterredete.

„Sie hat von ihrem Bruder erzählt und gesagt, dass sie große Angst vor ihm hat. Auf der Checkliste für Hinweise auf narzisstische Persönlichkeiten aus Joe Navarros Buch *Die Psychopathen unter uns* hat er dreißig Punkte von möglichen vierzig erreicht. Er ist definitiv ein Narzisst. Seine Schwester nutzt er aus und droht ihr. Bevor sie gestern hier war, ist er auch das erste Mal ihr gegenüber handgreiflich geworden.“

Felix dachte darüber nach, dass das Joes letzte Worte gewesen waren, als er ihn gestern Abend aus seinem Laden geworfen hatte. Warum hatte Lara ihm nichts davon erzählt, dass ihr Bruder sie angegriffen hatte? Eigentlich hatte Felix Joe bereits von seiner Verdächtigenliste gestrichen, denn er hielt ihn zwar für ein drogendealendes Arschloch und ein Großmaul, aber nicht für gewalttätig. Wozu sonst sollte man Kuriere zur Auslieferung der Drogen engagieren und freiwillig etwas von seinem Verdienst abgeben, wenn nicht aus dem Grund, dass man nicht an der Front agieren wollte? Er hätte Joe eher so eingeschätzt, dass er nur eine große Klappe hatte, sich aber vor gewalttätigen Auseinandersetzungen scheute und deshalb nicht selbst die Drogen deponierte. Dass er seine Schwester körperlich angegangen war, warf nun ein anderes Licht auf ihn.

„Für mich hatte ihr Bruder ein starkes Motiv, den Mädchen etwas anzutun. Fabienne hat seine Identität herausgefunden und ihn erpresst, damit er ihr die Drogen vergünstigt gibt. Geht man davon aus, dass sie ihren Freundinnen davon erzählt hat, könnten sie das Gleiche versucht haben, woraufhin er sich aller entledigen wollte."

Felix überlegte einen Moment. Er hatte Natalie gestern Abend am Telefon nichts von Fabiennes seltener gewordenen Bestellungen bei gleichzeitigem Mehrkonsum des anderen anonymen Kunden erzählt, das wäre zu kompliziert geworden. Aber da war noch das Fentanyl. Das konnte einfach kein Zufall sein. Er sprach Natalie darauf an.

„Es könnte ein Ablenkungsmanöver von ihm gewesen sein."

„Du meinst, während ich dieser Räuberpistole hinterherjage, bringt er die beiden Mädchen um und setzt sich dann in aller Seelenruhe ab?"

Man konnte Natalie ansehen, wie es hinter ihrer Stirn arbeitete. „Wer wurde ausgeraubt, und wie kommen jetzt plötzlich Schusswaffen ins Spiel?", fragte sie nach einer Weile todernst. „Fabienne Lindner wurde geschlagen und anschließend mit bloßen Händen erwürgt, da war keine Waffe."

Felix musste sich ein Lachen verkneifen. Manchmal vergaß er, dass seine Schwester so ziemlich alles wörtlich nahm, vor allem Redensarten, mit denen sie nicht vertraut war. „Das sagt man zu einer Lügengeschichte", erklärte er. „Aber du hast recht, er könnte sich diese Bestellung nur ausgedacht haben." Was wiederum die Frage aufwarf, ob es sich wirklich lohnte, sämtliche Schüler und Mitarbeiter des Internats auf eine wohnliche Nähe zu Gräfelfing und dem Trachtenladen zu überprüfen. „Wenn wir nur irgendwie an die Adresse seines Onlineshops rankämen … Dann könntest du versuchen, dich dort reinzuhacken und die Bestellungen einzusehen."

Natalie legte ihre Finger auf die Tastatur ihres Laptops. „Lara hat mir gestern den Namen des Shops verraten."

„Im Ernst? Das ist ja super. Worauf warten wir noch?"

Natalie antwortete ihm nicht, sondern tippte etwas in ihren Laptop. Ein Programm öffnete sich. „Ich habe ihn bereits gehackt", sagte sie schließlich. „Das war wirklich ein Kinderspiel. Eine so schlecht gesicherte Seite hab ich selten gesehen. Entweder hat er kein Interesse daran, seinen Shop vor Angriffen zu schützen, oder er kennt sich äußerst schlecht aus."

Felix fiel fast seine Kaffeetasse aus der Hand. Am liebsten hätte er seine Schwester umarmt, doch das wäre für sie der reinste Horror. „Und? Können wir irgendwie sehen, wer da was bestellt hat?", fragte er.

„Ich bin gerade dabei, das zu prüfen. Gedulde dich bitte ein wenig." Sie tippte weiter wie im Wahn auf ihrer Tastatur herum.

Felix nickte und setzte sich mit seinem Kaffee möglichst weit weg von ihr. Es ergab keinen Sinn, sie anzutreiben, dadurch würde er nur eine Diskussion über die Grenzen der Technik gepaart mit einer Vorlesung über irgendwelche Hackingprozesse herausfordern. Also zwang er sich, geduldig zu bleiben, und wartete, bis sie die gewünschten Informationen auf dem Bildschirm hatte.

„Laras Bruder hat die Wahrheit gesagt, die Bestellungen sind anonymisiert. Die Kunden geben an, zu welchem Depot geliefert werden soll, zahlen per Kryptowährung und werden durch eine Nummer identifiziert."

Mist. Warum hätte er auch Glück haben sollen, dass einmal etwas einfach war? Aber Felix hatte noch eine Idee. „Kannst du irgendwie über die IP herausfinden, wer hinter dem Anschluss steckt, über den bestellt wurde?" Kaum dass er die Frage ausgesprochen hatte, wusste Felix, wie dumm der Gedanke war, dafür brauchte er nicht Natalies mitleidigen Blick. Natürlich konnte man das nicht ohne Weiteres, denn exakt dafür gab es den Tor-Browser, wie seine Schwester ihn sogleich belehrte.

„Das ist unmöglich. Das sogenannte *Onion Routing,* das so heißt, weil das Netzwerk von Tor aufgebaut ist wie eine Zwiebel, ist äußerst effektiv bei der Verschleierung von IP-Adressen. Zuerst wird der

Datenverkehr zu einem öffentlich bekannten Einstiegsknoten geleitet. Im zweiten Knoten, dem *Middle Node,* werden die Daten vollständig verschlüsselt und anschließend durch eine Reihe von weiteren Knotenpunkten Schicht für Schicht wieder entschlüsselt. Jeder dieser mittleren Knoten kennt nur die Identität des vorhergehenden und des nachfolgenden Knotens. Ist die letzte Schicht der Verschlüsselung entfernt …"

Allein vom Zuhören schwirrte Felix der Kopf, dabei hatte er noch gar nicht versucht, den Vorgang dahinter zu verstehen. „Ja, also schön. Es geht nicht, das habe ich jetzt kapiert. Bleibt nur noch die Sache mit der Schule."

Natalie ignorierte seinen Einwand und fuhr mit ihrem Vortrag fort, bis sie damit endete, dass tatsächlich jemand an besagtem Tag Fentanyl bestellt hatte. „Die Kundennummer tätigt in regelmäßigen Abständen Bestellungen auf der Seite, bisher aber immer ins Internat, schau." Sie drehte den Laptop so, dass Felix den Monitor sehen konnte.

In diesem Punkt hatte Joe also schon mal nicht gelogen. Felix ging näher an den Bildschirm und las die Bestellungen durch. Eine stach heraus. Hier war ein Kommentar des Kunden hinterlegt worden.

„Nicht wie letztes Mal, sondern ordentlich verpackt, DiV"

„DiV", murmelte er. Danke im Voraus. Die Bedeutung der Abkürzung hatte er vor gar nicht allzu langer Zeit erst nachgeschaut. Er wühlte in seiner Erinnerung, in welchem Kontext das gewesen war, doch der Kater machte seine Gedanken zäh wie Silikonpaste. Im Geiste ging er sämtliche Situationen der letzten Tage durch, bei denen ihm diese nicht gerade gängige und für eine Drogenbestellung in seinen Augen viel zu höfliche Abkürzung begegnet sein könnte.

Natalie zog den Laptop wieder zu sich und legte die Finger auf die Tastatur. „Was für eine Sache mit der Schule meinst du? Dort bin ich schon seit ein paar Tagen im Netzwerk eingeloggt. Je nachdem, was du benötigst, wird es schnell gehen."

Abwesend nickte Felix nur. Da war es, er musste nur seinen Finger drauflegen.

„Hey, dieses DiV, was bedeutet das? Ich habe es letztens schon gelesen und verstehe es nicht“, sagte Natalie, und dann fiel es ihm ein.

Schlagartig machte das Adrenalin seinen Kopf völlig klar. Er wusste genau, wo er diese Abkürzung schon einmal gesehen hatte, und sprang auf. „Wir reden später. Ich muss sofort was überprüfen.“

35. Kapitel

DAS Erste, was Lara wahrnahm, war Dunkelheit. Nur ein schwacher Lichtschein drang durch irgendwelche Ritzen zu ihr. Dazu war die Luft zum Schneiden dick, und es war warm. Sehr warm. Der Schweiß lief ihr in Strömen.

Sie versuchte, die Hand zu heben, um sich über die Stirn zu wischen, doch es funktionierte nicht. Ihre Arme schienen irgendwie unter ihrem Rücken festgeklemmt zu sein, und das schon eine ganze Weile, denn sie fühlten sich taub an, zudem schmerzten ihre Schultern und der Nacken. Überhaupt lag sie ganz merkwürdig da, zusammengekrümmt, den Kopf verdreht und auf einer harten Oberfläche abgelegt. Ihre Muskeln wollten nicht funktionieren, auch nicht, um den Mund zu öffnen und etwas zu sagen. Es war, als hätte ihre Kehle vergessen, wie man Töne erzeugte.

Für einen Moment geriet sie völlig in Panik. Eine schwarze Wolke breitete sich in ihrem Kopf aus und vernebelte ihr die Sinne. Ihre Atmung setzte aus oder aber sie atmete so schnell, dass der Sauerstoff keine Zeit hatte, in ihr Blut zu gelangen, so genau konnte sie es nicht sagen. Als ihre Lippen bitzelten und sie kurz davor war, das Bewusstsein zu verlieren, bekam sie sich in den Griff. Sie musste die Situation rational angehen, sich erinnern, was geschehen war.

Am Samstagmorgen war sie früh aufgewacht, das Knie schmerzte noch immer. Da es außerdem dicker war als am Tag zuvor und blau, hatte sie sich nach Absprache mit der Aufsichtslehrkraft allein auf den Weg zu einem ärztlichen Notdienst gemacht, um sich für den Aktivitätstag krankschreiben zu lassen. Der hatte ihr eine Verstauchung bescheinigt und sie mit einem Attest über zwei Wochen Sportverbot wieder nach Hause geschickt.

Auf dem Weg wollte sie der Schwester von Felix Hertzlich schreiben, um sich zu erkundigen, ob der schon bei Joe gewesen war, und hatte in ihrer Hosentasche nach dem Handy gefischt, als sie plötzlich angegriffen worden war.

Sie erinnerte sich noch daran, wie ein Auto neben ihr gehalten hatte. Jemand hatte sie am Arm gepackt und in die Tür gezogen, dann wurde ihr etwas in den Mund gesteckt. Es war so schnell gegangen, dass sie nicht mal schreien konnte. Ein furchtbar bitterer Geschmack breitete sich auf ihrer Zunge aus, den sie noch immer wahrnahm. Ab diesem Moment verschwamm Laras Erinnerung.

Die Erkenntnis traf sie wie ein Schlag und brachte die Panik zurück.

Dieser Kerl hatte sie ebenfalls geschnappt. Nein, nicht irgendein Kerl, ihr Bruder, er musste es sein. Weil er Angst davor hatte, dass seine Drogengeschäfte aufflogen, war er völlig durchgeknallt und hatte nicht nur Fabienne und wahrscheinlich auch Theresa und Vicky umgebracht, sondern hatte das jetzt auch mit ihr vor. Wäre sie doch bloß nicht zu diesem Detektiv gegangen! Durch dessen Besuch hatte sich Joe bestimmt restlos in die Ecke gedrängt gefühlt.

Das Handy fiel ihr wieder ein. Sie spürte, wie ihr die Kante ins Fleisch drückte, es musste noch in ihrer Hosentasche sein. Joe hatte es ihr nicht abgenommen.

Das Adrenalin ließ Laras Kopf völlig klar werden. Sie konnte Hilfe rufen, wollte nach dem Telefon greifen, doch ihre Muskeln gehorchten weiterhin nicht den Befehlen, die ihr Hirn ihnen sendete. Verzweifelt beschwor sie ihre Beine, wild zu strampeln, ihre Arme, sich unter ihrem Körper herauszuwinden, doch mehr als ein Zucken brachte sie nicht zustande.

Was zum Teufel hatte Joe ihr da verabreicht? Wo hatte er sie hingebracht?

Sie schaute sich um. Mittlerweile hatten ihre Augen sich an das Dämmerlicht gewöhnt. Anscheinend war sie im Kofferraum eines Autos. Joe besaß kein Auto. Aber er hatte sich bestimmt eines leihen können. Was hatte er jetzt mit ihr vor? Sie hier drin ersticken lassen? Berichte von Hunden, die in überhitzten Autos jämmerlich an einem Kreislaufkollaps zugrunde gegangen waren, schossen Lara in den Kopf. Vielleicht brachte Joe es nicht fertig, seiner eigenen Schwester ins Gesicht zu schauen, während er sie ermordete, aber wenn er sie einfach hier drin ließ, bis ihr Kreislauf schlappmachte, müsste er sich das Drama nicht ansehen.

Lara verließ der Mut. Wenn sie doch ihre Hand wenigstens ein bisschen bewegen könnte, um an ihr Handy zu kommen! Die Rettung so nah und doch so fern.

Was sollte das bringen, du weißt nicht mal, wo du bist, schoss es ihr durch den Kopf. Sie hatte kein modernes Gerät, das automatisch den Standort mitteilte, wenn man einen Notruf absetzte. Bis man sie geortet hatte, war sie hier drin vermutlich längst verreckt.

Er wird mich umbringen. Er wird mich einfach opfern, um seine eigene Haut zu retten!

Tränen sammelten sich in Laras Augen und liefen ihr über die Wangen. Ihr Bruder war ein Arschloch, ja, aber das hätte sie ihm niemals zugetraut. Sie war verloren und das nur, weil sie den Detektiv um Hilfe gebeten hatte.

Sie merkte, wie ihr Bewusstsein wieder davondriftete. Nur am Rande nahm sie eine Bewegung wahr, der Boden unter ihr wackelte kurz, dazu das Geräusch einer Autotür. Dann einige Sekunden später Stimmen. Zwei Stimmen. Sie kannte beide, doch ihr Hirn war nicht mehr in der Lage, sie zuzuordnen.

Lara öffnete den Mund, wollte rufen. Hilfe stand nur wenige Schritte von ihr entfernt, aber ihre Stimme funktionierte einfach nicht. Kein einziger Muskel gehorchte ihren Befehlen, und schließlich hatte sie keine Kraft mehr, die Augen aufzuhalten.

Vielleicht entdeckt er mich ja, dachte sie noch, bevor sie der Erschöpfung nachgab. *Bitte, finde mich!*

36. Kapitel

DIE vergangenen Stunden waren anstrengend gewesen, sodass ich mich im Auto ein wenig ausruhen musste. Die Suche nach Theresa hat bis zum Morgengrauen gedauert. Noch habe ich sie nicht umgebracht, auch wenn es mich wirklich in den Fingern gejuckt hat, ihr den dürren Hals umzudrehen. Aber bislang habe ich meine Informationen nicht, und so lange muss sie durchhalten. Vickys Leiche liegt neben ihr, als mahnendes Beispiel, was ihr blüht, wenn sie nicht endlich den Mund aufmacht. Was danach passiert ist, war so nicht geplant, aber man soll Gelegenheiten beim Schopfe packen, wenn sie sich einem bieten, und das habe ich getan.

Als ich Lara gesehen habe, wie sie das Gelände des Internats allein verlassen hat, musste ich sie einfach verfolgen. In einem ruhigen Moment habe ich sie dann ins Auto gezerrt und sofort mit dem restlichen Fentanyl betäubt. Das Ganze hat gerade einmal ein paar Sekunden gedauert.

Selbst wenn uns jemand dabei gesehen haben sollte, habe ich vermutlich nichts zu befürchten, sie war so überrumpelt, dass sie nicht mal geschrien hat. Wegen einer so harmlosen Aktion ruft heutzutage niemand mehr die Polizei, wie sollte es sonst möglich sein, dass beinahe jeden dritten Tag eine Frau von ihrem Partner oder Ex getötet wird, teils auf offener Straße, ohne dass jemand eingreift? Da fällt niemand auf, der ein Mädel etwas gröber in sein Auto verfrachtet, zumal die sich nicht mal groß gewehrt hat.

Jetzt schwebt sie in meinem Kofferraum in anderen Sphären, und auch ich habe mir ein Stündchen Ruhe gegönnt. Den Schlaf der Gerechten, könnte man es nennen, denn ich bin meinem Ziel, mein Leben endlich wieder in der eigenen Hand zu haben und es mir nicht von ein paar reichen Gören diktieren zu lassen, ein ganzes Stück näher. Auch brauche ich heute keine bescheuerte Ausrede für mein

Goldstück, die ist übers Wochenende mit einer Freundin auf einem Wellness-Trip.

Ich reibe mir über die Augen und kann kaum noch meine Hand heben, so stark sind die Erschöpfungssymptome und so sehr zeigt mir mein Körper, dass er Ruhe braucht. Der Nervenkitzel, der mich bislang aufrecht gehalten hat, vermag nichts mehr auszurichten. Wobei das nicht allein die Anspannung war, so viel Ehrlichkeit muss sein.

Aus diesem Grund genehmige ich mir eine Portion meines Energy-Pulvers. Nur eine kleine, denn ich habe nicht mehr viel über, und so einfach werde ich ab jetzt nicht mehr an das Zeug rankommen. Langsam scheint sich mein Körper daran zu gewöhnen, denn das bisschen reicht nicht aus. Oder aber das Dreckszeugs ist gestreckt, sodass von der eigentlichen Wirkkraft kaum noch etwas zu spüren ist. Umso einfacher sollte es werden, endlich davon loszukommen.

Vielleicht nehme ich eine Zeit lang mal was anderes, Tilidin oder so, um mich zu entwöhnen. An gefälschte Rezepte sollte ich leicht rankommen. Dass ich daran nicht vorher gedacht habe …

Ich stoße die Beifahrertür auf und steige aus dem Auto. Heute scheint endlich mal wieder die Sonne aus einem klaren Himmel, und es ist kein Regen angekündigt.

Wie mein Gemüt, denke ich, doch als hätte sich das Schicksal gegen mich verschworen, bekomme ich sofort einen Dämpfer verpasst.

Über den Parkplatz kommt der Privatermittler auf meinen Wagen zugeschlendert. Automatisch schießt mein Blick zum Kofferraum, doch ich wende ihn schnell wieder ab. Bloß nicht zu auffällig hinschauen, sonst stoße ich ihn direkt mit der Nase auf meine prekäre Fracht.

„Was für ein Zufall, zu Ihnen wollte ich gerade“, sagt der Schnüffler und lächelt, als er vor mir steht.

Ich habe mich keinen Schritt vom Auto wegbewegt, habe sogar noch den Türgriff in der Hand. Auf meiner Stirn spüre ich den Schweiß. Zum Glück ist es warm genug, um dafür eine Ausrede zu haben.

„Ach ja?“, sage ich und lasse endlich die verdammte Autotür los. Hoffentlich merkt er nicht, dass mein Energy-Pulver nun doch seine Wirkung entfaltet und ich voll drauf bin. Ich beuge mich schnell in den Wagen und wühle in meiner Tasche herum, die im Fußraum steht.

„Eigentlich habe ich gerade ganz wenig Zeit. Ich war auf dem Weg zu …“

Aus dem Augenwinkel sehe ich, wie Hertzlich mit den Schultern zuckt. „Es dauert gar nicht lang, keine Sorge. Wir können das quasi nebenbei erledigen. Wenn Sie es so eilig haben, begleite ich Sie einfach ein Stück. Es geht um Theresa und Victoria, die beiden anderen verschwundenen Mädchen.“ Er lehnt sich an meinen Wagen, ich spüre die Erschütterung. Am liebsten würde ich ihn anbrüllen, was ihm einfällt, doch ich muss ruhig bleiben, höflich.

„Ja, beängstigende Sache“, sage ich zum Handschuhfach. „Wenn man sich vorstellt, dass es da wohl ein Wahnsinniger auf Schülerinnen vom Internat Schloss Berg abgesehen hat.“

„In der Tat. Anscheinend handelt es sich um einen Psychopathen, der sich auf einen bestimmten Typ festgelegt hat. Das Todesurteil für ein paar unschuldige Mädchen.“

Mein Puls beruhigt sich. Das klingt, als hätte er keine Ahnung, was wirklich dahintersteckt. Vielleicht ist er ja doch keine Bedrohung. Ich sollte mir nicht so in die Hose machen und einfach zusehen, dass ich ihn schnellstmöglich loswerde, bevor ich es doch noch schaffe, ihn irgendwie misstrauisch zu machen. Am Ende will er womöglich in meinen Kofferraum schauen, und dann müsste ich ihn leider niederschlagen und auch irgendwie entsorgen. Langsam wird es anstrengend.

Mit der Tasche in der Hand tauche ich aus dem Wageninneren auf. Sie kippt zur Seite, und etwas vom Inhalt rollt über den Asphalt. Ich mache mich sofort dran, die Sachen aufzulesen.

Der Schnüffler bückt sich, hebt etwas auf und hält es mir hin. „Ah, waren Sie beim Chinesen?“, fragt er und deutet auf die beiden Glückskeksverpackungen, die er mir in die Hand gedrückt hat.

Das Blut sackt mir in die Beine, und mir wird schwindelig, aber ich versuche, mir nichts anmerken zu lassen.

Er weiß nichts! Woher denn auch? Jetzt nur nicht durchdrehen.

„Das sind Geschenke“, sage ich lächelnd und packe die Kekse zurück in die Tasche. „Für meine Nichte. Ich sammle sie immer, wenn meine Frau und ich essen gehen, und schenke sie ihr dann. Sie liebt die Sprüche und möchte herausfinden, wie viele verschiedene es so gibt.“ Mein Gott, ich bin beeindruckt von mir selbst. Wie gut mein Gehirn doch funktioniert, dass mir auf die Schnelle diese gute Ausrede eingefallen ist.

„Ist ja spannend. Wie alt ist sie denn?“

„Elf“, antworte ich wie aus der Pistole geschossen. „Die Welt liegt ihr zu Füßen, wenn sie so neugierig und aufgeschlossen bleibt. Aber kommen wir zu Ihrer Frage, denn ich muss mich jetzt wirklich beeilen.“

Hertzlich löst den Blick von meiner Tasche und winkt ab. „Wissen Sie was? Wir müssen das wohl leider vertagen. Mir ist eingefallen, dass ich einen wichtigen Termin verschwitzt habe“, sagt er und reicht mir die Hand. „Ich melde ich dann noch mal bei Ihnen.“

Ich lächle betont locker und schüttle ihm die Hand. Ob er etwas ahnt? Nein, so gerissen ist er nicht. Ich schätze, er tappt völlig im Dunkeln. Und das soll auch so bleiben. Ich schaue ihm noch kurz hinterher, dann werfe ich meine Tasche zurück in den Fußraum und steige ein. Mein Plan hat sich geändert. Ich werde das Boot wieder aus seinem Versteck holen und mit Lara zur Insel fahren. Es ist an der Zeit, alles zu beenden, bevor es zu heiß für mich wird.

37. Kapitel

ANNA saß mit geschlossenen Augen auf ihrem Balkon und genoss die Sonne. Sie hatte sich ein Buch mit nach draußen genommen, aber nicht mehr als ein paar Seiten geschafft. Von Baumer spukte ihr immer noch im Kopf herum, obwohl sie sich redlich Mühe gab, den Mann auszublenden.

Insgeheim hoffte sie, dass die Polizei irgendwas fand, wofür sie ihn belangen konnte, auch wenn er nicht Fabiennes Mörder sein sollte. Es war an der Zeit, dass er einen Dämpfer verpasst bekam, sonst würde er ewig so weitermachen, auf die Kosten der jungen Frauen, die ihm verfielen. Anna hatte mit 16 auch einige Dinge getan, die sie heute bereute, doch zum Glück war sie niemals auf ein solches Ekel wie von Baumer hereingefallen.

Sie öffnete die Augen und schaute nach hinten durch die Fliegengittertür. Ruth war gar nicht begeistert gewesen, dass Anna sie im Wohnzimmer gelassen hatte. Zwar glaubte sie nicht, dass ihr die Papageiendame davonfliegen würde, wenn sie sie mit auf den Balkon nahm, doch sie wollte lieber auf Nummer sicher gehen. Anfangs hatte Ruth schimpfend auf der Balkontür gesessen und geprüft, ob es nicht doch ein Schlupfloch gab. Das hatte sie jetzt aufgegeben und sich schmollend irgendwo in die Wohnung zurückgezogen, denn es war Ruhe eingekehrt.

Anna schloss die Augen, nur um sie sofort wieder zu öffnen. Erzählungen von Freunden mit Kindern kamen in ihr hoch. Ruhe war verdächtig, sagten die immer, weil die Kinder dann meist was anstellten. Zum Beispiel die Küche mit Mehl panieren oder das Badezimmer mit Bodylotion zukleistern. Eine beliebte Beschäftigung war es auch, die Tapete im Kinderzimmer mit Wachsmalstiften zu verschönern.

Zwar war Ruth kein Kind, dennoch entschied sich Anna, dass es besser wäre, mal eben nach dem Rechten zu sehen, und ging rein. Auf den ersten Blick konnte sie die Papageiendame nirgends entdecken. In der Küche wurde sie schließlich fündig. Ruth hockte auf der geöffneten Tür des Süßigkeitenschranks mit einer Packung Butterkeksen zu ihren Füßen. Einen der Kekse hielt sie in der Kralle und knabberte genüsslich daran herum.

„Ja ist das denn zu glauben?", fragte Anna tadelnd, als würde sie mit einem Kind sprechen, das gerade Mist gebaut hatte. „Was müssen meine müden Augen denn da sehen?"

„Applaus, Applaus!"

Anna verkniff es sich, laut loszulachen. „Ruth, das geht so nicht", schimpfte sie stattdessen bemüht ernst, während sie die Krümel auf der Anrichte mit der Hand zusammenfegte. „Du kannst nicht einfach in den Schrank einbrechen und dir Kekse klauen. Wenn du dich nicht benimmst, muss ich dich doch in den Käfig sperren, sobald ich dich nicht im Blick habe. Oder willst du etwa eine Fettleber bekommen?" Nichts Gewürztes und kein Zucker, die Anweisung von Gritt Herberth war da ganz klar gewesen. Musste Anna jetzt ihre Schränke etwa kindersicher gestalten?

„Doktor Lasko, Doktor Lasko, Notaufnahme", gab Ruth zurück, als hätte sie genau verstanden, wovon Anna gerade gesprochen hatte.

„Ja, da werde ich dich dann hinbringen müssen, wenn du weiter ungesunden Kram klaust!" Es war ohnehin an der Zeit, dass Anna sich informierte, zu welchem Tierarzt sie im Notfall gehen konnte, denn es war sicher nicht jeder mit der Behandlung von Papageien betraut. Darauf, in naher Zukunft einen Termin machen zu müssen, weil Ruth sich an ungesundem Kram überfressen hatte, konnte sie allerdings gut und gern verzichten.

Annas Handy auf der Anrichte vibrierte. Eine ihr unbekannte Nummer. Sie war versucht, es einfach klingeln zu lassen, doch war zu neugierig, um wen es sich bei dem Anrufer handelte, und nahm ab.

„Hier … ist Natalie Hertzlich", tönte ihr zögerlich die monotone Stimme von Felix' Schwester aus dem Hörer entgegen, noch bevor sie selbst etwas gesagt hatte.

Verwundert zog Anna die Augenbrauen zusammen. Dass Natalie sie anrief, war ganz und gar ungewöhnlich. Irgendwas musste passiert sein. „Hey, was ist …"

„Kannst du vorbeikommen, ich brauche deine Hilfe“, wurde Anna sofort unterbrochen. Man merkte ihr an, wie schwer es Natalie fiel, mit ihr zu sprechen. Felix hatte Anna mal erzählt, dass Telefonieren so ziemlich das Schlimmste für seine Schwester war.

„Bei euch zu Hause? Ist etwas passiert?“

„Ja, zu Hause.“ Mehr sagte sie nicht, und Anna erwartete auch nicht, noch weitere Informationen aus ihr herauszubekommen. Es fiel ihr sicherlich bereits schwer genug, überhaupt mit Anna zu telefonieren.

„Alles klar, ich bin auf dem Weg“, sagte Anna und legte auf. „Ruth, du musst jetzt mal in den Käfig“, erklärte sie dem Vogel, und die Papageiendame hüpfte folgsam auf Annas Arm und ließ sich wegsperren, als würde sie ahnen, wie dringlich die Situation gerade war.

38. Kapitel

GEMÄCHLICH setzte Felix einen Fuß vor den anderen, als hätte er alle Zeit der Welt, diesen verdammten Parkplatz zu überqueren. Er musste sich zusammenreißen, nicht wie ein Irrer loszurennen, denn Constantin Sauer sollte keinen Verdacht schöpfen, dass Felix ihn enttarnt hatte.

Schon als er dieselbe Abkürzung in der Bestellung gesehen hatte, die der Lehrer auch in einer Mail an Fabienne verwendet hatte, war er sich sicher gewesen, dass er der Täter war. Die Glückskekse von *Joe's Laden* hatten ihn endgültig verraten, wenngleich er aus dem Stegreif eine ziemlich gute Erklärung dafür gehabt hatte. Felix hatte dennoch keine Zweifel, dass Fabienne Lindner von ihrem Lehrer ermordet worden war und er auch die beiden anderen Mädchen entführt hatte.

Als er außer Sichtweite war, holte er sein Handy hervor und suchte Steffens Nummer heraus. Anstatt jedoch den Anruf zu tätigen, ließ er seinen Finger über dem Eintrag schweben. Er war hin- und hergerissen, entschied sich letztlich aber dagegen, seinen ehemaligen Kollegen anzurufen.

Bis auf ein bestätigtes Bauchgefühl hatte er nichts Handfestes gegen den Mann in der Hand. Es war also fraglich, ob Steffen gleich ein Sondereinsatzkommando schicken würde, um ihn festnehmen zu lassen. Außerdem waren die zwei Mädchen weiterhin verschwunden, und noch bestand die Chance, dass sie lebten. Wenn Sauer nun verhaftet war und bei der Befragung mauerte, war es nahezu unmöglich, die beiden zu finden. Mittlerweile wurden sie seit drei Tagen festgehalten. Wenn Sauer sie nicht mit Wasser versorgte, wurde die Zeit schon jetzt knapp. Bis die Mühlen der Ermittlungsbehörden in die Gänge kommen würden, wäre es für sie möglicherweise schon zu spät.

Anstatt Steffen anzurufen, meldete sich Felix deshalb bei Natalie und teilte ihr mit, dass er mit seiner Vermutung ins Schwarze getroffen hatte und Sauer jetzt beschatten würde in der Hoffnung, dass dieser ihn zum Versteck der Mädchen führte. Gerade rechtzeitig beendete er das Gespräch, denn als er sich zu Sauers Wagen umdrehte, startete der den Motor.

Felix sprang auf seine Vespa und folgte dem Lehrer in gebührendem Abstand die Anhöhe hinab bis zur Straße. Sauer verließ Berg, bog aber kurz hinter der Stadtgrenze in einen Waldweg ein und stellte den Wagen dort ab, wo man eigentlich nicht parken durfte.

Seine Hände krampften sich um den Lenker, als er die Einbiegung passierte und hoffte, dass der Lehrer nicht ausgerechnet in diesem Moment nach hinten schaute. Ein Stück die Landstraße runter bremste Felix ab und schob die Vespa in den Graben. Den Helm legte er daneben und sprintete zurück zu der Stelle, an der Sauers Auto stand.

Der Fahrersitz war leer. Gehetzt schaute Felix sich um. Gab es hier im Wald stillgelegte Bunker oder etwas Ähnliches, wo er die Mädchen unbemerkt gefangen halten konnte? Vielleicht sollte er Anna anrufen und sie fragen, ob sie nicht ihren Ex-Freund um Hilfe bitten konnte. Der hatte ihnen im Fall des Pferderippers bereits mit Dokumenten zu den Liegenschaften der Familie des Mörders unter die Arme gegriffen. Auch wenn Annas Losziehen auf eigene Faust sie beinahe das Leben gekostet hätte, so waren sie dank dieser Unterlagen dem Versteck des Täters auf die Spur gekommen. Andererseits durfte er aber keine Zeit verlieren, indem er hier herumstand und telefonierte. Besser, er konzentrierte sich darauf, Sauer aufzuspüren. Wenn er ihn nicht fand, konnte er immer noch anrufen.

Damit er nicht sofort entdeckt wurde, ging er tiefer in den Wald und zog den Kopf zwischen die Schultern. Das Gelände wurde abschüssig, und weiter unten erkannte Felix das Glitzern von Wasser. Natürlich, es musste irgendwo am See sein, immerhin war Fabiennes Leiche dort aufgetaucht. Er blieb stehen und beobachtete konzentriert das Ufer. Eine Bewegung erregte seine Aufmerksamkeit. Eine Entenfamilie flatterte über das Wasser und landete etwas entfernt wieder, woraufhin sie mit wütendem Geschnatter davonpaddelten.

Dann erkannte Felix auch, was sie aufgeschreckt hatte. Constantin Sauer war gerade dabei, ein überdimensioniertes Schlauchboot in Tarnfarben aus einem Gebüsch in Richtung Wasser zu zerren. Felix duckte sich schnell hinter einen Busch, um nicht entdeckt zu werden.

Mist, wenn er jetzt einsteigt und losfährt, dann habe ich ihn verloren und kann sämtliche unzugänglichen Uferbereiche absuchen. Das Versteck konnte überall sein. Wie viele Kilometer waren es einmal um den See herum? Um die fünfzig? Felix schickte ein Stoßgebet zum Himmel, dass Sauer ihm nicht entwischte.

Das Glück schien ihm gewogen zu sein, nachdem er das Tau des Bootes an einem Baumstumpf befestigt hatte, machte der Mann kehrt und stapfte zurück die Böschung hinauf.

Jetzt oder nie, dachte Felix sich, nachdem Sauer über die Anhöhe aus seinem Sichtfeld verschwunden war, und schlich, so schnell er konnte, den Abhang hinab. Über der vorderen Sitzbank des Bootes, auf dem bestimmt sechs Leute oder mehr Platz fanden, war eine Plane ausgebreitet.

Felix schaute sich um. Von Sauer war nichts zu sehen. Was, wenn das nur ein Ablenkungsmanöver war? Wenn er gemerkt hatte, dass Felix ihn verfolgte, und er ihn so auf eine falsche Fährte locken wollte? Vielleicht saß er längst wieder in seinem Auto und war auf dem Weg zum tatsächlichen Versteck, während Felix sich hier wie ein Vollidiot unter einer Plane zusammenkauerte und vergeblich darauf wartete, dass der Mörder ihn direkt zu seinen Gefangenen führte?

Besser, er verfolgte ihn. Er machte kehrt, ging ein paar Schritte den Hügel hinauf, entschied sich aber wieder um.

Scheiß drauf! Wenn dem so war, wäre Sauer ohnehin längst über alle Berge, bis Felix seine Vespa im Straßengraben erreicht hatte. Sich im Boot zu verstecken und zu hoffen, dass Sauer zurückkam, war seine beste Chance. Außerdem glaubte er nicht, dass der Lehrer ihn bemerkt hatte. Dafür war er wahrscheinlich viel zu fokussiert auf das, was auch immer er vorhatte.

Kurzerhand sprang Felix in das Boot, hob die Plane an und kroch darunter. Jetzt musste er nur noch hoffen, dass er mit seiner Vermutung richtig lag und Sauer ihn nicht verarscht hatte.

39. Kapitel

AUF dem Weg zurück zu meinem Wagen beschleicht mich ein seltsames Gefühl. Fast erwarte ich, dass bei meiner Ankunft jemand Lara entdeckt hat oder sie es irgendwie geschafft hat, sich zu befreien.

Nichts davon ist der Fall, das Auto steht einsam und verlassen da, der Kofferraum ist unberührt. Lara liegt darin, weiterhin bewusstlos. Die Dosis Fentanyl war hoch, sie wird noch eine Weile schlafen, schätze ich. Vielleicht überlebt sie es auch nicht, was mir herzlich egal ist. Sie brauche ich nicht mehr, nur mit Theresa habe ich noch ein Hühnchen zu rupfen.

Ich hieve sie heraus und schleife sie in den Wald, dann brauche ich erst mal eine Verschnaufpause. Sie ist nicht ganz so schlank wie die anderen beiden, eher rundlich, und es ist anstrengend, ihren schlaffen Körper über das unwegsame und durch den Regen der letzten Tage rutschige Gelände zu bugsieren. Ich lege sie auf dem Boden ab und lehne mich an einen Baum, um durchzuatmen. Kurz überlege ich, ob ich mir noch etwas von meinem Energy-Pulver gönnen soll, entscheide mich aber dagegen. Momentan sollte ich lieber sparsam damit umgehen.

Als ich mich bereit fühle, will ich meinen Weg fortsetzen. Lara wuchte ich mir auf die Schulter, damit mein Sichtfeld nach unten hin frei ist und ich nicht in ein Erdloch trete und am Ende stürze. Mir jetzt einen Beinbruch zuzuziehen, das wäre wirklich der Super-GAU. Gerade als ich loslaufen will, entdecke ich etwas am Ufer. Vor Schreck werfe ich mein Bündel beinahe von mir.

Erst meine ich, mich getäuscht zu haben, aber nein. Da versteckt sich eine Gestalt unter der Plane meines Bootes. Der Schnüffler. Er weiß Bescheid! Jetzt bin ich wirklich in der Bredouille.

So eine verdammte Scheiße! Was mache ich denn jetzt? Zurück zum Auto, Lara in den Kofferraum und dann? Dieser Wichser macht mir alles kaputt, mein ganzer Plan ist am Arsch. Noch dazu lässt so langsam die Wirkung meines Energy-Pulvers nach, sodass ich kaum einen klaren Gedanken fassen kann.

Ich schließe die Augen und stoße meinen Kopf an den Baumstamm neben mir. *Los, funktionier, du nutzloses Ding!*

Es kommt nicht infrage, dass ich hier abbreche, bloß weil dieser Schnüffler mich enttarnt hat und mich den Bullen ausliefern will, um seine Karriere zu fördern. Aber hat er wirklich etwas gegen mich in der Hand? Würde es Beweise geben, hätte er doch längst die Polizei gerufen, anstatt mir klammheimlich zu folgen und sich dann bei der Hitze unter die Plastikplane zu legen. Nein, außer Mutmaßungen hat er gar nichts, deshalb spielt er hier Geheimagent. Vielleicht sollte ich ihn eine Weile schmoren lassen, bis es ihm zu dumm wird oder er einen Hitzschlag bekommt. Allerdings habe ich nicht so viel Zeit.

Wie lange Lara tatsächlich noch bewusstlos sein wird, kann ich nur raten, mit etwas Pech schlägt sie bald wieder die Augen auf, und ich habe nichts mehr übrig, womit ich sie ruhigstellen kann. Außerdem kann ich hier wohl kaum für ein paar Stunden im Wald hocken und darauf setzen, dass niemand vorbeikommt und mich entdeckt.

Nein, ich werde mich nicht von ihm aufhalten lassen. Auch wenn er den Starken markiert, habe ich doch bemerkt, dass ihm sein Rücken zu schaffen macht. Diesen Umstand werde ich nutzen, gemeinsam mit dem Überraschungsmoment, wenn ich ihn mitten auf dem See enttarne und anschließend töte.

40. Kapitel

SCHON nach wenigen Augenblicken unter der Plane lief Felix der Schweiß in Strömen. Hätte er doch bloß die Lederjacke ausgezogen, die er immer trug, wenn er mit der Vespa unterwegs war! Überhaupt bereute er, sich für diese dämliche Aktion entschieden zu haben. Das Boot stand in der prallen Sonne, und er hatte keine Ahnung, wann Sauer zurückkommen würde. Am liebsten wollte er sofort abbrechen, aber darüber würde er sich im Nachhinein nur ärgern. Also harrte er aus und wurde schon kurze Zeit später mit sich nähernden Schritten belohnt.

Das Boot schwankte, als Sauer einstieg, und nach ein paar Sekunden noch viel mehr, als er etwas auf den Boden warf. Eine Hand erschien in Felix' Sichtfeld, der dazugehörige Arm und ein Hinterkopf.

Scheiße, er hat sich noch eine geholt, dachte Felix. Offensichtlich war das Mädchen nicht bei Bewusstsein, denn sie reagierte nicht darauf, dass der Lehrer sie gerade unsanft abgelegt hatte.

Bevor Felix sich überlegen konnte, was er jetzt tun sollte, startete Sauer den Motor, und das Boot setzte sich in Bewegung. Jetzt wünschte er, Steffen doch informiert zu haben. Er tastete in seiner Hosentasche nach dem Handy. Sie war leer. Auch in der anderen wurde er nicht fündig. Blind fummelte er um sich auf dem Boden herum, immer darauf bedacht, dass sich nur sein Arm bewegte und er sich unter der Plane nicht verriet. Nichts. Das verfluchte Ding war einfach nicht da. Es musste ihm beim Einstieg ins Boot irgendwie aus der Tasche gerutscht sein.

Was sollte er jetzt tun?

Am besten sich weiterhin ruhig verhalten und abwarten, wo Sauer sein nächstes Opfer hinbrachte. Bestimmt konnte er ihn bei seinem Versteck in einem unachtsamen Moment überwältigen und dann irgendwie Hilfe holen. Eine andere Option blieb ihm nicht, denn wenn er sich jetzt mitten auf dem Wasser zu erkennen gab, wäre das

Ergebnis für Vicky und Theresa dasselbe: Niemand wüsste, wo sie gefangen gehalten wurden.

Wenigstens geriet nun etwas Fahrtwind unter die Plane und kühlte den Schweiß, der mittlerweile Felix' Shirt durchtränkt hatte. Die Erleichterung ließ allerdings schnell wieder nach, denn Sauer verlangsamte die Geschwindigkeit, und schließlich hielt das Boot ganz an und wogte sanft auf den Wellen hin und her. Hatte er sein Ziel schon erreicht? Felix linste durch einen Spalt unter der Plane, erkannte allerdings nur Wasser um sich herum.

Mit einem Mal wurde die Plane von ihm heruntergerissen. Erschrocken wandte er sich um und schaute genau in das Gesicht von Sauer, ein breites Grinsen auf dessen Lippen. Es war unschwer zu erkennen, dass er auf Droge war, genauso wie vorhin auf dem Parkplatz. Die Augen waren weit aufgerissen, der Unterkiefer malmte unablässig vor sich hin. Fratzengulasch nannte man das in Kokskreisen, das wusste Felix noch aus seinen Zeiten bei der Drogenfahndung. Die meisten Kokser bemerkten nichts davon, aber fast jeder zeigte diese offensichtlichen Anzeichen.

„Was für eine nette Überraschung", sagte Sauer mit einem bedrohlichen Unterton.

Felix holte tief Luft, froh, endlich wieder frei atmen zu können. Vorsichtig richtete er sich auf, das Boot unter ihm schaukelte.

„Bloß keine falsche Bewegung", knurrte Sauer.

Felix verzog keine Miene. „Was sonst? Bringen Sie mich auch um, wie Fabienne?"

„Warum nicht?", entgegnete Sauer äußerlich gelassen, doch es war ihm anzusehen, dass er kurz vor dem Explodieren stand. „Diese Schlampe hat versucht, meine Existenz zu ruinieren. Mir alles kaputt zu machen, was ich mir über die Jahre aufgebaut habe. Ich werde nicht zulassen, dass Sie nun beenden, was sie angefangen hat."

Eine Bewegung zu seinen Füßen zog Felix' Aufmerksamkeit auf sich. Das Mädchen hatte sich ganz leicht bewegt, und er konnte jetzt ihr Gesicht sehen. Es war Lara. „Und sie? Was hat sie Ihnen getan? Oder Vicky und Theresa? Wollen Ihnen all diese Mädchen das Leben zerstören?"

Sauer lachte bitter auf. „Sie haben ja überhaupt keine Ahnung. Und es geht Sie im Endeffekt auch gar nichts an."

„Ich habe irgendwie den Eindruck, dass es mich doch etwas angeht, immerhin drohen Sie mir gerade damit, mich auch umzubringen", sagte Felix. Er stellte sich breitbeinig hin, um das Gleichgewicht auf dem schaukelnden Boot nicht zu verlieren, darauf gefasst, dass Sauer jeden Moment angreifen würde. „Also, was war es? Weshalb musste Fabienne sterben? Hatten Sie ein Verhältnis mit ihr und sie wollte Sie verraten?"

Cornelius Sauer sah aus, als würde er nachdenken. Er legte den Kopf schief, und wieder trat dieses unheimliche Grinsen auf sein Gesicht. „Sie war ein manipulatives Miststück. Hat nichts auf die Reihe bekommen, nur mittelmäßige Leistungen in der Schule, aber dachte, ihr Vater würde es schon richten. Aber nicht mit mir." Sauer wurde wütend. „Irgendwann ist auch mal Schluss."

„Fabienne hat Sie also erpresst?", fragte Felix und machte einen Schritt nach vorn. „Womit?"

„Dieses hinterhältige Miststück hat das Drogenversteck beobachtet und mich gesehen, wie ich eine Bestellung abgeholt habe. Seitdem drohte sie mir damit, mich zu verraten, wenn ich nicht für sie mitbestelle. Dann wurde sie selbst mit dem Zeug erwischt, und ihr drohte der Schulverweis. Meine Chance, endlich mein altes Leben zurückzubekommen, aber nein. Auch da musste ich sie rausholen. Hätte ich nicht verhindert, dass sie fliegt, hätte sie mich mit in den Abgrund gerissen. Es nahm einfach kein Ende, und sie wurde immer gieriger." Er schüttelte den Kopf und schien gar nicht mehr mit Felix zu reden, sondern einen Monolog zu halten. „Sie war der Meinung, sie müsste die Schulleitung über meinen Drogenkonsum informieren, falls ich nicht nach ihrer Pfeife tanze. Das hätte mir alles kaputt gemacht, meine Frau hätte mich verlassen, ich hätte meinen Beamtenstatus und dazu den Job verloren. Das konnte ich nicht zulassen. Verständlich, finden Sie nicht?"

„Und da haben Sie sie ermordet?" Felix achtete darauf, nicht zu anklagend zu klingen. Er musste mit dem Mann im Gespräch bleiben und dabei irgendwie aus ihm herausbekommen, wo er Vicky und Theresa festhielt.

„Das war so nicht geplant. Sie war einfach unvorsichtig, und ich wollte sie warnen, sich nicht auch im Landheim das Zeug reinzufahren. Es kam zum Streit, und ich habe sie geschubst. Es war ein Unfall. Sie ist dumm gefallen, mehr nicht“, sagte er leise.

Felix wusste aus dem Obduktionsbericht, dass dem nicht so war, doch er würde sich hüten, Sauer darauf anzusprechen. Mittlerweile war er nur noch eine halbe Armlänge von ihm entfernt. „Und die anderen Mädchen? Was haben die Ihnen getan?“

Sauer schnaubte verächtlich. „Mädchen erzählen sich alles. Ich wollte sichergehen, dass ich von denen nichts zu befürchten habe.“

„Sind sie tot?“

Sauers Blick, der zuvor ins Leere gegangen war, richtete sich nun direkt auf Felix. Unvermittelt hob er die Faust, doch ließ sie wieder sinken.

„Sie und ich, wir können das jetzt gemeinsam beenden. Meinen Sie nicht, dass Sie bereits genug Leid verursacht haben?“, fragte Felix, der aufgrund der Drohgebärde wieder ein Stück zurückgewichen war.

Es wirkte tatsächlich so, als würde Sauer darüber nachdenken.

Felix setzte nach. „Wenn Vicky und Theresa noch leben, sagen Sie mir, wo sie sind. Es müssen nicht noch mehr Mädchen sterben. Kommen Sie zur Vernunft, und setzen Sie diesem Wahnsinn jetzt ein Ende. Sagen Sie mir, wo Sie die beiden gefangen halten und ob sic noch leben.“

Sauer nickte abwesend. „Vielleicht haben Sie recht. Es ist an der Zeit, es zu beenden.“ Sein Ausdruck wandelte sich schlagartig, jetzt schien er völlig entrückt. „Auf meine Weise!“

Mit wutverzerrtem Gesicht trat er nach Felix, erwischte ihn aber nicht. Blitzschnell griff Felix nach seinem Fuß und zog daran. Cornelius Sauer fiel mit einem Aufschrei nach hinten, woraufhin das Boot heftig ins Schaukeln geriet. Wasser schwappte über die Umrandung. Sofort rappelte er sich hoch und hob die Fäuste. Felix schwankte, um die Balance auf dem schaukelnden Boot nicht zu verlieren.

„Ist mir mittlerweile scheißegal, was mit mir passiert“, zischte Sauer und machte einen Satz nach vorn.

Felix wich ihm zur Seite aus und hieb ihm mit seinem Ellenbogen in die Magengrube. Sauer krümmte sich, erholte sich aber erstaunlich schnell und sprang auf Felix zu. Unter der Wucht des Aufpralls kippten beide gemeinsam um, das Boot neigte sich auf die Seite. Mit dem Rücken stürzte Felix auf die Sitzbank und bekam einen Augenblick keine Luft. Er wollte sich aufsetzen, doch sein Rücken ließ das nicht zu, die Schmerzen waren unerträglich. Sauer nutzte die Gelegenheit. Wie ein Wahnsinniger hieb er mit den Fäusten in Felix' Gesicht, der sich unter ihm wegrollen wollte.

„Sie machen mir nicht alles kaputt", keuchte Sauer und hob die Faust. Felix wehrte ihn mit der Handkante ab, die er gegen Sauers Unterarm hieb, sodass der das Gleichgewicht auf dem schwankenden Untergrund verlor.

„Wo sind Vicky und Theresa?", fragte Felix außer Atem. „Leben sie noch? Verraten Sie es mir!"

Sauer antwortete nicht, sondern sprang erneut auf Felix zu. Da er nicht ausweichen konnte, prallte der Lehrer ungebremst gegen ihn, sodass er über die Umrandung des Boots rutschte. Instinktiv klammerte Felix sich an das Hemd von Sauer und riss ihn mit ins Wasser.

Während Felix untertauchte, schien der Lehrer irgendwie festzuhängen. Nur sein Oberkörper war unter Wasser, der Rest noch auf dem Boot.

„Scheiße!", schrie Felix, der von seiner nassen Kleidung immer weiter nach unten gezogen wurde. Er strampelte sich nach oben. Im Vorbeischwimmen packte er Sauer an den Schultern und zerrte daran, sodass sein Kopf wieder über Wasser kam. Sauer durfte auf keinen Fall ertrinken, bevor er verraten hatte, wo er die Mädchen gefangen hielt.

Um selbst nicht wieder nach unten zu sinken, tastete Felix nach dem Boot und hielt sich fest. Mit der freien Hand wischte er sich das Wasser aus den Augen, wofür er Sauer kurz loslassen musste. In diesem Moment löste sich dessen Bein von der Umrandung. Sauer stemmte sich dagegen und riss Felix ebenfalls los. Sofort trieb das Boot aus ihrer Reichweite.

Das Gewicht seiner nassen Kleidung drückte Felix erneut unter Wasser, doch mit mühseligen Schwimmbewegungen schaffte er es wieder nach oben. Hustend tauchte er auf und spuckte aus. Langsam verließen ihn die Kräfte, doch er strampelte weiter mit den Beinen, damit er nicht unterging.

„Was … haben Sie … getan", japste Sauer, der ebenfalls zu kämpfen hatte. Wutentbrannt funkelte er Felix an, holte dabei tief Luft.

Plötzlich schoss er nach vorn und tunkte Felix unter. Die Wellen schwappten über seinem Kopf zusammen.

Erschrocken sog er die Luft ein. Wasser geriet in seine Lunge, wo es sofort einen Hustenreiz auslöste. Felix prustete, unterdrückte den Drang, um Atem zu ringen. Verzweifelt paddelte er mit Armen und Beinen und versuchte, wieder zur Oberfläche zu kommen, aber seine Kleidung und seine Schuhe zogen wie ein tonnenschweres Gewicht an ihm. Zusätzlich hielt Sauer seine Schulter umklammert und drückte ihn runter. Seine Lunge brannte, und alles in ihm schrie nach Sauerstoff.

Nur nicht einatmen, auf keinen Fall, sonst bist du auf der Stelle tot, beschwor er sich, doch er spürte, dass er nicht mehr lange dagegen ankämpfen konnte. Seine Kräfte schwanden, ihm wurde schwindelig …

Nicht ... einatmen …

41. Kapitel

ALS Lara das nächste Mal die Augen aufschlug, schwankte der Boden unter ihr. In einer furchtbar unbequemen Position lag sie unter der grellen Sonne, die sie blendete. Ihr Hintern war höher gelagert als ihr Kopf, und irgendwas drückte ihr unangenehm in den Rücken. Offensichtlich war sie nicht mehr in dem Kofferraum eingesperrt.

Ächzend wuchtete sie sich in eine sitzende Position, was unendlich langsam vonstattenging, aber immerhin funktionierte die Verbindung zwischen ihrem Hirn und ihren Muskeln offenbar wieder. Blinzelnd schaute sie sich um. Durch die Bewegung ihres Kopfes wurde ihr sofort schlecht, und stechende Schmerzen hämmerten gegen ihre Schläfen, weshalb die Erkenntnis nur langsam zu ihr durchsickerte.

Um sie herum war nichts als Wasser. Lara war auf einem Boot. Und sie war anscheinend allein. Was hatte Joe mit ihr vor? Warum hatte er sie auf den See gebracht? Vermutlich wollte er sie hier umbringen und ihre Leiche ins Wasser werfen, wie er es mit Fabienne gemacht hatte. Aber wo war er dann?

Wieder ließ sie ihren Blick übers Wasser schweifen. Das Boot war ein gutes Stück vom Ufer entfernt. Vielleicht schaffte sie es ja, den Motor zum Laufen zu bringen, auch wenn sie keine Ahnung hatte, wie der funktionierte. Bei den Vorbereitungen zur Regatta hatten sie sich immer nur mit kleinen Segelbooten beschäftigt, die bei fehlendem Wind mit Paddeln bewegt wurden.

Auf allen vieren kroch sie zum Heck des Schlauchbootes und begutachtete den Motor. Ihr Kopf drohte zu explodieren. An der Vorderseite des schwarzen Kastens befand sich ein Griff, der vermutlich zum Startseil gehörte. Lara packte ihn und zog daran, bekam das Seil aber nicht mehr als ein paar Zentimeter heraus. Nicht genug, um dem Motor auch nur einen Mucks zu entlocken.

Sie atmete tief durch, sammelte ihre Kraft und zog noch einmal, schaffte es dieses Mal sogar bis zum Anschlag. Allerdings war sie vermutlich nicht schnell genug gewesen, denn es gab weiterhin keine Startgeräusche. Wieder versuchte sie es, doch ihre Kräfte schwanden bereits, und ihr Kreislauf sackte in den Keller.

„Nein, bitte nicht“, flüsterte sie und schloss die Augen, weil ihr schwindelig war.

Irgendwie musste sie hier wegkommen, zu schwimmen war in ihrem Zustand und mit dem kaputten Knie jedoch keine Option. Etwas weiter entfernt tuckerte ein Ausflugsdampfer vorbei, der mit seinem Schiffshorn eine Melodie abspielte. Lara wedelte wie eine Irre mit den Armen, entdeckte aber niemanden an Deck, der sie sehen konnte. Das Schiff war viel zu weit weg, als dass sie den Touristen auffallen würde und wenn, dachten sie vermutlich, dass sie nur freundlich winkte.

Anstatt ihre verbliebenen Kräfte weiter mit sinnlosen Startversuchen zu verschwenden, tastete Lara nach ihrem Handy. Vor Erleichterung hätte sie beinahe laut losgeheult. Es steckte noch immer in ihrer Hosentasche, Joe hatte es ihr nicht abgenommen.

Ihre Finger fühlten sich steif und leicht taub an, als sie das Gerät herauspfriemelte. Womit auch immer ihr Bruder sie betäubt hatte, das Mittel breitete sich durch die Anstrengung wieder in ihrem Körper aus, und sämtliche Bewegungen fielen ihr unfassbar schwer. Eine bleierne Müdigkeit überkam sie, wie schon im Kofferraum, sodass sie sich am liebsten unter einer Sitzbank zusammengerollt und geschlafen hätte.

Stattdessen entsperrte sie das Display. Das Chatfenster von Discord sprang ihr entgegen, wo sie gestern Abend noch mit Natalie geschrieben hatte. Ohne lange darüber nachzudenken, drückte sie auf das Mikrofon, um eine Sprachnachricht aufzunehmen. Sie musste Felix informieren, was passiert war, vielleicht schaffte der es, ihren Bruder zur Vernunft zu bringen. Wo steckte Joe bloß, wenn er nicht hier mit ihr auf dem Boot war?

„Natalie, ich brauche Hilfe. Er hat mich entführt und auf den …“ Hinter ihr plätscherte das Wasser, das Boot geriet ins Wanken. Lara rutschte das Handy aus den Fingern und fiel zu Boden. Noch ehe sie verstand, was geschah, zog sich neben ihr eine Gestalt ins Boot.

Kreischend rutschte Lara von ihm weg, doch der Kerl war schneller und stürzte sich auf sie. „Du verdammte Schlampe“, kreischte er und schlug ihr mit der Faust ins Gesicht. Schmerz explodierte in ihrem Kopf, grelle Blitze tanzten vor ihren Augen.

„Nein, lass mich", japste Lara und versuchte, sich unter dem Angreifer herauszuwinden. Die wutverzerrte Fratze über ihr gehörte nicht zu ihrem Bruder. Das war Herr Sauer, ihr Klassenlehrer. Und er wollte sie umbringen.

42. Kapitel

„FELIX ist nicht erreichbar“, wurde Anna von Natalie begrüßt, als sie etwa eine halbe Stunde nach ihrem Telefonat Felix’ Wohnung betrat. „Er hat mir mitgeteilt, dass Fabiennes Klassenlehrer der Mörder ist, und wollte ihn verfolgen, um herauszufinden, wo die anderen Mädchen sind, und nun ist sein Handy schon eine ganze Weile ausgeschaltet. Er ist normalerweise immer erreichbar. Ich weiß nicht, was ich jetzt tun soll.“

Annas Magen krampfte sich zusammen. „Ich rufe Steffen an“, sagte sie und nahm ihr Telefon. Ihre Hände zitterten. Das war ganz und gar nicht der Samstag, den sie sich vorgestellt hatte.

Steffen war erwartungsgemäß nicht begeistert davon, dass Felix mal wieder in seinen Ermittlungen herumpfuschte, versprach ihr aber, sie schnellstmöglich zurückzurufen, wenn er etwas in Erfahrung gebracht hatte. Anna bezweifelte, dass die Polizei direkt eine Hundertschaft beauftragen würde, nach Felix zu suchen. Für Steffen war das ausgeschaltete Handy kein Grund zu der Annahme, dass ihm etwas passiert war. Nur weil er auf Natalies Routinen achtete, hieß das noch lange nicht, dass Außenstehende diesen Umstand als ungewöhnlich ansahen.

„Wie habt ihr herausgefunden, dass es der Lehrer war?“, fragte Anna und setzte sich neben Natalie, die auf den Monitor ihres Laptops starrte.

„Ich habe jetzt keine Zeit, dir das zu erklären. Lara hat mir gerade eine merkwürdige Sprachnachricht gesendet.“

Anna legte den Kopf schief. Sie hatte nicht gewusst, dass Natalie mit Fabiennes Klassenkameradin in Kontakt stand. „Spiel mal ab.“

Prompt öffnete Felix’ Schwester ein Programm, und die Stimme einer jungen Frau erklang blechern aus den Boxen des Laptops.

„Natalie, ich brauche Hilfe. Er hat mich entführt und auf den …“ Dann brach die Aufnahme ab.

„Scheiße“, entfuhr es Anna. „Die kam gerade eben?“

Natalie nickte.

Das war gar nicht gut. Entweder, Felix hatte Constantin Sauer verloren und zufälligerweise sein Handy ausgeschaltet, was Anna nicht glaubte, oder aber ihm war etwas zugestoßen. Niemals hätte er zugelassen, dass Sauer sich ein weiteres Mädchen schnappte. „Wir müssen irgendwie rausfinden, wo die beiden stecken. Ich könnte Detlef anrufen und ihn bitten, Felix’ Handy zu orten. Er hat uns beim letzten Mal auch geholfen“, überlegte sie laut. Wenn sie verhindern wollten, dass noch ein Mädchen starb, mussten sie schnell handeln.

„Das funktioniert nicht“, erklärte Natalie, bevor Anna Detlefs Nummer wählen konnte. „Man kann ein Gerät nur triangulieren, wenn es eingeschaltet ist. Mobiltelefone kommunizieren mit Funkmasten in der Nähe, um eine Verbindung aufrechtzuerhalten. Durch die Triangulation der Signale von mehreren Funkmasten kann man den ungefähren Standort des Telefons ermitteln, indem man die Entfernung zu den Masten berechnet, aber das ist nicht möglich, wenn es ausgeschaltet ist.“

„Was ist mit Laras Handy?“

„Die Nummer habe ich nicht, wir haben über Chat kommuniziert.“ Wie zum Beweis spielte Natalie erneut die Nachricht auf dem Computer ab.

„Ich rufe noch mal bei Steffen an, der kann bei Felix’ Mobilfunkanbieter die letzten Standortdaten des Telefons abrufen“, sagte sie, doch Natalie schien ihr nicht zuzuhören. Immer wieder spielte sie die verzweifelte Nachricht von Lara ab, bis sie schließlich wortlos aufstand und die Treppe nach oben ging.

Anna versuchte, Steffen zu erreichen, doch er ging nicht ran. Während sie dem Freizeichen lauschte, kam Natalie mit einem Kopfhörer zurück und stöpselte ihn an ihrem Laptop an. Anna sah, dass sie die Sprachnachricht erneut abspielte, dann herunterlud und mit einem anderen Programm öffnete. Anna wagte nicht, sie in ihrer Konzentration zu stören, auch wenn es ihr unter den Nägeln brannte, zu fragen, was das alles zu bedeuten hatte.

„Da ist was im Hintergrund zu hören“, erklärte Natalie viel zu laut, da sie wegen der Kopfhörer ihre eigene Stimme vermutlich nicht gut hörte.

„Wie meinst du das? Was ist da?“, fragte Anna, bekam aber keine Antwort, da Natalie konzentriert an irgendwelchen Reglern herumspielte. Ungeduldig beobachtete Anna, wie sie eine gefühlte Ewigkeit die Nachricht wieder und wieder abspielte und danach jedes Mal die Regler anders stellte. „Eine Melodie. Hier, hör mal.“ Natalie nahm die Kopfhörer ab und hielt sie Anna hin.

Sie setzte sie auf und nickte Natalie zu, die auf die Play-Taste drückte. Neben einem lauten Rauschen, begleitet von einem Plätschern, hörte Anna ein dumpfes Dröhnen. Die Stimme von Lara war beinahe vollständig aus der Aufnahme eliminiert. Natalie hatte recht, das war eindeutig eine Melodie, wenn sie auch nur kurz aufblitzte.

„Spiel es noch mal ab“, rief Anna.

Natalie verzog das Gesicht, vermutlich weil sie die Stimme so erhoben hatte, und drückte erneut auf Play.

„Noch mal, bitte. Das scheint ein Ausflugsdampfer zu sein oder so.“ Dieses Mal achtete Anna darauf, nicht zu laut zu sprechen. Natalie spielte die Aufnahme nochmals ab, und Anna summte das Lied mit. Sie kannte es, aber kam nicht drauf, wie es hieß.

„Wenn ich den Namen kenne, kann ich rausfinden, wo dieses Schiff fährt“, sagte Natalie, ihre Stimme drang nur dumpf durch die großen Kopfhörer.

Anna schloss die Augen und ging die Melodie im Geiste immer wieder und wieder durch. Es war ein altes Lied, eines, das sie von ihrer Großmutter kannte. Dann fiel es ihr ein. „Kein schöner Land in dieser Zeit“, sagte sie. „So müsste es heißen.“

Natalie wechselte sofort zum Browser und tippte etwas ins Suchfeld. „Ein Ausflugsschiff“, sagte Natalie triumphierend, nachdem sie eine Weile herumgescrollt hatte. „Sie muss in der Nähe der Roseninsel sein. Dort fährt der Dampfer vorbei, der mit seinem Schiffshorn die Melodie von *Kein schöner Land in dieser Zeit* abspielt.“

„Mensch, das ist genial“, rief Anna und hätte sie beinahe umarmt. „Das muss es sein. Die Insel ist seit einigen Wochen für Besucher gesperrt, weil eine seltene Froschart dort laicht. Dass wir da nicht früher drauf gekommen sind!"

„Davon wusste ich nichts, mit Fröschen beschäftige ich mich nicht", erklärte Natalie und drehte den Laptop in Annas Richtung. Dort war eine Karte geöffnet, wo Natalie einen Punkt markiert hatte. „Hier hat er sie wahrscheinlich versteckt. Ein alter Abwasserkanal, über den sich Umweltschützer bereits seit einigen Jahren beschweren. Da er nicht mehr genutzt wird, soll er zugeschüttet werden."

„Du bist die Beste", sagte Anna, und dieses Mal konnte sie nicht anders, als Natalie bekräftigend aufs Knie zu klopfen, die ihr Bein sofort aus Annas Reichweite zog. „Jetzt müssen wir nur noch Steffen überzeugen, endlich seine Leute loszuschicken!"

43. Kapitel

NICHT aufgeben.

Strampelnd versuchte sich Felix an die Oberfläche zu bringen. Seine Lunge fühlte sich an, als stünde sie kurz vor dem Platzen, und der Sauerstoffmangel ließ seinen Kopf schwirren, doch er kämpfte dagegen an. Sauer hatte mittlerweile von ihm abgelassen, und er konnte ihn nirgends mehr sehen.

Da ihn die Kleidung immer wieder nach unten zog, streifte Felix die Schuhe ab und zog gleichzeitig seine Jacke aus. Sofort fühlte er sich um eine Tonne Gewicht erleichtert und strampelte sich nach oben. Der feine Lichtschimmer über ihm verriet, dass er nicht so tief gesunken war, wie er befürchtet hatte. Nur noch ein kleines Stück.

Etwas streifte seine Hand, und er zuckte zurück. Ein Ast. Zum Glück nicht Sauer, der an der Oberfläche auf ihn lauerte. Er schwamm weiter. Seine Muskeln fühlten sich taub an, sein Sichtfeld wurde unscharf, doch dann spürte er den Luftzug an der Nase.

Bevor er ganz aufgetaucht war, schnappte er reflexartig nach Luft und verschluckte sich. Er paddelte unbeholfen mit den Armen, um sich über Wasser zu halten, und hustete sich die Seele aus dem Leib. Seine Kräfte schwanden, und er drohte wieder unterzugehen, doch dann erinnerte er sich, was ihm eine Ex-Freundin einmal erklärt hatte. Sie war Rettungsschwimmerin und hatte ihm, der ein schlechter Schwimmer war, gezeigt, dass man sich einfach nur flach auf den Rücken legen musste und so der Auftrieb einen oben hielt.

Er holte tief Luft, drehte sich auf den Rücken und spannte den Bauch an. Mit leichten Wischbewegungen der Hände stabilisierte er seine Position.

Oh Gott, es funktioniert wirklich, dachte er erleichtert. Nachdem er sich in dieser Lage etwas erholt hatte und wieder ordentlich Luft bekam, schaute er sich um. In einiger Entfernung entdeckte er das Schlauchboot mit einer Person darauf.

Sauer! Er hatte es irgendwie zurück dort hinauf geschafft und startete gerade den Motor, der mit einem leisen Knattern ansprang. Instinktiv drehte Felix sich auf den Bauch, um loszuschwimmen, ließ es aber bleiben. Er wusste, dass er keine Chance hatte. Wenn er nicht ertrinken wollte, musste er jetzt seine Kräfte sparen und überlegt vorgehen, so schwer es ihm auch fallen mochte.

Lara war auf dem Boot, und Sauer würde nicht zögern, sie ebenfalls umzubringen, wenn er das nicht längst erledigt hatte. Der Gedanke, nichts dagegen tun zu können, machte Felix wahnsinnig, und er schlug mit der Faust auf die Wasseroberfläche. Dabei verlor er das Gleichgewicht und tauchte unter. Als er den Kopf wieder an die Luft hob, trieb ein weiterer Ast an ihm vorbei. In der Hoffnung, von dessen Auftrieb zu profitieren, klammerte er sich daran fest, doch das Teil war zu klein und ging sofort unter.

Felix drehte sich wieder auf den Rücken. Verzweiflung machte sich in ihm breit. Ewig konnte er nicht tatenlos auf dem Wasser liegen, während Sauer einen weiteren Mord beging. Irgendwie musste er es ans Ufer schaffen, zu dem der Lehrer mit seinem nächsten Opfer unterwegs war.

In Rückenlage drehte er sich mit dem Kopf in die Richtung und strampelte mit den Beinen, um vorwärtszukommen, doch schon bald wurden seine Beine lahm. Etwas weiter links neben sich sah Felix einen dunklen Schatten an der Wasseroberfläche. Nach einem ersten Moment der Panik machte er sich klar, dass es im Starnberger See keine menschenfressenden Fische gab und erst recht keine in dieser Größe.

Er nahm all seinen Mut und seine verbliebene Energie zusammen und schwamm mit langsamen Bewegungen auf den Schemen zu. Beim Näherkommen erkannte er, dass es sich um einen Baumstamm handelte. Der musste beim Sturm in der letzten Woche abgebrochen und aufs Wasser getrieben sein. Nicht gerade ein Rettungsboot, aber immerhin etwas, an dem Felix sich festhalten und ein wenig ausruhen konnte. Dann würde er den Lehrer weiter verfolgen und Lara retten oder zumindest den Mörder festsetzen. Irgendwie würde er es schon schaffen. Sauer würde ihm nicht entkommen.

44. Kapitel

DA liegt sie nun, regungslos. Dieses Problems hätte ich mich entledigt. Vom Schnüffler ist auch nichts zu sehen, als ich auf die Insel zuhalte. Ich verlangsame die Fahrt und beobachte die Wasseroberfläche genau. Da ist nichts, nur in einiger Entfernung entdecke ich einen morschen Baumstamm. Hertzlich scheint es mit seiner Lederjacke nicht mehr nach oben geschafft zu haben und ertrunken zu sein. Immerhin eine Sache klappt an diesem verdammten Tag. Jetzt muss ich mich nur noch um Theresa kümmern und Laras Leiche verstecken, also auf zur Insel.

Mittlerweile glaube ich nicht mehr daran, dass Theresa und Vicky jemandem von mir erzählt haben. Die Polizei hätte längst vor meiner Tür gestanden, wenn sie auch nur den Hauch einer Ahnung hätten, dass ich in der Geschichte mit drin hänge. Das wäre wohl ebenfalls der Fall, wenn irgendjemand wüsste, dass Fabienne mich wegen der verdammten Drogen erpresst hat. Darum ist es jetzt an der Zeit, der Sache ein Ende zu bereiten.

Ich lege am Ufer der Roseninsel an und steige aus. Auf halbem Weg kehre ich wieder um, denn ich habe Laras Leiche im Boot vergessen, so fokussiert war ich darauf, dass ich es gleich zu Ende bringen werde. Ich zerre den leblosen Körper aus dem Boot und in den Tunnel des Abwasserkanals hinein. Dort kann Lara gemeinsam mit Theresa und Vicky verrotten, bis das Teil irgendwann tatsächlich zugeschüttet wird und ihre verwesten Leichen entdeckt werden. Vielleicht sind sie bis dahin auch schon skelettiert, dann dürfte es gar nicht so einfach werden, sie zu identifizieren.

So oder so, bis es so weit ist, werde ich längst über alle Berge sein. Ausgewandert mit meinem Goldstück. Es gibt bestimmt Länder, die mich dank meiner Ausbildung mit Kusshand nehmen. Irgendwo weit weg werden wir ein neues Leben beginnen. Ein sorgenfreies. Bei dem

Gedanken daran platzt ein kehliges Lachen aus mir heraus. Die Strapazen der letzten Woche kamen mir unendlich vor, ich bin ausgelaugt. Endlich ist alles vorbei. Überstanden.

Da ich meine verbliebenen Kräfte schonen will, verschwende ich sie nicht damit, Laras Leiche zu tragen, sondern schleife sie einfach an den Armen hinter mir her über den Betonboden. Viel kaputt machen kann man da eh nicht mehr.

Im Wartungsraum angekommen, lasse ich ihre Arme fallen und wende mich Theresa zu. Sie hat nicht mal reagiert, als wir reingekommen sind. Anscheinend hat sie sich aufgegeben, denn sie hängt zusammengesunken in ihren Ketten und schluchzt leise in ihre Armbeuge.

Schon wieder dieses unsägliche Gejammer. Ich kann es nicht mehr ertragen, es macht mich rasend. Selbstmitleid bis zum Umfallen, dabei ist es doch ihre eigene Schuld, dass sie in dieser Situation ist. Sie hätte ja einfach hier sitzen und mir die Wahrheit sagen können, dann hätte ich sie verschont.

Na ja, nicht so ganz, ich hätte ihr einen schnelleren Tod gewährt, ohne diese sinnlose Quälerei vorher. Aber sie hat sich anders entschieden, also muss sie die Konsequenzen tragen.

Ich lege die Taschenlampe ab, sodass sie die Wand anleuchtet und den Raum in ein diffuses Licht taucht. Dann gehe ich auf Theresa zu und verpasse ihr einen Tritt gegen die Schulter. Mit einem „Uff“ fällt sie auf den Rücken. Schützend hält sie die Arme übers Gesicht. Lächerlich. Als könnte sie damit verhindern, was ihr nun blüht.

Ohne zu zögern, stürze ich mich auf sie, schlinge meine Hände um ihren Hals und kralle meine Finger in ihr Fleisch. Im Halbdunkel sehe ich, wie ihr die Augen aus den Höhlen quellen. Sie starrt mich an, wehrt sich aber nicht. Wie ich vermutet habe, sie hat aufgegeben. Ich wende den Blick ab und drücke fester zu.

„Gleich kannst du der Schlampe Vicky Gesellschaft leisten“, murmle ich als Verabschiedung.

Plötzlich das Klirren von Ketten. Der Körper unter mir bäumt sich auf. Ein Schlag trifft meine Schläfe. Darauf war ich nicht vorbereitet. Vor Schreck kippe ich zur Seite und lasse ihren Hals los.

„Du kleines Miststück“, presse ich durch die Zähne hervor und hechte in ihre Richtung.

Theresa reagiert jedoch mit erstaunlicher Geschwindigkeit und rollt sich von mir weg. Meine Hände greifen ins Leere. Etwas tropft mir ins Auge. Blut. Anscheinend hat sie mir mit den Ketten die Haut an der Stirn aufgerissen.

Mit dem Arm wische ich mir übers Gesicht. Hervorragend. Was soll ich denn jetzt meinem Goldstück erzählen, woher diese verdammte Verletzung stammt?

Ich hole aus und schlage nach Theresa. Dieses Mal ist sie zu langsam, und ich treffe sie mit der Faust an der Wange. Ein lautes Knacken. Bestimmt habe ich ihr den Kiefer gebrochen. Sie schreit auf, ihre Stimme ist heiser. Genug jetzt.

Wieder stürze ich mich auf sie. Dieses Mal lässt sie es nicht über sich ergehen, sie zappelt, wirft sich herum, doch ihre Gegenwehr ist zu schwach. Während ich sie mit meinem Körpergewicht zu Boden drücke, presse ich ihr den Unterarm auf den Hals. Sie röchelt, japst nach Luft. Gleich ist es vorbei.

Dann ist der Raum wie aus dem Nichts in gleißend helles Licht getaucht. Stimmen brüllen herum. Ein unsäglicher Schmerz zerreißt meinen Brustkorb. Eine Millisekunde später ein Knall.

Alles wird wieder dunkel. Ich bekomme kaum noch Luft. Um mich her Schritte. Menschen, Stimmengewirr. Jemand zieht mich von Theresa. Mein Hemd ist ganz feucht, die Schmerzen aber sind weg.

„Was ist das nur?“, frage ich mich noch, dann verschlingt mich eine unendliche Schwärze.

Epilog

PÜNKTLICH um Viertel vor sieben klingelte es. Im Spiegel überprüfte Anna noch mal ihr Aussehen und öffnete die Tür. Sie hatte Felix und seine Schwester zum Abendessen eingeladen und war ein wenig nervös. Hoffentlich würde der Abend reibungslos verlaufen. Zwei Wochen waren vergangen, seit Felix den Lehrer Constantin Sauer überführt hatte und bei dem Kampf auf dem Starnberger See beinahe ertrunken wäre. Im Gegensatz zu Felix hatte Sauer den Tag nicht überlebt. Der Schuss des SEK-Beamten hatte seine Lunge durchschlagen, und er war während der Reanimationsversuche auf dem Weg ins Krankenhaus verstorben.

Trotz oder gerade wegen des tragischen Ausgangs wollten sie an diesem Abend gemeinsam das Leben feiern und den Erfolg, dass Felix, Natalie und Anna weitere Morde verhindert hatten. Da Natalie seit vielen Jahren nicht mehr außerhalb ihres Zuhauses essen gewesen war, stellte dieser Abend eine besondere Herausforderung für Anna da. Es sollte das Lieblingsessen von Felix' Schwester geben, Ratatouille. Dafür hatte sie sich extra von ihm das Rezept geben lassen und sich penibel an die Mengenangaben gehalten. Beim Abschmecken war sie überrascht gewesen, denn das Zeug schmeckte dafür, dass es Gemüse war, sogar recht annehmbar.

„Wie schön, dass ihr da seid. Kommt doch rein", begrüßte Anna Felix und Natalie, als sie nebeneinander die Treppe heraufkamen. Natalie war am Gesicht abzulesen, dass es sie große Überwindung kostete, hier zu sein. Das änderte sich in dem Augenblick, als sie Ruth entdeckte, die neugierig oben auf der Garderobe in der Diele saß.

Ohne Anna auch nur einen Seitenblick zu schenken, stiefelte sie wie selbstverständlich auf die Papageiendame zu. Die ließ sich nicht lange bitten, hüpfte auf Natalies Schulter und rieb ihren Kopf an deren Ohr.

„Tut mir leid, dass sie dich ignoriert", sagte Felix mit einem entschuldigenden Lächeln. „Es hat mich ganz schön

Überzeugungsarbeit gekostet, sie dazu zu bringen, nicht abzusagen. Ehrlicherweise war der Vogel letztlich das Argument, das den Ausschlag gegeben hat."

Anna umarmte Felix flüchtig zur Begrüßung und schob ihn in Richtung Küche. „Kein Thema. Es wird nicht das letzte Mal sein, dass jemand Ruth den Vorzug vor mir gibt."

„Ich würde niemals den Vogel über dich stellen."

Anna war froh, dass sie hinter Felix ging, so konnte er nicht sehen, dass sie rot wurde. „Setz dich doch schon mal. Trinkst du ein Bier?"

„Eins müsste gehen. Bis wir wieder fahren, dauert es ja noch eine Weile." Felix zog sich einen Stuhl vom Tisch und ließ sich stöhnend daraufsinken. „Es riecht hervorragend. Du scheinst alles richtig gemacht zu haben."

„Danke. Es war mir wichtig, dass Natalie nicht enttäuscht von ihrem ersten Abend außer Haus ist." Sie stellte eine Flasche Weißbier und ein Glas vor Felix ab und setzte sich mit ihrem Weißwein ihm gegenüber.

„Mach dir nicht zu viele Gedanken. Natalie alles recht zu machen, ist gar nicht so einfach."

Einen Moment saßen sie schweigend da. Die Stille war Anna unangenehm, sie wusste gar nicht, wo sie hinschauen sollte. Sie räusperte sich. „Und, wie geht es dir mittlerweile? Deinen Tauchgang gut überstanden?"

„Bis auf dass es mein Handy nicht überlebt hat, ist alles gut. Aso, und eine Mittelohrentzündung hab ich auch mitgenommen." Felix tippte sich ans Ohrläppchen. „Ab nächste Woche werde ich jeden Mittwoch ins Schwimmbad gehen. Es wird mir nicht noch mal passieren, dass ich beinahe absaufe, so viel ist klar."

„Ich bin froh, dass das nicht passiert ist", sagte Anna und meinte es von Herzen. Auch wenn sie sich manchmal über Felix ärgerte, so hatte sie ihn doch ins Herz geschlossen.

Felix grinste und wirkte tatsächlich ein wenig verlegen. „Ach, übrigens. Das hier hatte ich vorgestern in meinem Briefkasten." Er holte etwas aus der hinteren Tasche seiner Jeans und legte es auf den Tisch. Ein zusammengefalteter Umschlag.

„Was ist da drin?"

„Post von einem gewissen von Baumer."

„Ach. Was will der denn?"

„Er hat mir Geld geschickt. Fünftausend Euro." Felix tippte mit dem Zeigefinger auf den Umschlag. „Als Belohnung dafür, dass ich Fabiennes Mörder gestellt habe, schreibt er. Eigentlich wollte er den Betrag der Staatsanwaltschaft zur Verfügung stellen, für Hinweise, die zur Ergreifung des Täters führen. Da ich ihn überführt habe, gebühre es von Baumers Meinung nach nun mir."

Anna stieß einen Pfiff aus, den Ruth in der Diele, wo sie noch immer mit Natalie zugange war, wiederholte. Hatte von Baumer am Ende wirklich etwas für Fabienne empfunden oder hatte er die Belohnung nur springen lassen, um sich von der schlechten Presse reinzuwaschen? „Der lässt sich nicht lumpen. Herzlichen Glückwunsch zu diesem Zusatzverdienst."

„Da gibt es nichts zu gratulieren. Ich habe jetzt zwei Tage darüber nachgedacht und entschieden, dass ich ihm das Geld zurückgebe." Mit dem Handrücken fegte Felix den Umschlag quer über den Tisch. „Ekelhafter Typ. Auf die Kohle kann ich gut verzichten."

„Aber wieso das?", fragte Anna verwundert. „Ob es dir gefällt oder nicht, du hast ihn entlastet, dadurch, dass du den wahren Mörder entlarvt hast. Ist ja nicht so, als würde er dich für irgendwas Unmoralisches bezahlen."

„Wir müssen unsere Miete zahlen, und fünftausend Euro sind sehr viel Geld", sagte Natalie, die das Gespräch anscheinend aufmerksam verfolgt hatte. Mit Ruth auf der Schulter kam sie an den Tisch und setzte sich. Konzentriert rückte sie Teller und Besteck zurecht.

„Dennoch. Ich sehe nicht, warum ich von diesem Schleimbolzen irgendwas annehmen sollte." Felix wollte sich offenbar nicht überzeugen lassen, oder er würde es zumindest nicht zugeben, denn dass er ins Grübeln gekommen war, hatte Anna ihm angesehen.

„Natalie, wie geht es eigentlich Lara?", wandte sich Anna an seine Schwester, um ihn nicht weiter zu bedrängen. Sollte er doch ganz in Ruhe für sich entscheiden, ob der Betrag nicht zu hoch war, um ihn wegen persönlicher Abneigungen zurückzugeben. „Hast du in letzter Zeit etwas von ihr gehört?"

Natalie hatte ihre Finger auf die Tischkante gelegt und begutachtete ihre Fingernägel. „Sie kommt zurecht. Die blauen Flecken am Hals gehen zurück, und die Schürfwunden verheilen. Sie spricht regelmäßig online mit einem Traumatherapeuten. Da die Wartelisten bei Psychologen zu lang sind, kann man jetzt auf Rezept über eine App zur Überbrückung Hilfe bekommen. Sie sagt, es tut ihr sehr gut."

Anna nickte. Lara war offenbar eine starke Persönlichkeit, die sich ihr Leben zurückerobern würde. Es grenzte an ein Wunder, dass sie den Angriff ihres Lehrers überlebt hatte und mit oberflächlichen Verletzungen davongekommen war. Nur weil sie durch das Fentanyl erneut in eine tiefe Bewusstlosigkeit gefallen war, hatte Constantin Sauer, im Glauben, sie wäre tot, rechtzeitig von ihr abgelassen. „Und Theresa? Hat sie Kontakt zu ihr?"

„Ihr geht es nicht ganz so gut", antwortete Felix für seine Schwester, die wieder mit Ruth beschäftigt war. „Sie spricht wohl kaum, seit sie aus dem Wartungsraum im Abwasserkanal befreit wurde. Nicht verwunderlich, nach diesem traumatischen Erlebnis. Zwei Tage hat sie neben der Leiche ihrer besten Freundin gesessen, dazu die körperlichen und seelischen Misshandlungen …"

„Lara hat große Sorgen, was nun wegen der Drogen mit ihr passieren wird", warf Natalie ein, als wäre es gerade nicht um Theresa gegangen. Zum ersten Mal, seit sie sich an den Tisch gesetzt hatte, hob sie den Blick und schaute in Annas Richtung, wenngleich sie ihr dabei nicht ins Gesicht sah. „Sie wird eine Anwältin brauchen."

„Natalie", murmelte Felix und machte eine abwehrende Handbewegung. „Wir sind hier zum Essen. Anna hat Feierabend."

„Das heißt aber nicht, dass wir nicht über das sprechen können, was uns beschäftigt." Anna stellte ihr Glas auf dem Tisch ab, das sie bereits zur Hälfte geleert hatte. Auf nüchternen Magen entfaltete der Alkohol rasch seine Wirkung und bestärkte sie in dem Entschluss, den sie in den letzten Tagen gefasst hatte. „Lara muss leider davon ausgehen, dass die Sache mit den Drogen im Zuge der weiteren Ermittlungen auf den Tisch kommt. Wenigstens ihr Bruder wird ins Visier der Polizei geraten, vermutlich auch sie."

„Das ist ungerecht. Sie hat die Drogen gar nicht verkauft, sondern nur deponiert. Sie sollte dafür nicht der Schule verwiesen werden.

Ohne das Abitur wird sie nicht studieren können.“ Wie ein kleines Kind stampfte sie mit dem Fuß auf.

„Alarm, Alarm!“, kreischte Ruth und flatterte davon.

Anna musste sich ein Grinsen verkneifen. Dass Natalie so mitfühlend sein konnte, kam überraschend für sie. „Mach dir mal keine Sorgen, ich habe mir da schon etwas überlegt“, sagte sie. „Die Verbindung zu Lara ist recht vage, Beweise gibt es eigentlich nicht so wirklich. Die Nachrichten mit Fabienne sind zwar ein Indiz, aber das reicht nicht für eine Verurteilung. Der Fokus wird wahrscheinlich eher auf dem Bruder liegen.“

„Und der wird sie mit sich in die Scheiße ziehen, so wie ich ihn kennengelernt habe“, warf Felix ein.

„Lass mich doch mal meine Ausführungen beenden.“

Felix hob entschuldigend die Hand.

„Wenn Natalie mag, kann sie mir Laras Kontakt übermitteln. Über sie werde ich mich dann an den Bruder wenden und ihm anbieten, seinen Fall pro bono zu übernehmen. Er wäre nicht der erste Kleindealer, der ungeschoren davonkommt, weil er die größeren Fische verrät. Wenn wir das hinbekommen, sollte es auch möglich sein, Lara rauszuhalten.“

„Fische?“, fragte Natalie und zog ein aufgesetztes Gesicht der Verwunderung.

Felix lachte laut los. „Apropos, lasst uns essen. Es ist schon kurz nach sieben.“

„Oh, du hast recht. Aber vorher lasst uns noch anstoßen. Darauf, dass wir alle drei hier gesund und munter sitzen.“ Anna hob das Glas und hielt es in die Mitte vom Tisch.

Ruth landete auf ihrem Arm. „Applaus, Applaus!“

- Ende -

Eine kleine Bitte zum Schluss ...

Wir hoffen, Ihnen hat dieses Buch gefallen …

Der schnellste Weg, andere Leser da draußen an Ihren Erfahrungen mit diesem Buch teilhaben zu lassen, ist eine Rezension im Online-Buch-Shop. Ihr Feedback hilft nicht nur anderen Lesern, Neues zu entdecken, sondern auch dem Autor, zu verstehen, was aus Lesersicht in diesem Buch gut und weniger gut ist. So kann sich der Autor weiterentwickeln und Ihnen sowie anderen Lesern in Zukunft noch schönere Geschichten präsentieren. Außerdem sind Ihre Erfahrungen, Erkenntnisse und Eindrücke als ehrliches Leser-Feedback eine enorme Wertschätzung vieler liebevoller Arbeitsstunden, die in dieses Buch geflossen sind.

Danke also schon im Voraus, wenn Sie sich zwei bis drei Minuten Zeit nehmen und eine kleine Bewertung zum Buch z.B. auf Amazon veröffentlichen.

Mehr zur Autorin finden Sie auf
www.facebook.com/melisa.schwermer,
www.instagram.com/melisaschwermer, www.melisa-schwermer.com
und www.feuerwerkeverlag.de/melisa-schwermer

Abonnieren Sie auch unseren Verlags- und Autoren-Newsletter und erfahren Sie so als Erster von unseren **Neuerscheinungen, Autorennews** und exklusiven **Buch-Gewinnspielen**:
www.feuerwerkeverlag.de/newsletter

Weitere Bücher des Verlages

Düsterhof

Melisa Schwermer

Eine junge Frau wird in ihrer Wohnung überfallen und bestialisch ermordet. In scheinbar blinder Wut hat der Täter unzählige Male auf sie eingestochen. Schnell fällt der Verdacht auf ihren Ex-Freund, der die Trennung offenbar nicht überwunden hat.

Doch seine Anwältin Annabelle Hart glaubt nicht, dass er der Täter ist, auch wenn alles auf ihn hindeutet. Gemeinsam mit dem Privatdetektiv Felix Hertzlich macht Annabelle sich daran, die Unschuld ihres Mandanten zu beweisen und stößt dabei auf einen kranken Killer, der eine Frau nach der anderen hinrichtet.

Als Annabell und Felix dem Täter auf einem düsteren Hof schließlich näher kommen, als sie es jemals hätten tun sollen, beginnt für sie ein Spiel um Leben und Tod...

Der Frauenkeller

Gunnar Schwarz

Als die Leiche einer jungen Frau gefunden wird, deren Körper mit Blutergüssen und verstörenden Botschaften übersäht ist, übernimmt das Ermittlerduo Emma Bajetzky und Alex Kuper seinen ersten Fall. Anfangs kommen die beiden nur schwer voran, doch als ihnen klar wird, dass der Killer ihnen falsche Fährten legt, überschlagen sich die Ereignisse. Der Täter mordet immer weiter, und Emma übersieht, dass sie ihm längst begegnet ist. Extra für sie hält er nun einen Ehrenplatz im Keller „seiner" auserwählten Frauen bereit.